마을정부를 말하다

광장에서 일상으로
국민에서 주민으로
새로운 대한민국
마을정부의 문을 엽니다.

마을정부를 말하다

초판 1쇄 펴낸 날 / 2018년 2월 8일

지은이 • 유창복 | 일러스트 • 김다산 | 인포그래픽 • 신인아(오늘의풍경) |
표지디자인 • 우미숙 | 펴낸이 • 임형욱 | 영업 • 이다윗 |
펴낸곳 • 행복한책읽기 | 주소 • 서울시 종로구 명륜4길 5-2, 403호
전화 • 02-2277-9216,7 | 팩스 • 02-2277-8283 | E-mail • happysf@naver.com
인쇄 제본 • 동양인쇄주식회사 | 배본처 • 뱅크북(031-977-5953)
등록 • 2001년 2월 5일 제300-2014-27호 | ISBN 979-11-88502-02-8 03800
값 • 16,500원

마을정부를 말하다

유창복 지음

행복한책읽기

섬세함과 대범함으로
꿈을 일구는 사람

김찬호, 성공회대 초빙교수, 『모멸감』 저자

사람을 움직이는 내면의 기운

모든 사람의 필수품이 된 스마트폰에는 삶의 많은 것이 담겨 있다. 그 가운데 하나가 인간관계다. 전화번호 목록이나 카카오톡 창을 열어보면 내가 어떤 사람들과 연결되어 있는지가 정확하게 드러난다. 그 규모는 사람마다 다르겠지만, 어른들의 경우 3백~5백 명 정도가 가장 많은 듯하다. 인간관계를 중시하는 한국인들은 하루에도 수많은 사람과 교신한다. 이런저런 모임에 참여하고 명함도 돌리면서 연을 맺는다. 그런데 거기에서 무엇을 경험하고 그것은 어떤 느낌들로 채색될까.

다음소프트에서 2016년 트위터와 블로그의 글 5만여 개를 빅데이터로 분석해 흥미로운 결과를 내놓은 적이 있다. SNS 게시글에서 '인간관계'를 언급하거나 묘사할 때 가장 많이 언급된 단어들을 뽑아본 것이다. 5위는 '외롭다', 4위는 '스트레스', 3위는 '힘들다', 2위는 '허전하다'로 나왔다. 그러면 1위는? '무섭다'였다. 모두가 부정적인 단어일 뿐 아니라, 가장 빈도가 높은 연관 검색어가 '무섭다'라니. 어쩔 수 없이 만나거나 함께 일을 하지만 마음을 어둡게 하는 관계가 무척 많음을 보여주는 것이다.

나의 전화번호 리스트를 열어서 인간관계의 지형도를 살펴본다. 다행히 나를 힘들게 하거나 무섭게 하는 사람은 별로 없다(정확하게 말하면, 몇 명 있기는 했는데 지금은 거의 삭제되었다). 대신 편안하게 만날 수 있을 뿐 아니라 삶의 든든한 버팀목이 되는 사람들이 몇몇 눈에 들어온다. 유창복이라는 이름도 그 가운데 하나다. 그냥 존재만으로도 밝은 기운을 북돋아 주는 사람, 오래도록 함께 길을 걸으며 이야기를 나누고 싶은 벗으로 다가온다. 그의 행적을 바라보고 있으면 새로운 존재에 대한 소망이 꿈틀거린다.

나는 그와 개인적으로 그다지 친밀한 사이는 아니다. 일 년 이상 연락을 한 번도 하지 않고 지낸 적도 있었던 것 같다. 나는 그의 인생 이력도 자세히 알지 못한다. 둘이 앉아서 살아온 이야기를 도란도란 나눈 적이 없기 때문이다. 하지만 비록 그에 대한 정보는 별로 없어도, 나는 그가 어떤 인물인지 잘 안다고 자부한다. 그가 자신의 모든 것을 걸고 활동하는 여러 현장을 오랫동안 목격했기 때문이다. 온갖 난관을 뚫고 꿋꿋하게 변화를 일궈내는 모습에서 리더십의 진수를 확인했기 때문이다.

내가 유창복을 처음 만난 것은 2003년 무렵 성미산마을에 드나들면서다. 나는 일본의 마을만들기를 필드워크하여 박사 논문을 쓴 후에 한국의 여러 현장을 연구하는 과정에서 그 마을을 만나게 되었다. 당시 성미산마을 주민들은 서울시가 성미산에 엉뚱한 배수(配水)시설을 세우려는 계획을 반대 투쟁으로 철회시킨 직후 그 여세를 몰아 성미산학교를 설립하는 중이었다. 유창복은 짱가라는 이름으로 불리면서 성미산마을의 주춧돌을 다지고 대들보를 얹는 작업에 심혈을 기울이고 있었다. 다채롭게 펼쳐지는 활동의 장(場) 곳곳에서 그를 만날 수 있었고, 보이지 않는 곳에서 더 많은 일을 도모하고 있음을 뒤늦게 확인할 수 있었다.

그는 주민들의 여러 입장과 견해를 조율하는 데 탁월한 능력을 발휘했다. 자신의 주장을 밀어붙이지 않고 다양한 생각들 사이의 공유 지대를 넓혀가면서, 차이라는 것이 분열의 씨앗이 아닌 시너지의 원천이 될 수 있도록 소통의 채널을 열어가고 있었다. 타인의 말에 온 마음으로 귀 기울이며 공감하고 새로운 의미 공간을 창조하는 소양이 없으면 할 수 없는 일이다. 물론, 조직이나 공동체를 꾸리는 사람들은 그런 태도가 얼마나 중요한지 잘 알고 있고, 어느 정도까지는 실천할 수 있다. 그러나 자신의 내면 깊은 곳에서 우러나오는 기운이 아니라면 오래 갈 수 없다. 더구나 마을은 일상을 공유하는 곳이기에 사람의 진정성이 낱낱이 드러날 수밖에 없다. 나는 그동안 성미산마을을 드나들면서 여러 주민과 교분을 맺어왔지만, 그리고 서울시에서 그와 함께 일했던 사람들도 많이 알고 있지만, 유창복에 대해서 좋지 않은 뒷말이나 소문을 한 번도 들어본 적이 없다.

그는 엄청난 추진력으로 수많은 일을 성사시키지만, 어느 경우에도 사람들을 대상화하지 않는다. 목적을 달성하기 위해 인간관계를 도구화하지 않는다. 사사로운 욕심, 위선, 독선, 이해타산, 이중인격, 허장성세, 서열의식, 학벌의식, 파벌의식, 권위주의, 연고주의, 남성 우월주의, 조직이기주의, 잔머리, 인정 투쟁, 보상 심리, 권모술수, 헤게모니, 자리 싸움, 명분 싸움, 힘겨루기(파워게임), 편가르기, 뒤통수 때리기… 대의를 내걸면서도 이면에서 작동하기

일쑤인 이러한 행태들은 유창복과 거리가 멀다.

진취적이지만 은은하게

그의 지속가능한 영향력의 비결은 무엇일까. 정직한 헌신이다. 타고난 품성과 도야된 인격이다. 그 빛깔과 무늬를 노자의 〈도덕경〉에 빗대어 말하고 싶다.

方而不割 ; 반듯하되 남을 해치지 않고,
廉而不劌 ; 청렴하되 남에게 상처 입히지 않으며,
直而不肆 ; 곧아도 교만치 아니하고,
光而不耀 ; 빛나되 번쩍거리지 않는다.

여기에 순자(筍子)의 한 마디도 덧붙이고 싶다.

寬而不慢 ; 너그럽되 느슨하지 않다.

군자는 모름지기 스스로 엄격하지만, 타인에게는 관대해야 한다는 성현들의 가르침, 자기를 열심히 닦으면서 타인을 편안하게 해주어야 한다는 '수기안인(修己安人)'의 덕성을 유창복은 자연스럽게 체득하고 있는 듯하다. 자신의 철학이 확고하지만, 독선에 빠지지 않고, 도덕적으로 순결하지만, 도덕을 무기 삼아 남을 공격하지 않으며, 소탈한 품행의 소유자나 거칠게 움직이지 않는다. 진취적이지만 은은하며, 대범하지만 섬세하다. 나는 지금까지 국내외의 여러 운동 현장에서 수많은 사람을 만나보았는데, 유창복처럼 활동(doing)과 사람됨(being)이 유기적으로 통합된 사람은 아주 드물다. 일과 삶이 분열되어가는 세상에서, 존재의 힘으로 리얼리티를 창조해가는 그의 모습은 눈여겨 보아야 할 리더 상(像)이다.

유창복에게는 또 하나의 중요한 미덕이 있다. 명쾌한 논리와 예리한 직관이다. 나는 연구자로서 마을의 생리와 공동체의 움직임에 대해 그와 여러 차례 깊은 인터뷰를 했다. 토론이나 모임에서 그의 발언을 여러 번 듣기도 했다. 그리고 심포지엄과 강연을 통해 그의 생각을 접할 수 있었다. 그때마다 나는 그의 지성에 탄복한다. 자신이 깊게 관여하면서도 상황을 냉정하게 객관화하는 눈, 일의 흐름과 맥을 정확하게 짚어내는 통찰, 듣는 이들을 쉽게 몰입시키는 구수한 스토리텔링, 그리고 웬만한 인문학자나 사회과학자와 얼마든지 학문적으로 토론할 수 있는 개념 구사력.

유창복의 세계관과 언어는 많은 부분이 젊은 시절 학생운동과 노동운동을 하는 과정에서 형성되었을 듯하다. 586세대 운동권 출신들이 거의 다 그 경로를 통해 학습했는데, 많은 경우 매우 도식적이고 투박했다. 관념에 매몰되어 공허한 논쟁을 일삼고, 거창한 이념에 매달려 삶의 섬세한 결을 놓치는 경우도 비일비재했다. 어쭙잖게 대중을 가르치려 드는 꼰대 의식과 꼴불견의 엘리트주의는 지금도 종종 일을 그르친다. 자신들이 민주화를 이루어냈다는 역사적 우월의식과 그 시절에 대한 영웅주의적 향수가 청년 세대에게 거부감을 자아내기도 한다. 나는 나 자신을 포함해 우리 세대에게서 그런 자기도취를 목격할 때마다 부끄러워진다. 많은 것을 누려왔고 여전히 상당한 권력도 쥐고 있는 기성세대의 자성이 요구되는 대목이다.

나는 궁금하다. 유창복은 그 기나긴 사회운동의 여정을 함께 걸어왔으면서 어떻게 그런 '꼴통 진보'의 함정에 빠지지 않을 수 있었는지. 원래 기질적으로 그러했는지, 아니면 한때는 그도 비슷했는데 어느 시점에서 성찰하면서 의식적으로 변신을 꾀한 것인지. 한번 진지하게 이야기를 들어보고 싶다. 짐작건대 그의 성장 과정과 밀접하게 맞물려 있는 것이 아닐까 싶다. 미아리의 세탁소집 막내아들로 자라나면서 마을에 삶의 뿌리를 내리고 단단한 나이테를 그렸던 시절의 흔적은 지금도 고스란히 남아 있는 듯하다. 언젠가 그가 이웃들과 함께 꾸려가는 무말랭이 연극단에서 〈오아시스 세탁소 습격사건〉이라는 작품을 성미산마을극장에서 공연했을 때, 유창복은 세탁소 주인 역으로 출연한 적이 있는데 뼛속 깊은 곳에서 우러나오는 몸짓으로 무대를 메워주고 있었다.

현장-정책을 잇는 지성과 실물 감각

지성과 감성을 겸비하고 현장의 경험을 통해 이론을 세워가는 그의 실행력은 서울시의 일을 떠맡게 되면서 더욱 두각을 드러냈다고 본다. 박원순 시장이 마을공동체를 시정의 핵심으로 내세우면서 유창복을 일꾼으로 호출한 것은 당연한 선택이었다. 성미산 마을을 가꾸고 세운 주역이면서도 도시에서의 마을 디자인에 대해 보편적인 혜안과 감수성을 지닌 보물을 단번에 알아본 것이다. 그는 큰 그림을 그리면서도 디테일을 놓치지 않고, 공동체에 대한 순수한 열망을 간직하면서도 복잡하고 모순투성이인 현실을 냉철하게 직시하며, 주민들의 입장과 처지에 충실하면서도 행정 시스템과의 접점을 다각적으로 찾아낼 줄 안다. 서울시정에서 황무지나 다름없는 마을공동체 사업의 총괄 책임자로서 센터를 운영하며 그러한 역량이 곳곳에서 발휘되었다.

하지만 그가 박원순 시정의 출범에 동참하기로 했다는 소식을 들었을 때, 나는 기대보다 걱정이 앞섰다. 주어진 일에 모든 에너지를 쏟아붓고 무한한 책임감을 발휘하는 그의 기질 때문이다. 그의 체력이 감당할 수 있을까. 서울시가 세운 기관(대안교육센터)을 위탁받아 운영해본 경험이 있는 나는, 관료제와 사회운동 사이의 가교 역할이 얼마나 고역스러운 일인지를 알고 있었다. 내가 관여했던 센터와는 비교가 될 수 없을 만큼 규모가 방대하고 과제가 난해한 센터를 이끌어간다는 것은 피를 말리는 시간의 연속일 것임이 틀림없었다. 그 일은 박원순 시장의 주력 정책이지만, 공무원과 현장 활동가들 모두 생소하기만 한 분야였다. 그것을 수행해가는 것은 고강도 스트레스의 압축 파일일 수밖에 없었다.

아니나 다를까. 몇 년이 지나 유창복은 완전히 탈진하여 휴직할 수밖에 없는 지경이 되었다. 하지만 그는 일 중독자가 아니다. 마을에서 유유자적 노닥거리고 음악 밴드 활동도 하면서 때때로 멋진 축제를 벌이고, 대안학교 교사로서 혹은 동네 아저씨로서 아이들과 새로운 배움을 나누고 놀이를 즐기는 모습이 그에게는 딱 어울린다. 하지만 그렇게만 지내기에는 시대의 과제가 너무 절박했다. 이명박, 오세훈 시정을 거치면서 괴물처럼 비대해진 토건 자본이 주거지의 사회적 생태계를 궤멸시켜 가는 상황이었다. 보궐 선거를 통해 기적처럼 탄생한 박원순 시장은 마을의 줄기세포를 시급하게 복원하는 데 방점을 두었고, 그 막중한 프로젝트의 한 가운데 유창복은 설 수밖에 없었다.

그것은 두 개의 상충하는 본질을 끌어안는 일이었다. 생물처럼 서서히 자라나기에 긴 호흡으로 보살펴야 하는 마을, 일 년 단위로 성과를 측정하면서 언론과 의회로부터 늘 매섭게 평가받는 행정, 전혀 다른 템포로 진행되는 두 개의 시간 사이에서 유창복은 짓눌리지 않을 수 없었다. 좌충우돌하는 혼란과 무질서 속에서 내실이 다져지는 주민공동체의 생리, 모든 것이 계획대로 진행되어야 하고 외형과 숫자로 결과를 증명해야 하는 정책의 논리 사이의 간극은 너무 버거운 것이었다. 하지만 서울시정이 그리고 우리의 삶이 한 걸음 더 나아가기 위해서는 그 딜레마를 누군가는 감당해주어야 했다. 유창복은 자기의 몸을 돌보지 않고 기꺼이 그 역할을 자임한 것이다. 누구도 개척해낼 수 없는 길을 열었지만, 그 험난한 골짜기를 헤쳐 나가다가 심신이 고갈되어버렸다.

다행히 몇 개월을 쉬고 나서 그는 기력을 회복했고 업무에 복귀했다. 이번에는 '협치'라는 또 다른 미개간지에 나섰다. '찾아가는 동사무소' 등 혁신 행정의 최전선에서 새로운 범주를 창출하고 구체적인 결과물로 만들어내는 작업에 온 힘을 기울였다. 기존의 행정 부서 칸막이를 두루 넘나들면서 시민 생활의 질을 높이는 정책들을 시스템화하는 일이었는데, 육아 협동조합에서 시작한 마을살이의 밑바닥을 두루 경험하면서 구체적인 고민을 축적해온 유창복이기에 탁상공론의 쳇바퀴를 상당 부분 탈피할 수 있었으리라고 생각한다.

그와 함께 광장을 일궈가자

나는 2년 전에 마포구 상암동으로 이사를 왔다. 마포구는 내게 낯선 지역이 아니다. 중학교 1학년 때 이사를 와서 서른 살 때까지 서교동, 성산동, 상수동, 망원동을 옮겨 다니며 살았던 적이 있기 때문이다. 내가 떠난 직후 성미산에 마을공동체가 만들어지기 시작해 아쉬움이 컸지만, 바로 옆 양천구에 살고 있었기에 수시로 드나들었고 주민들과 함께 이런저런 활동도 벌였다. 지역을 기반으로 하지만 누구에게나 열려 있는 공동체였기에 가능한 일이었다. 그러다가 20여 년 만에 나는 다시 마포구의 주민으로 돌아온 것이다.

유창복이 마포에서 새로운 일을 계획한다고 했을 때, 나는 이사 오기를 참 잘 했다는 생각과 함께 이런저런 상상의 나래를 즐겁게 펼치기 시작했다. 그는 '동네에서 세계가 보인다'는 말을 삶 전체로 구현했고, 또한 서울이라는 광역 단위에서 행정을 기획해 보았다. 따라서 마을과 거대도시 사이에 있는 마을정부를 고민하기에 그만큼 적합한 인물은 없다. 안전, 주거, 환경, 복지, 문화, 교육, 일자리 등 국가 차원의 정책을 주민들의 생활 세계에 긴밀하게 접목하는 일에는 거시적인 시야와 미시적인 감각이 함께 요구되기 때문이다.

유창복은 뛰어난 발상력을 가졌지만 늘 겸허하게 경청하고 배우는 사람이다. 내가 성공회대 대학원에서 수업할 때 그가 대학원생으로 한 학기를 수강한 적이 있는데, 그는 다른 사람들의 경험과 생각에 반짝이는 호기심으로 다가갔다. 그의 표정에 생동하던 물음표는 지금도 여전하다. 공적인 토론장에서 그리고 사적인 대화에서 그의 귀는 다양한 발언을 향해 늘 쫑긋하다. 자신의 세계관이 분명하지만 새로운 관점이나 철학에 언제나 활짝 열려 있다. 그러면서 툭툭 던지는 한 마디에 놀라운 관찰과 통찰을 담아낸다. 그것은 각고의 세월을 건너오면서 다져온 성찰의 스태미나에서 비롯되는 것이리라.

유창복은 발군의 추진력을 가졌지만, 결코 독주하지 않는다. 협업과 조율은 그의 주특기다. 그리고 그의 인덕(人德)은 인복(人福)으로 이어지는 듯하다. 그의 주변에는 주옥같은 인재들이 늘 모여든다. 그와 함께 일하는 사람들의 면면을 살펴보면, 한결같이 고운 품성을 가졌으면서 저마다의 분야에서 남다른 실력을 쌓아온 선수들이라는 공통점을 발견한다. 그래서 깊은 신뢰로 맺어온 유대 속에서 집단 지성을 업그레이드해간다. 잘못된 것이나 부족한 것에 대해 서로 솔직하고 투명하게 지적하면서도 사소한 감정 소모를 하지 않을 수 있는 것은 서로에 대한 존중이 바탕에 깔려 있기 때문이다. 똑똑한 사람들이 좋은 뜻으로 모여도 비본질적인 것들에 시달리면서 시간과 정신을 소모하는 경우가 많은데, 유창복이 꾸려가는 일에서 그런 분위기는 생소하다.

근자열 원자래(近者說 遠者來) '가까이 있는 사람을 즐겁게 하면, 멀리서 사람들이 찾아온다' 라는 〈논어〉의 구절이 떠오른다. 유창복은 아무리 어려운 지경에 처해도 엉뚱한 사람들에게 짜증을 내지 않는다. 어디에서 샘솟아 오르는지 모르지만, 그에게서는 언제나 기쁨의 물줄기가 흘러나오는 것을 느낀다. 그것은 가까이 있는 사람들에게 자연스럽게 스며들고 멀리 있는 사람들을 불러들인다. 그렇다고 물러터진 사람은 아니다. 그도 버럭 화를 낼 때가 있다. 그런데 그 분노의 대상은 항상 정확하다. 부조리한 현실, 공의를 거스르는 세력이다. 비합리적이고 부당한 처사에 대해 분노를 참지 않는다. 다만 보다 나은 세계를 향한 믿음을 가지고 그것을 실행해나가기에, 분노의 노예가 되지 않을 뿐이다.

그에게는 꿈을 빚어내고 전염시키는 힘이 있다. 그와 함께 대화하거나 함께 일을 하다 보면, 혼자서는 끄집어낼 수 없었던 아이디어 그리고 의욕에 사로잡히게 된다. 나만의 느낌이 아니리라. 다른 사람들의 의식을 확장하면서 공동의 소망을 원대하게 빚어내는 신비한 마음의 자장(磁場)에 유쾌하게 끌려드는 사람들이 많다. 그가 벌여온 일들에서 튼실한 열매들이 맺히는 까닭은 바로 거기에 있다. 즐거움으로 일하되 안이하게 타협하지 않고, 효율성을 추구하되 사람을 우선 생각하는 관계 같은 것 말이다.

　이제 정치인으로서 새로운 도전에 나선 유창복을 바라보면서 나도 모르게 사뭇 비장해진다. 그러면서도 어떤 기대감이 차오른다. 두고 보시라. 머리와 가슴, 그리고 손과 발을 두루 움직이며 세상과 맞짱 떠온 그의 패기가 어떤 드라마를 펼쳐갈 것인지를. 역사의 새로운 장을 열어낸 촛불의 힘이 마포구에서 어떻게 꽃 피울지를. 그 광장은 함께 일궈가야 할 여백으로 우리를 기다리고 있다. 사람 사는 세상을 향한 대장정은 지금 새로운 경로에 접어들고 있다. 그가 줄기차게 추구해온 공동체의 축제, 공공의 마당에 선하고 의로운 동지들을 널리 초대하자. 삶을 사랑하고 이웃과 지구를 아끼는 이들이 이 책과 함께 마을정부로 가는 여정에 동행하기를 기대한다.

키워드는 역시 '마을'이다

유창복

이 책은 『우린 마을에서 논다』(2010), 『도시에서 행복한 마을은 가능한가』(2014)에 이은 세 번째 마을 이야기다. 첫 번째 책에는 성미산마을에서 지지고 볶으면서 마을이 만들어지는 과정을 함께 했던 개인적 경험을 담았고, 두 번째 책을 통해서는 서울시 마을 정책 담당자로서 주민자치와 민관협치의 경험으로부터 배운 마을 이야기를 나누고 싶었다.

다시 4년이 흘렀다. 그동안 나는 서울시 협치자문관 직을 경험하면서 마을을 둘러싼 모든 것들, 예를 들면 안전, 주거, 환경, 복지, 문화, 교육, 일자리 등의 문제가 어떻게 정부의 정책과 연계되어 있으며, 주민 당사자들과 이 모든 정책을 함께 해나간다면 어떤 변화가 가능한지를 고민해 볼 소중한 기회를 가졌다.

또 2016년 가을부터 시작되어 한국 사회 모든 이의 삶을 통째로 흔들어 놓았던 촛불광장과 전임 대통령의 탄핵, 문재인 정부의 탄생을 나도 겪었다. 우리 모두는 함께 광장에 서 있었지만 각자 또 따로 자신들만의 생각을 넓혔고, 나 역시 그랬다. 그 광장에 서서 나는 내가 살아온 모든 삶이 새롭게 구성되는 경이로운 경험을 했고, 이 모든 걸 엮어주는 키워드가 역시 마을이란 걸 새삼 깨달았다. 이 책에 대한 구상은 그 때부터 시작되었다.

2017년 대선 이후 나는 서울시 공무원 생활을 마감하고 내 친구들과 이웃이 있는 마포로 돌아왔다. 나와 내 아이가 자란 마을에서 서울시라는 공공의 세계로 들어갔을 때 마을이 새롭게 보였듯이, 공무원 생활을 마감하고 마을로 돌아왔을 때 그 마을은 또 새로운 시선으로 보였다. 정책과 정책이 맞닿아 많은 것을 이루어내는 경험을 하고 난 이후여서인지 예전엔 무심히 지나쳤던 마포의 많은 것들이 정책의 영역에서, 주민과 정부가 만나는 정치의 영역에서 재구성되기 시작한 것이다. 또 내가 모르던 마포의 많은 이야기들이 있다는 것도 알게 되었다. 내가 살던 마을에서 시작된 도시마을 이야기가 서울시의 정책이 되고, 서울시의 정책이 모범사례가 되어 전국으로 퍼져 나가고 중앙정부의 '혁신 읍면동' 정책으로 확산

되는 동안, 우리 동네 마포에도 많은 변화들이 일어나고 있었다.

나는 마포가 궁금해졌고 많은 이웃 주민들과 전문가들을 만났다. 『모멸감』이라는 책의 저자이자 대학원 때 수업을 들었던 선생님이기도 한 김찬호 교수님께 현대도시의 온갖 위험과 주민 스스로의 힘으로 이를 대처해나갔던 국내외 사례에 대해 배웠고, 한남대학교 경찰학과 이창훈 교수님께 치안과 재난으로부터 안전할 수 있는 마을안전의 원리에 대해 자문을 구했으며, 김종진 한국노동사회연구원 연구원께 공공일자리정책의 현재와 미래에 대해 물었고, 정창수 나라살림연구소 소장님을 청해 지방정부 예산안의 구조와 실태를 배웠다.

또 교육, 보육, 주거, 일자리, 문화예술, 인문학, 장애인 복지 등 다양한 영역에서 활동을 하고 계시는 주민들을 만났는 데, 한 분 한 분이 마을민주주의에 대한 나의 고민을 깊게 만드는데 고마운 가르침을 주셨다. 아현중학교 학부모이신 김소희님과 성서중학교 학부모 고은주님, 마을방과후를 오랫동안 고민하고 실천해온 박정아님은 혁신교육지구 사업에 대한 학부모 입장에서의 고민과 어려움을 나누어 주셨고, 마포구 성산동의 성미어린이집 운영위원장이신 라현윤님과 마포영유아통합지원센터의 임명연님은 공공보육의 현안과 지방정부의 역할에 대한 고민을 들려주셨다. 김동희 마포장애인자립생활센터장은 일찌감치 나에게 장애인과 비장애인이 함께 어우러져 사는 마을을 꿈꾸게 해주셨다. 또 대한노인회 마포지회 박규철 회장님은 경로당의 실태와 그 중요성은 물론이고, 마포의 어르신들과 함께 하는 마을을 만들어 나가는 방법을 깨치게 해주셨다. 그리고 마포에 사는 청년 차해영님, 이서범님, 박민수님은 청년들이 처한 주거, 일자리, 소득 문제의 현실과 함께 이 시대를 살아가는 청년들의 깊게 곰삭은 고민을 들려주어 기성세대인 나를 부끄럽게 만들었는데, 나는 이 부끄러움으로부터 마포에서 다(多)세대 공존과 협력의 그림을 그려나갈 수 있었다.

망원시장 상인회 서정래 전 회장님은 전통시장이 지역사회에서 어떻게 자리매김해야 하는지, 지역주민과 시장의 상인이 어떻게 상생해야 하는지를 치열한 실천으로 가르침을 주셨고, 상수동에서 오랫동안 갤러리 카페를 운영해온 김남균님은 홍대 앞의 젊은 소상공인이 겪고 있는 젠트리피케이션의 실상을 잘 알게 해주셨을 뿐 아니라, 대안에 대해서도 많은 아이디어를 주셨다. 마포동에서 자영업을 하고 계시는 류재길님은 마포 관내 중소상공인들이 처한 문제와 해결을 위한 주민들 스스로의 노력, 그리고 지방정부의 역할에 대해 살아있는 생생한 이야기를 들려주셨다. 오랫동안 '홍대 앞'을 고민해온 이원재, 조주연, 정문식님은 서울시 내 25개 자치구 가운데 가장 풍부한 문화예술 자원을 가진 마포의 잠재력에 대해 알려 주셨고, 도서출판 휴머니스트 김학원님과 달빛두더쥐의 이윤호님, 와우북페스티벌의 이채관님은 출판사가 밀집해 있고 인문학 연구소들이 빼곡이 들어선 마포의 네트워크를 연결한다면 보육과 교육의 풍부한 보고가 될 수 있다는 미래지향적인 비전을 들려주셨다.

특히 이 책에는 이전 책들과 달리 정치와 민주주의 이야기를 좀 더 담았는데, 지난 4년 내게 정치와 행정과 정부에 대해 가르침을 주신 선생님들께도 특별한 감사를 전하고 싶다. 박원순 서울시장님은 내게 우리 동네를 벗어나 서울시를 보게 해주셨고, 내가 그저 즐겁게 살았던 마을이 행정과 정부의 관점에서 얼마나 중요한 존재인지를 깨닫게 해 준 선생님이다. 박홍섭 마포구청장님은 마을정부라는 내 생각에 정책과 정부의 역할을 탐색하고 채워 넣을 수 있도록 마포구의 다양한 정책적 실천사례를 제공해 주신 선생님이다.

노웅래 마포갑 국회의원님은 정치인 이전에 평생을 마포에 헌신하고 마포를 사랑한 참여주민이 어떤 모습인지를 생생하게 알려주신 선생님이고, 손혜원 마포을 국회의원님은 주민공동체에 정치인이 줄 수 있는 지지와 활력의 힘을 확인시켜주셨다. 류경기 전 서울시 부시장님은 내게 공무원에 대한 고정관념을 깨고 전문성을 가진 공무원이 21세기 마을에 얼마나 소중한 존재인가를 몸소 보여주셨다. 차성수 금천구청장님은 나이 들어 만났지만 허락하신다면 감히 친구라고 부르고 싶을 만큼 생각의 공유지점이 많은 정치인이며, 마을공동체에 대한 많은 실험을 남기신 선생님이다.

〈희망제작소〉 김제선 소장님은 서울에서 이루어진 특수한 경험을 전국적 관점과 일반적 시선으로 돌아볼 수 있도록 도와주셨고, 〈사람과 마을〉 대표 공병각님은 마을과 정치에 대한 내 고민이 허공에 뜨지 않고 현실의 삶에 발을 디딜 수 있도록 이끌어주셨다. 나의 오랜 마을살이 친구이자 동네이웃인 서복경 박사는 나의 마을살이 경험과 서울시에서 혁신과 협치 정책을 설계하고 집행했던 경험을, 민주주의와 정치혁신에 대한 비전으로 발전시킬 수 있도록 안내해주셨다. 김성섭, 김종호, 설현정, 손정란, 양희경, 이창환, 위성남… 하늘의 별 만큼이나 많은 동네이웃들은, 20여 년 전 내가 이 마을에 들어와 함께 마을살이 하면서 만난 친구이고 지금도 내 인생의 감사한 조언자들이다.

매번 그렇지만 내 생각과 고민을 담은 책을 내놓는 일은 참 어색하고 민망하다. 지금 이 순간에도 책의 중간 중간 설익은 고민과 덜 다듬어진 표현들이 뒤통수를 당기지만, 마을정부에 대한 내 고민을 더 많은 분들과 함께 나누고 싶은 욕심에 마지막 펜을 놓는다. 이 책에 담긴 경험 사례나 전해들은 이야기들 중에 혹여 잘못된 게 있다면 그건 전해준 분들이 아니라 모두 나의 책임이다. 내 삶과 경험을 가능하게 해준 모든 이들과 친구, 이웃들, 그리고 내 상상과 고민의 원천이 되어준 마포 주민들께 이 책을 바친다.

2018년 1월

유 창 복

목차

2부 왜 마을정부인가?

3부 살고 싶은 마을 마포

4부   내가 바라는 마을정부

참고문헌

1부

마을에서 자라다

1. 세탁소집 막내 '딸', 마을에서 자라다

1961년 음력 2월 10일 새벽, 붐비는 비둘기호가 승강장에 들어 온다. 한편에 사내아이 둘을 양손에 잡고, 갓 태어난 아기를 포대기에 둘러업은 젊은 여자가 뛰어간다. 그와 함께 꽤 무거워 보이는 커다란 가방과 보따리를 양손에 들고 앞장선 사내는, 가족이 모두열차에 올라타고서야 안도의 한숨을 내쉬었다. 마침 엄마 등에 매달린 아기가 배가 고픈지 칭얼대더니 이내 자지러지게 울어댔다. 열차 객실에 탄 누구도 그러려니, 아무도 타박을 하지 않았다. 아니 아예 신경조차 쓰지 않았다. 엄마가 젖을 물리자 허겁지겁 먹성 좋게 빨아대던 그 아이는, 세상에 태어나 한 달을 채우지 못하고 꼭 29일 만에 서울로 왔다.

애를 업고 골목에 나서면 동네 아줌마들이 한결같이 '아들 둘에 막내딸'이라고 신통해하며 잘 키우라고 격려해주었단다. 주인집 할머니는 "나중에 엄마한테 소중한 자식이 될 거여, 잘 키우라"고 했단다. 무슨 계시라도 받은 듯 어머니는 그 할머니의 얘기를 오랫동안 누구에게도 얘기하지 않고 간직하고 사셨다. 중학생이 되어서야 뭔 대단한 얘기라도 되는 듯 내게 그 이야기를 들려주셨다.

동네에서 내가 '딸'이 된 이유는, 성격이 온순하고 나이 터울이 많이 지는 두 형과 달리 엄마와 친했기 때문이 아닌가 싶다. 큰 형과는 일곱 살, 작은 형과는 네 살의 터울이 졌던 나는, 집안일은 물론 동네 잔심부름도 도맡아 하며 자랐다. 그 시절에 그런 역할은 으레 여자아이 일이라고 여겨졌고, 덕분에 나는 아들 삼 형제의 막내아들이 아닌 삼 남매의 막내딸로 불리곤 했다.

상경 후 부모님은 정릉을 잠시 거쳐 미아리에 정착하면서 세탁소를 시작했다. 일을 그만두실 때까지 그 세탁소는, 우리 가족 삶의 터전이었고 동네일을 보는 집무실이었으며, 꽤 클 때까지 나의 놀이터이기도 했다.

내 어린 시절의 세탁소를 떠올리면 함께 연상되는 것이 우체부 아저씨의 커다란 가죽가방이다. 쇠가죽으로 만든 가방인데, 어린 내 눈에는 정말 소만큼이나 커 보였었다. 아저씨는 그 가방에 우편

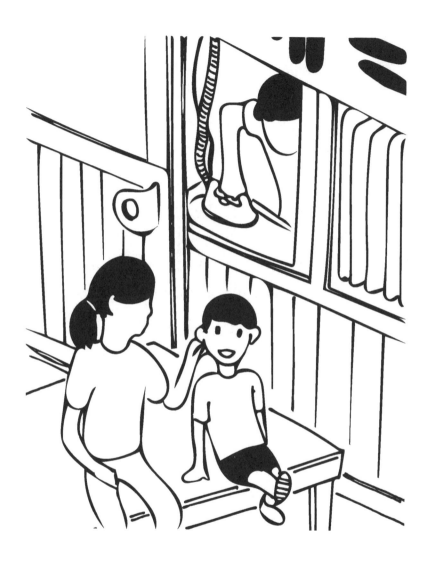

_세탁소는, 우리 가족 삶의 터전이었고 동네일을 보는 집무실이었으며, 꽤 클 때까지 나의 놀이터이기도 했다.

물을 가득 담아 와서 당연하다는 듯이 세탁소 책상에 와르르 쏟아 놓고 갔다. 그 다음은 내 차지였다. 우편물을 모조리 집집마다 나누어야 했기 때문이다. 하루 이틀 우편배달 경력이 쌓이다 보니 어느새 난 동네 집 주소를 몽땅 외울 만큼 숙련이 되었다. 때마다 날라 오는 적십자회비 고지서도, 예비군훈련 통지서도 내 업무 중 하나였다. 아버지가 통장이셨기 때문이다. 동네 반장, 통장까지 합치면 아버지는 40년이 넘도록 마을 일을 보셨다.

낯선 사람이 골목에 들어서면, 아버지는 그 사람이 어느 대문으로 들어가는지 끝까지 눈으로 좇았다. 나중에 그 집에서 누가 나오면 아까 들어간 사람이 누구냐고 꼭 확인한다. 겨울에 동네 아이들이 양말을 안 신고 다니면, 아버지는 내 집 아이, 남의 집 아이 가리지 않고 호통을 쳤다. 세탁소 앞 평상은 동네 쉼터였다. 동네 할머니들은 장을 보고 돌아오시는 길에 그곳에서 쉬어가곤 했다. 그러면 엄마는 재빨리 수돗물을 그릇에 떠다 드렸다. 해 질 무렵에는 '무궁화 꽃이 피었습니다'를 하는 아이들이 세탁소 앞을 차지했다. 밤이 되면 평상은 동네 엄마들의 공용극장이 되었다. 이 집 저 집에서 저녁 식사를 마치고 나온 엄마들이, 라디오 몸체보다 큰 배터리를 등에다 기저귀 고무줄로 칭칭 동여맨 트랜지스터라디오에 귀를 바짝 대고, 흘러나오는 연속극을 듣는 사이 밤이 깊어갔다.

그리고 보면 부모님은 요즘의 마을활동가 같은 분이지 않았나

싶다. 오래된 동네 어귀 우리 세탁소도 마을회관 구실을 한 셈이
다. 어느 곳에서나 다른 이들이 동네를 비우는 낮에 굳건히 동네를
지키는 사람들이 있고, 그 대표적인 이들이 자영업자들이다. 지금
도 그렇지만 예전에도 이들은 동네 치안을 돌보는 경찰 보조이자
아이들의 안전을 지키는 도우미였고, 동네로 흘러드는 소식을 나
누는 연락사무소 역할도 했다. 내 나이 마흔 줄에 들어서면서 마을
살이를 그렇게 재미나게 했던 걸 보면, 이것도 집안 내력인가 싶
다.

2. 광주항쟁을 통해 세상을 보다

　재야, 학생, 교수, 종교계가 모두 들고 일어나, 독재를 타도하고 민주 정부를 세우기 위해 온 나라가 들끓었던 1980년 3월, 대학에 들어갔다. 나름 꿈을 품고 들어간 대학에 대한 나의 기대는, 학교에 상주하던 사복경찰들에 의해 산산이 깨졌다. 친절하고 선하던 선배들이, 학생식당에서 유인물을 뿌리며 뛰쳐나오거나 5층 도서관 난간에 대롱대롱 매달려 시위를 주동하다가, 5분도 채 안 돼서 처참하게 끌려갔다. 넓은 대학 캠퍼스에 노랗게 빨갛게 피어난 개나리와 진달래가 낯설고, 교문에서 강의실까지 가는 길이 그리 먼 것이 신기했던 신입생은, 두려움과 공포 속에서 그렇게 어수선한 대학생활을 시작했다. 그해 5월, 외신을 통해 광주에서 많은 사람이 죽어갔다는 걸 알게 되었다. 국민을 지켜야 할 군대가 국민에게

총부리를 들이대고 기관총을 난사하고 헬기가 공중사격을 위해 출동했다고 했다. 분노한 광주시민이 공수부대에 쫓겨 밀려나 도청을 사수하다 처참하게 죽어갔다는, 거짓말 같은 소식이었다. 내가 살아있는 것만으로도 죄스러웠다. 나도 뭔가 해야만 했다.

그 길로 나는 이른바 운동권 모임에 가입하고, 사회과학 공부를 하고, 선배들 따라 시위에 나섰으며, 도망치다 잡혀 두들겨 맞기도 했다. 그렇게 파란 청춘은 전쟁 같은 나날로 범벅이 되었고 어느덧 4학년이 되었다. 나는 시위를 주동하다 세 시간여에 걸친 진압부대들과 대치 끝에 체포되어 감옥살이를 했다. 그때는 정치범으로 감옥에 가면 군대에 갈 수 없던 시절이라 군 면제를 받았고, 레이건 미국 대통령의 방한으로 양심수 석방이 결정되어 7개월 만에 출소를 했다.

출소 후 선배와 출판사를 차렸다. 출판사 편집부장을 하면서 한편으론 노동운동 활동가들을 도왔다. 덕분에 1986년 봄에는 수배자 명단에 오르게 되었다. 독재의 서슬이 퍼렇던 시절이라, 특별히 나쁜 짓을 한 게 아닌데도 스스로 걸어서 경찰에 갈 수는 없는 노릇이었다. 선량한 시민이 간첩이 되고 폭도가 되던 때라, 그들이 나의 무고함을 알아줄 것이라고 기대할 수는 없었다. 그렇게 수배자가 되어, 3년여 동안 구로와 안양, 성남을 넘어 거제와 부산을 오가며 공장노동자들의 노동조합 결성을 지원하는 활동을 했다. 후일 김대중 정부 노동부 장관이 되었던 방용석 전 원풍모방 지부장과 함께 노동정치조직을 결성하여 공개적이고 조직적으로 노동운동을 지원하기도 했다.

　가끔은 생각한다. 스무 살에 광주항쟁을 접하지 않았다면 나는 어떻게 되었을까? 삼십대의 나를 돌이켜 상상해보면, 성실한 노동자로 출발해 꽤 높은 임원이 되었거나 성공한 기업가가 되었을지도 모르겠다. 하지만 내 삶에서 1980년 광주를 떼어낸다는 건 상상이 되지 않는 일이다. 광주항쟁을 만난 많은 다른 이들처럼, 내게도 광주는 숙명이었고 처음 접한 세상을 바라보는 창이었으며 지금의 유창복을 있게 한 근원이기 때문이다.

_내 삶에서 1980년 광주를 떼어낸다는 건 상상이 되지 않는 일이다. 광주항쟁을 만난 많은 다른 이들처럼, 내게도 광주는 숙명이었고 처음 접한 세상을 바라보는 창이었으며 지금의 유창복을 있게 한 근원이기 때문이다.

3. 생활을 배우고
   생계를 책임지다

감옥살이와 수배 생활에 지친 20대의 육신은 결국 폐결핵이라는 상처를 안게 되었다. 당장 일을 중단하지 않으면 죽는다는 성수의원 양길승 원장님의 호통에, 결혼한 지 3개월 만에 집에 들어앉을 수밖에 없었다. '주는 약 잘 먹으면 낫겠지…' 그렇게 대수롭지 않게 여기던 폐결핵이었으나 3일 연속 새벽에 자다가 두 손에 피를 토해내고 보니 만만한 게 아니었다. 이미 폐에 구멍이 2개가 나버렸고, 2기에서 3기로 심각해지고 있었다. '일제시대 화가도 아니고 내가 왜?' 각혈을 하고 나니 괜히 억울했다. 조금만 움직여도 금방 피로감이 몰려오자 만사가 두려웠다. 더럭 겁이 났다. '이러다 진짜 죽는 거 아냐?'

꼬박 3년을 결핵 치료만 받으며 지냈다. 폐병은 '없는 놈에게 걸려서 있는 놈만 낫는다'고 한다. 독한 항생제를 버텨내느라 삼시 세끼 끼니를 잘 챙기지 않으면 위장이 견디지 못했다. 어쩌다 약을 거르기라도 하면 바로 내성이 생겨 약발이 듣지 않게 되고 결국 쓸 약이 없어 죽는다고 했다. 한 해 폐결핵으로 3천여 명이 죽는다니 애당초 쉽게 볼 병이 아니었던 게다. 진짜 없는 놈만 걸리고 있는 놈만 낫는다는 말이 딱 맞는다 싶었다.

아내는 거여동에서 명륜동까지 매일 출퇴근을 하며 병 걸린 남편을 수발하고 생계를 책임졌다. 그런데 나쁜 일은 겹쳐 온다 했던가. 몸이 쇠약해진 그 사람에게 내 결핵균이 옮겨가 버린 것이다. 기가 막힌 노릇이었다. "각 방 쓰라"는 한의사와 어머니의 당부대로 우린 각방을 썼고, 마주 보며 할 수 있는 일이라곤 한 줌이나 되는 약을 서로의 입에 털어 넣는 걸 지켜보는 것뿐이었다. 아내에게 미안하고 심란하고, 버텨내 주는 게 그저 고마운 시간이 아닐 수 없었다.

그럭저럭 3년이 지났다. 다행히 건강이 돌아오기 시작했다. 나와 아내 둘 다 결핵을 이겨내느라 경제활동을 할 수 없었던 그 시간을 벌충하려면 무엇이든 해야 했다. 그때 처음 선택한 일이 공장형 자동세탁 프랜차이즈 사업이었다. 지금 생각해도 절묘한 선택이었다. 평생 봐온 게 부모님의 세탁소였고, 제대로 공부하지는 못 했지만 그래도 전공이 경영학이었던 터라 세탁 관련 창업을 생각해 낸 것이다.

처음 시작한 사업은 다행히도 '대박을 쳤다.' 6개월여 만에 매출 8억을 달성했으니까 말이다. 나도 내게 그런 능력이 있는지 처음 알았고 신기한 기분까지 들었다. 그때 나이 서른넷이었으니 패기도 있었다. 하지만 애초에 자본금 없이 사업기획력만으로 동업을 한 터라, 사업은 성공했는데 내 손에 돈은 남지 않는 역설적인 상황이 벌어졌다. 기획이 아무리 좋고 열심히 노동했어도 '돈이 돈을 버는' 세상을 넘어서기가 참 어렵다는 걸 몸으로 배웠다. 그 후에도 아시아나항공 여행 가이드북 제작, 창고업 등 여러 번의 창업 아이템을 실제 사업으로 연결시켰고 꽤 재미를 봤지만, 자본 없이 남의 돈으로 하는 사업의 결말은 늘 그다지 좋지가 못했다. '세상 참 만만치 않다' 라는 이야기가 실감 났다.

내 탓에 결핵을 얻었고 병마에서는 벗어났지만, 아내는 쇠약해진 체력을 좀처럼 회복하지 못했다. 게다가 기대하지 않았던 크리스마스 선물처럼 내게 와 준 아이를 책임져야 했던 가장으로서, 자본금 없이 사업하는 게 두려워지기 시작했다. 결국, 다른 길을 찾기로 했다. 돈 없이 시작할 수 있는 가장 빠른 길은 전문 자격증을

_아내는 쇠약해진 체력을 좀처럼 회복하지 못했다. 게다가 기대하지 않았던 크리스마스 선물처럼 내게 와 준 아이를 책임져야 했던 가장으로서, 자본금 없이 사업하는 게 두려워지기 시작했다.

따는 것이었다. 창고업을 하면서 부동산 세계를 알게 되었고, 감정평가사 자격증에 도전하게 되었다. 감정평가사는 세금과 보상금의 기초가 되는 각종 재산 가치를 평가하는 직업으로 주택, 재개발, 재건축 등 부동산 분야 전문직인데, 국가공인자격시험을 통과해야 했다.

나이 마흔을 앞두고 어린 아들에게 회사 간다고 거짓말을 하고 새벽에 나와, 신림동 고시원과 노량진 학원, 홍대 앞 독서실을 전전하는 생활을 시작했다. 독하게 마음먹고 가족과 떨어져 1평 반 신림동 숙식 고시원에서 살기도 했다. 수시로 떠오르는 아이의 얼굴과 함께 놀아주기를 바라는 아이의 간절한 눈빛을 외면하고 미래에 대한 두려움과 싸워야만 하는 시간이었다. 고백하건대 참 외롭고 두려웠던 시절이다. 다행히 천운이 따라 2년 만에 자격증을 손에 쥘 수 있었지만, 지금도 그 시간의 무게를 떠올리곤 한다.

먹고 사는 일의 무게가 특히 무겁게 느껴지고 앞날에 대한 막막함과 두려움이 엄습하는 그런 순간은 인생에 한 번으로 그치지 않지만, 특별히 강렬했던 기억은 누구에게나 꼭 하나씩 있다. 나는 그때가 그랬다. 그 이전에도 그 이후에도 여러 번 그런 순간을 경험했지만, 인생의 전환을 고민하고 자격증 시험을 준비하던 그 시간이 내게 가르쳐준 건 생활인의 책임이었다. 평범한 우리 대부분은 남자든 여자든 나이가 젊든 많든 관계없이 나와 가족의 생계를 책임져야 하는 무게에서 자유롭지 않다. 직장인들은 던지지도 못하는 사표를 가슴에 품고서 매일매일 삶의 무게를 버텨내고, 자영업자들은 꼭두새벽부터 늦은 밤까지 손님이 오든 오지 않든 눈이 오나 비가 오나 사업장을 지킨다. 다 사랑하는 사람들 때문이다. 두려움과 막막함 속에서도 사랑하는 이들에 대한 책임으로 버텨낸 그 시간은 나를 또 한 뼘 자라게 해주었다.

4. 아이 키우러 간
마을에서
친구들을 만나다

아이가 여섯 살 때 원래 살던 안산에서 마포로 이사를 왔다. 안산 살 때 아이를 아파트단지 안에 있는 유치원에 보냈는데, 온종일 그 안에 갇혀 지내는 듯해서 마음이 아팠다. 산으로 들로 쫓아다니던 내 어린 시절처럼 아이를 키울 수 있으리라 기대하지는 않았지만, 그래도 좀 놀리며 키우고 싶었는데 별 수가 없었다. 그러다 아이를 풀어놓고 키울 수 있는 동네가 있다는 소식을 들었고, 다니던 직장을 정리하고 마포에 있는 새 직장을 얻어 이사했다.

처음 서교동에 자리를 잡고 아이를 보낸 곳이 '우리어린이집'이다. 우리어린이집은 공동육아어린이집이었다. 공동육아어린이집은 맞벌이 부모가 일하러 나가 있는 동안 좀 더 안전하게 아이를 키우고 싶은 부모들이 뜻을 같이해 만든 협동조합형 어린이집이다. 지금도 그렇지만 그때는 구립어린이집이 더욱 귀하던 시절이었다. 순번을 받기도 어렵고 아이를 보내려면 한참을 기다려야 하는 공립어린이집이었기에, 무작정 기다리느니 부모들이 직접 만들고 운영해보자는 생각이 그 출발이었다.

어린이집 아이들은 마을 뒷산인 성미산에서 낮 시간의 많은 부분을 보냈다. 산을 오르고 내리면서 아이는 점점 활기를 띠고 성격도 밝아졌다. 사실 성미산은 산이라고 불리기 민망할 만큼 그 규모가 작다. 해발 66m의 나지막한 그곳의 원래 이름은 성산(城山)이라 했다. 산의 우리말인 뫼가 붙어 '성뫼' 라고도 했는데 지금은 '성뫼' 에 또 '산' 이 붙어 그냥 성미산이라고 불린다. 서울 전역이 개발되면서 마포에도 자연이 만든 생태숲의 모습을 유지하고 있는 산은 거의 없어졌고 성미산이 그나마 유일하다.

규모는 작아도 그곳엔 있을 건 다 있었다. 자연이 줄 수 있는 햇빛이 있었고 가공되지 않은 흙이 있었으며 해와 흙과 비가 빚어내는 온갖 가지 크고 작은 식물들이 자랐다. 어린아이들이 숨바꼭질할 수 있는 꽤 큰 나무나 바위도 있었고, 출출할 때면 살짝 따먹어도 해가 되지 않는 열매들도 있었다. 그저 자연에 섞이기만 해도 아이들이 얼마나 건강해질 수 있는지를 경험하면서, 부모들은 산을 가꾸기 시작했다. 날을 잡아 나무를 심었고, 휴일이면 함께 산에 올라 아이들이 오르내릴 수 있는 길에 돌을 치웠다. 산을 훼손하면서 개발하려는 일을 막으려고 무려 3년에 걸쳐 구청이나 시청에 민원을 넣고 함께 모여 항의를 하기도 했다.

부모들이 직접 운영하는 협동조합형 어린이집이라 부모들은 서로 만날 일이 많았다. 매일 순번을 정해 어린이집 청소를 직접 했고, 휴일에는 부모와 아이들이 함께 근처 한강공원에 가서 놀면서 생각을 나누기도 했다. 아토피 아이들에게 무엇이 좋은지, 아이들 간의 다툼이 있을 때 부모는 어떻게 해야 하는지, 말이 좀 늦은 아이에게 뭐가 도움이 되는지, 글은 몇 살 때부터 어떻게 알아가는 게 좋은지 궁금한 건 무엇이든 서로에게 물었다. 먼저 아이를 키운 부모는 경험을 이야기해주었고, 선생님들은 여러 아이를 키운 이야기를 해주었으며, 그래도 궁금한 것은 책을 읽고 같이 공부를 하기도 했다.

그렇게 서툰 부모들은 아이를 키우려고 함께 노력하면서 친구가 되어갔다. 그때 만난 부모들은 학교에 들어간 아이들에게 무엇이 필요한지, 중학생이 되고 고등학생이 된 아이들에게는 또 어떤 부모가 되어야 하는지, 청년이 된 아이들과 어떻게 살아가야 하는지를 함께 이야기하면서 지금도 만나는 오랜 친구가 되었다.

_부모들이 직접 운영하는 협동조합형 어린이집이라 부모들은 서로 만날 일이 많았다. 매일 순번을 정해 어린이집 청소를 직접 했고, 휴일에는 부모와 아이들이 함께 근처 한강 공원에 가서 놀면서 생각을 나누기도 했다.

5. 필요를 함께
해결해가는 법을
깨치다

어린이집을 나온 아이는 초등학교에 들어갔다. 당장 학교를 마친 낮 시간 아이가 어떻게 시간을 보내야 할지가 고민이었다. 지금은 충분하지는 않지만, 초등학교마다 학교에서 진행하는 방과후 프로그램들이 있다. 하지만 그때는 지금 정도의 프로그램도 거의 없던 때였다. 부모들은 굳이 사교육을 시키고 싶지 않아도 방과후 아이의 안전 때문에 어쩔 수 없이 학원을 이곳저곳 보내는 일이 다반사였다. 그러나 1시간 단위로 학원을 이곳저곳 보내다 보면 이 학원에서 저 학원으로 이동하는 과정의 안전도 심각한 문제였고, 한창 자랄 나이 아이들의 먹거리도 걱정이 아닐 수 없었다.

어린이집에서 만난 부모들은 머리를 맞대었고, 같은 고민을 하는 동네의 또 다른 부모 친구들을 찾기 시작했다. 같은 초등학교나 인근 초등학교를 보내는 부모들을 수소문해 만났다. 함께 고민을 나누면서 부모들이 하는 방과후 프로그램을 만들어보자는 결론에 이르렀다. 우리의 바람은 학교를 마친 초등학교 저학년 아이들이 집에서 만든 안전한 간식을 먹고 편하게 지낼 수 있는 공간이었다. 낮잠을 자고 싶은 아이는 자고, 친구들과 놀고 싶은 아이들은 놀고, 동네 나들이를 가고 싶으면 이런저런 걱정 없이 다닐 수 있는 그런 곳, 물론 아이들을 따뜻하고 안전하게 돌봐줄 선생님이 있는 공간이어야 했다. 공동육아 어린이집 경험을 살려 우리는 다시 한번 방과후 교실을 위한 협동조합을 만들었다.

아이가 어린이집에 다니고 초등학교에 들어가는 사이, 동네에는 공동육아어린이집이 몇 개 더 늘어났고 방과후 교실이나 프로그램도 조금씩 생겨나기 시작했으며 아이 키우는 문제로 이런저런 고민을 하는 부모들의 모임도 넓어졌다. 잦은 만남 속에서 다양한 연령대의 아이를 키우는 부모들은 또 공통된 문제를 발견했는데 안전하지 않은 먹거리 문제였다.

특히 아토피 아이를 둔 부모들이나 장애아를 둔 부모들의 걱정은 컸다. 특정 음식물이나 환경이 문제라는 걸 알 수 있다면 어떻게든 피할 방도를 찾겠지만, 대개 아토피 증상은 그렇지가 못하다. 아토피라는 표현 자체가 '알 수 없는' 이라는 뜻이라지 않은가. 장애아이 중에는 특정 음식물 섭취에 따라 발작 증상을 보이기도 하는데, 특히 자기표현이 어려운 경우 원인을 찾기도 더 힘들다.

여럿이 나누어 먹은 아이스크림 때문에 발작을 일으키기도 했고 함께 학교 급식을 먹은 후에 기침 발작을 일으키거나 온몸에 발진이 돋아 고생하기도 했다. 원인도 다양하고 증상도 다양한 아토피는 갓 태어난 아이부터 중고등학교에 다니는 아이들, 그리고 성인에 이르기까지 모두를 괴롭히고 있었다. 온몸이 붉어져 자지러지게 울어대는 갓난아기, 밤마다 피가 나도록 팔다리를 긁어대는 아이들, 계절이 바뀔 때마다 천식처럼 보이는 기침으로 고통받는 아이들 때문에 속이 새카맣게 타들어 가던 부모들은 '용하다' 는 병원 정보를 나누고, 효과를 본 연고나 로션을 추천하며, 아토피 치료법 강좌도 함께 들으러 다녔다. 그러는 사이 이 문제가 '내 아이' 만의 특수한 문제가 아니며, 모든 아이와 어른의 건강을 위해 안전한 먹거리가 중요하다는 결론에 이르렀다.

아토피가 있는 아이와 없는 아이, 장애가 있는 아이와 없는 아이의 부모들이 함께 모여 어떻게 우리 아이들이 안전한 먹거리를 먹을 수 있을지 고민하기 시작했고 생활협동조합이 우리 동네에도

_아토피가 있는 아이와 없는 아이, 장애가 있는 아이와 없는 아이의 부모들이 함께 모여 어떻게 우리 아이들이 안전한 먹거리를 먹을 수 있을지 고민하기 시작했고 생활협동조합이 우리 동네에도 있으면 좋겠다고 중지를 모았다.

있으면 좋겠다고 중지를 모았다. 그때도 다른 지역엔 몇몇 생협이 매장을 열고 있었는데, 하필 우리 동네엔 없었다. 없으면 만들어보자고 마음먹고 움직였다. 그렇게 다른 생협들을 찾아다니며 생협이 어떻게 운영되는지를 배웠고 십시일반 출자금을 내어 조그맣게 매장을 열었다. 생협 이용자들이 늘어나면서 매장을 넓혔고 하나둘 매장의 수도 늘었다. 2017년 현재 울림두레생협 이용자는 1만 명을 훌쩍 넘겼고, 연 매출이 100억에 달한다고 한다.

아이가 초등 고학년이 되자 또 고민이 생겼다. 곧 중학교를 가야 할 텐데 공부에 별 흥미가 없는 아이가 대학입시 중심인 우리나라 중등 교육과정을 잘 버텨낼 수 있을까? 그런데 나만의 고민이 아니었다. 이래저래 만난 동네 친구들과 이야기를 나누다 보니 어린이집 부모들은 초등학교 보내는 걸 고민하고 있었고, 중학교 부모들은 고등학교 진학을 고민하고 있었다.

지금은 높은 대학 진학률이 당연하게 받아들여지지만, 우리의 고민이 시작될 때는 고등학교 졸업자 10명 중 8명이 대학에 진학한다는 사실 자체가 막 사회적 논란이 되던 때였다. 그도 그럴 것이 1990년대 초만 해도 대학진학자는 고등학교 졸업자의 30퍼센트에 미치지 못했다. 불과 10여 년 만에 대학 진학률이 급증해버린 것이다.

이러다 보니 대학진학에 관심이 없거나 집안이 어려워 진학을 생각할 수 없는 아이들이 교실에서 소외된다는 언론 보도가 쏟아지기 시작했고, "초등 4학년이 지나면 늦습니다!" 같은 학원광고 카피가 유행처럼 번졌다. 유치원 부모들은 한글을 미리 가르쳐야 한다는 강박에 시달리기 시작했고, 초등 저학년 부모는 선행학습을 하지 않으면 중학교에서 좋은 성적을 얻을 수 없다는 일부 주장을 들으면서 불안의 늪에 빠져들었다. 초등 저학년은 고학년 과정을 선행학습하고 고학년은 중등과정을, 중등은 고등과정을, 고등은 대학과정을 선행 학습하는 학원 프로그램들이 마구 생겨났다.

자주 만나던 동네 부모들도 불안하긴 마찬가지였다. 아이가 이 광속을 따라잡지 못하면 낙오되지 않을까 하는 두려움이 우리에게도 있었다. 하지만 다른 한편에선 밤 11시까지 학원가를 전전하는 초등학생이, 새벽 한 시에 귀가하는 중학생이 우리 아이가 가야 할 모델일까? 그렇게 살아야 하는 우리 아이들은 건강할 수 있을까? 행복할 수 있을까? 라는 의문이 꼬리를 물었다. 이 어마어마한 경쟁 사회에서 내 아이가 조금은 더 여유롭게 살아갈 수 있도록 도울 방법이 없을까? 마음이 따뜻한 아이, 잘 웃어서 주변 사람들을 행복하게 해 주는 아이, 노래와 춤을 좋아하는 아이, 손재주가 좋아 뭐든 만들기를 좋아하는 아이들이 내신 성적 1등급 받는 아이들만큼 존중받고 행복감을 느끼게 해 줄 방법은 없을까?

모든 아이가 그런 건 물론 아니었지만 먼저 중학교, 고등학교에 간 아이 중 몇몇은 정말이지 행복하지 않다고, 입시만이 아닌 다른 고민과 경험을 해 볼 수 있는 학교가 있으면 좋겠다고 했다. 아이들의 고민을 보면서 동네 친구들의 공상 같았던 '좀 다른 학교'에 대한 꿈은 천천히 구체화되어 갔다. 우리는 공교육에서 가르치는 선생님들께 도움을 구하기도 했고, 먼저 대안학교를 운영했던 학부모들이나 선생님들을 찾아다니며 우리의 고민을 상담했다. 공공기관의 도움이 가능한지도 열심히 찾았다. 그런데 좀 다른 커리큘럼을 가진 학교에 대한 공적 지원은 기대할 수가 없다는 걸 깨달았다. 또 내신 1등급이 목표가 아닌 학교를 가까운 곳에서 찾는 일이나, 동네 학교에서 우리의 고민을 수용해주는 일도 당시로선 기대할 수 있는 게 아니라는 것도 알게 되었다.

결국, 나와 내 동네 친구들은 또 '일을 쳤다.' 어린이집 부모에서부터 고등학생 부모까지 모두가 불안하다면, 함께 모여 대안을 모색해볼 수 있지 않을까 생각했고 관심 있는 사람들이 함께 모이는 자리를 만들었다. 그런데 긴가민가했던 우리는 모인 사람들의 숫자와 고민의 깊이에 놀랐고, 진짜 뭔가 해볼 수 있겠다는 자신감을 얻었다. 그리하여 전국 최초로 도심 한가운데 있는 12년제 대안

＿성미산학교는 다른 대안학교들과 달리 12학년제이다. 미리부터 12년제 학제에 대한 특별한 교육철학이 있어서라기보다, 각기 다른 고민을 안고 함께 모인 이들과 의논을 하다 결정된 것이다.

학교의 실험이 궤도에 오르기 시작했다.

하지만 시작하자마자 우리가 '엄청난 사고'를 쳤다는 걸 곧 깨달았다. 학교를 만든다는 건 하나부터 열까지 쉬운 게 하나도 없었고, 매번 좌충우돌의 연속이었다. 아이들이 안정적으로 수업받을 수 있는 공간을 만들면서, 선생님들을 모시면서, 좀 다른 커리큘럼을 부모와 교사가 함께 고민하면서, 협동조합 모델로 학교를 운영하는 방안을 모색하면서 우린 매번 다른 생각과 입장을 두고 갈등할 수밖에 없었다. 이미 몇몇 곳에서의 대안학교 실험들이 있긴 했지만, 그곳에선 그곳의 고민이 출발이었듯이 우리에겐 우리의 고민이 출발이었기 때문에 방법도 다를 수밖에 없어 모방은 애초 불가능한 것이었다.

긴 시간에 걸쳐 우리가 얻은 결론은 어떻게든 서로 합의하고 타협하고 조정할 수밖에 없다는 것이었다. 그렇게 하나하나 매듭을 풀어가는 과정이 지루하게 이어졌다. 성미산학교는 다른 대안학교들과 달리 12학년제이다. 미리부터 12년제 학제에 대한 특별한 교육철학이 있어서라기보다, 각기 다른 고민을 안고 함께 모인 이들과 의논을 하다 결정된 것이다. 집마다 대안학교가 필요한 각기 다른 이유가 쏟아져 나오고, 이미 초등 고학년이거나 중학교 다니는 아이가 있는 집은 당연히 초등을 넘어 중등학교를 바랐다. 또 곧

고등학생이 될 터이니 중등에 숟가락 하나 얹으면 고등 아닌가 하
는 배짱으로 12년제 학교를 만들기로 한 것이다. 그렇게 만들어진
성미산학교는 2018년 현재 열세 돌을 무사히 넘기고 있다.

6. 필요가 만든 마을이
생겨나다

돌이켜보면 마을 일이라는 것이 매사 그랬다. 처음부터 누군가의 거대한 밑그림과 기획이 있었던 건 없었다. 그저 간절한 필요가 있었고 이에 공감하는 사람들이 있었으며, 대안을 만들어보자는 합의가 있으면 '어떻게'를 향한 지루한 좌충우돌의 과정으로 넘어갔다. 그중 어떤 것은 성과로 남았고 어떤 것은 좌절되기도 했다. 그런데 성공을 하든 실패를 하든 그 '과정' 자체가 모여 거대한 발자취를 남겼고, 나중에서야 우린 우리의 무수한 좌충우돌이 만든 게 '마을'이라는 걸 깨달았다.

생협이 있어도 생협 식자재로 요리해 먹을 형편이 안 되는 사람들을 위해 동네 엄마들 몇몇이 모였다. 마음 놓고 사다 먹을 수 있

_어떤 것은 성과로 남았고 어떤 것은 좌절되기도 했다. 그런데 성공을 하든 실패를 하든 그 '과정' 자체가 모여 거대한 발자취를 남겼고, 나중에서야 우린 우리의 무수한 좌충우돌이 만든 게 '마을'이라는 걸 깨달았다.

는 반찬가게를 만들어보자고 머리를 맞댔다. 재료는 생협에서 공급받고 어린아이들까지 먹을 수 있도록 조금 덜 자극적인 양념을 사용하는 반찬가게 〈동네부엌〉이 그렇게 문을 열었다.

또 다른 엄마들은 아토피 아이들도 맘 놓고 사 먹을 수 있는 아이스크림이 있으면 좋겠다고 생각했다. 아이스크림 만드는 법을 배웠고 아이스크림 기계도 한 대 샀다. 그런데 가게 얻을 돈이 없었다. 처음엔 그냥 〈동네부엌〉 한 켠에 기계를 놓고 아이스크림을 팔았다. 아이도 어른도 아이스크림을 사 먹게 되면서, 아이스크림만 파는 게 아니라 어른들 마실 거리도 함께 파는 동네 다방이 있으면 좋겠다고 생각했다.

관심 있는 출자자들이 모였고, 〈동네부엌〉 옆에 동네 다방 〈작은 나무〉가 자리를 잡았다.

요리를 사랑하는 아빠가 있었다. 요리와는 아무런 상관이 없는 직장에 다니면서 밤마다 요리학원에서 공부하고 요리사 자격증을 하나씩 따 모았다. 그 아빠는 아이들 어린이집에서, 아이가 다니는 학교에서, 행사가 있으면 요리로 재능기부를 했고 아빠의 요리를 좋아하는 동네 사람들이 점점 더 늘어났다. 그 아빠의 요리를 매일 먹고 싶은 사람들이 십시일반 출자금을 모았고, 마침내 아빠는 〈성미산밥상〉이라는 밥집을 차리면서 요리사로 전업을 했다.

노래 좀 부르고 기타랑 드럼을 좀 치는 부모들은 〈아마밴드(아빠엄마밴드)〉를 만들어 아이들에게 음악을 들려주었고, 왕년에 풍물 좀 쳤던 부모들은 아이와 함께 장구와 북을 치면서 동네 풍물패 〈성미산풍물패〉를 만들었다. 춤을 좋아했던 부모들은 선생님을 모셔 춤을 배웠고 동네 사람들을 모아 춤 공연을 했으며, 연극이 로망이었던 부모들은 직장을 마치고 모여 연기연습을 하더니 동네 사람들에게 연극공연을 선보였고, 마침내 마을극단 〈무말랭이〉를 창단했으며 올해로 10년 째다. 동네에서 피아노나 바이올린을 배우는 아이들을 보면서 '나도 하고 싶은' 부모들이 모였고, 아이들과 어른이 함께 하는 〈마을 오케스트라〉도 구성되었다. 이 악기도 있으면 좋겠고 저 악기도 배우면 좋겠다는 사람들이 수십 명으로 늘어났고, 몇 년 만에 온갖 악기를 등에 멘 동네 사람들이 생겨났다.

어떤 날에는 밴드공연이, 다른 날에는 풍물공연이, 또 연극공연이 동네 사람들을 불러 모으면서 문화예술 공연을 안정적으로 할 수 있는 공간에 대한 꿈이 자라나기 시작했다. 여러 해 동안 '공간이 있으면 좋겠다!'라는 이야기들을 나누는 와중에, 마침 시민단체 몇몇이 우리 동네에 건물을 지어 입주한다는 소식이 들려왔다. 그 건물 지하에 공연공간을 마련하자는 제안에 입주 시민단체들이 동의를 해주었고, 우리는 또 출자자들로 모였다. 그렇게 〈성미산마을극장〉이 문을 열었다.

우리끼리 뭔가를 하는 동안 마을에는 사람들이 자꾸 늘어났다. 아이를 키우러 들어왔고 홍대 앞 청년들이 이사를 왔고 시민단체들도 들어왔다. 사람들이 북적대면서 점점 많은 무언가가 마을에 만들어졌고 아이들도 어른들도 다닐 곳이 많아졌다. 그런데 마을의 덩치가 커지면서 큰 문제가 생겼다. 집값이 천정부지로 솟기 시작한 것이다. 지금은 월세나 반전세가 대세지만 그때는 대개 마을 사람들이 전세로 살던 때였다. 공간을 필요로 하는 사람들이 늘어나니 집은 전세 보증금이 자꾸만 올라갔고, 감당할 수 없는 사람들이 마을에서 이사를 나가기 시작했다.

이때 동네 사람 몇몇이 자구책을 마련하면서 공동주택을 지었다. 각자 가진 전세 보증금을 모아 땅을 사고 집을 지은 것이다. 그 집들은 지금 '공동주택 1호', '공동주택 2호'로 불린다. 이런 시도를 보면서 동네에서 밀려나기 전에 집을 마련하고 싶은 사람들이 생겨났고, 건축을 업으로 하는 동네 친구가 아예 공동주택을 짓는 회사를 차렸다.

〈소행주(소통이 있어 행복한 주택)〉는 함께 살고 싶은 사람들을 모았고, 그 사람들은 땅을 사고 집을 짓는 일까지 전 과정을 함께 기획했다. 1인 가구, 2인 가구, 3~4인 가구들이 함께 모여 다양한

형태로 공간을 공유하는 소행주는 2017년 현재 8호까지 만들어졌
다.

7. 성미산마을에
사는 짱가

아이를 키우면서 친구를 만나고 친구들과 고민을 함께 해결해 나가다 보니 어느새 20년이 훌쩍 넘어버렸다. 나는 이 동네에서 짱가로 불린다. 짱가라는 별명은 어린이집에 아이를 보낼 때 지금은 괴산으로 귀농한 한 엄마가 지어준 별명이다. 아내의 별명은 짱아고 아이는 짱구다. 나는 우리어린이집 이사였고 생협 초대 이사였으며 성미산학교 초대 교감이었고 마을 최초 방과후교실 이사였으며, 〈작은나무〉의 운영위원이었다. 〈성미산밥상〉 출자자였고 〈성미산마을극장〉의 전직 대표였으며 〈마포FM〉의 설립 이사였고 마을극단 〈무말랭이〉 설립 단원이기도 하다.

내가 그동안 마을에서 달았던 직함만 놓고 보면 엄청나 보이지만, 사실 이 동네에선 별거 아니다. 지금도 마을에는 헤아리기조차 힘든 많은 모임이 있고, 또 새로 생겨나며 없어진다. 이 동네에선 전·현직 대표나 이사가 거짓말 좀 보태서 하늘에 떠 있는 별만큼이나 많다. 협동조합형 조직에서는 조합원 모두의 참여가 필수이고, 매년 대표나 이사가 바뀌기 때문이다. 이런 많은 협동조합형 조직들이 사안에 따라, 시기에 따라 서로 연대를 해나가면서 마을의 문제를 해결하기 때문에 마을을 대표하는 단 한 사람을 꼽기란 불가능하다.

이게 이 마을을 만들었고 유지해온 힘이라고 나는 생각한다. 지금 성미산마을은 한 해 3천여 명이 넘는 국내외 방문객들이 찾아오는 명소가 되었다. 개인이나 단체로 찾아오는 사람들이 여기저기 들러 궁금한 것을 물어보는 횟수가 점차 늘어나면서, 동네 사람들은 아예 '길눈이'라는 자원봉사자를 모집해 투어하면서 설명하고 있다. 찾는 이들은 마을을 둘러보며 이 마을의 기획자 혹은 지도자가 누구인지를 궁금해하곤 한다. 하지만 그런 사람은 없다. '따로 또 같이'를 살아가며 익힌 사람들의 촘촘한 그물망들이 있을 뿐이다.

나의 20대엔 이념의 당위와 동지와의 의리로 무장한 채, 인생을 몰아치듯 내달리고 사람들을 다그치듯 설득하려 했다. 하지만 그리해서 될 일이 아니란 걸 미처 깨닫기도 전에 무력감에 빠져 튕겨지듯 비켜났다. 30대엔 돈을, 그것도 자본이 되는 목돈을 벌어보겠다고 창업으로 사업에 뛰어들었다. 냉정한 돈의 논리와 그 전쟁 같은 살벌한 경쟁 속에서도 살아내는 사람들을 보았다. 세상이 조금 보이고 그 안의 사람들 숨소리와 땀내가 느껴졌다.

40대가 되어 마을 일에 빠지고 마을 사람들의 소소한 일상에 스미게 되자, 완전히 다른 세계가 나타났다. 성미산마을 짱가로 살아온 지난 세월을 돌이켜보면, 마을이 내게 가르친 것은 함께하는 즐거움과 동시에 함께하기 위한 인내였다. 사람이 하는 모든 일이 그렇듯이 늘 즐거울 수만은 없다. 항상 지지고 볶는다. 매일, 언제나 그렇다. 한 20년 지지고 볶다 보니, 지지고 볶는 것도 이제 요령이 생겼다. 아무 탈 없이 잘 진행되어도 문제라 여기고, 탈이 커진다 싶으면 '워워~' 한다. 적절한 '속도와 균형' 감각이 마을 사람들의 집단지성처럼 마을에서 알게 모르게 작동한다.

마을은 우주와도 같이 무궁하다. 매일매일 엄청난 사건이 일어나고, 새로운 이야기들이 생겨나는 곳이다. 그곳에선 나와 다름을 '견뎌야' 한다. 매사 건건이 의견이 다르다. 같은 줄 알았는데 조금 더 따져보면, 착각했나 싶을 정도로 다르다는 걸 알고 놀란다. 사실 당연하다. 다름을 알게 되면 그래도 길이 생긴다. 설득하여 하나로 맞추든 조정해서 절충하든 수가 생긴다. 아니면, 다르구나 하고 말면 된다. 그래도 일이 되어야 한다면 내가 접는 거다. 하고 싶은 사람이 나서고 그가 내 의견과 다르면 하고 싶은 사람이 하도록 동의해주거나 내버려 두는 거다. 그러다 보면 '그 말이었어? 진작 말하지!' 하고 돌아오는 사람도 생긴다. 이해하는 척은 안 통한다. 표정 관리가 안 되니 더 꼬이고 감정만 상하게 할 뿐이다. 그냥 이해하는 거다. 이해가 안 돼도 그냥 이해하는 거다. 그러다 보면 결국 이해가 된다. 아니, 다름 그 자체를 수용하고 인정하게 되는 것이다.

일이 잘 안 풀리면, 될 때까지 '버티는' 인내도 필요하다. 외부에서 보기에 이 마을에서 성공했다고 평가되는 일들 가운데 단번에 된 건 하나도 없다. 기억도 안 나는 오래 전 누군가는 필요하다고 제안했지만 묻혔고, 시도했지만 좌절하고 접었고, 그러다 때가 돼서 성사되었던 거다. 인디언 부족의 기우제가 백발백중 신통한 이유가 비가 올 때까지 제를 드리기 때문이라고 하지 않던가. 마을 일은 건물 짓듯이 도면과 일정별 공사계획으로 되는 게 아니었다. 사람이 참여하고, 참여한 사람의 기운이 모여야 모인 만큼 일이 되었다. 어찌 보면 우연의 세계처럼 보이기도 한다. 체계적인 마스터 플래닝이 아니라, 구불구불한 구성적 플래닝을 또 하고 또 하는 인내야말로 함께하는 즐거움을 얻기 위한 필수요소였다.

나만의 버티기 비결을 꼽으라면, '아니면 말고' 정신과 '잠수타기' 다. '아니면 말고' 란 낙관과 여유에 대한 나만의 표현이다. 낙관이란 무조건 잘 될 거라는 희망 고문이 아니라, '안되면 어때? 아직 때가 아닌가 보네' 라는 인정과 수용을 바탕으로 할 때 가능한 거였다. 그래야 다음에 다시 도전할 힘이 생겨났다.

처음부터 그랬던 건 물론 아니다. 일이 안 되면 풀이 죽고, 모든 게 나 때문인 거 같아 한없이 작아졌다. 세상이 나 없으면 안 돌아갈 것 같이 호기를 부려보기도 하지만, 세상은 서운할 정도로 나 없이도 잘 돌아갔다. 그럴 때 문득 들려오는 친구의 한 마디는 나를 다시 일으켜 세우는 힘이 되었다. 5일을 넘지 않는 나의 짧은 '잠수타기' 는 아웅다웅한 내 욕심을 잠재우고 친구가 그리워지게 만드는 나만의 비법이다.

성미산학교를 처음 만들 때 일이었다. 사람들 사이에 당연한 의견충돌이 있었고 그 와중에 나는 의기소침해 터덜터덜 길을 걷고 있었다. 공연한 일을 벌였구나, 내가 빠져야 일이 돌아가는 거 아닌가? 잘 해보자고 시작한 일인데 이게 뭐야? 온갖 가지 상념들로 머리가 가득 찼고 눈부시게 맑은 하늘마저 원망스러웠던 그 순간, 길 건너편에서 동네 친구 한 사람이 말을 건넸다. "밥은 먹고 다

_온갖 가지 상념들로 머리가 가득 찼고 눈부시게 맑은 하늘마저 원망스러웠던 그 순간, 길 건너편에서 동네 친구 한 사람이 말을 건넸다. "밥은 먹고 다녀?" 무심하게 느껴질 정도로 대수롭지 않게 툭 던지는 걱정에 세상 고민 다 짊어진 것만 같던 내 마음은, 우습게도 깃털처럼 획 가벼워진다.

녀?' 무심하게 느껴질 정도로 대수롭지 않게 툭 던지는 걱정에 세상 고민 다 짊어진 것만 같던 내 마음은, 우습게도 깃털처럼 휙 가벼워진다. "짱가가 지금 힘든 거 우린 예전에 어린이집 할 때 다 겪은 거야. 짱가는 이제 하는 거야." 나만 유난하게 엄청난 고난을 겪고 있는 줄만 알았던 억울한 심정이 푹 꺼지듯 내려앉았다. 40줄에 마주한 새로운 세상, 소소하고 구질구질하지만, 항상 신선하고 역동적인 일상 속에서, 이웃들과 함께 사는 마을살이 감수성이 그렇게 시나브로 내 몸과 마음에 차곡차곡 쌓여 나갔다.

8. 마을활동가, 정부를 만나다

마을에서 부지런히 꼼지락거리던 내 인생에 전환의 계기가 찾아온 건 박원순 시장의 서울시 출범이었다. 2011년 보궐선거로 당선된 박원순 서울시장이 선거 다음 날 좀 보자고 했다. 1년 전쯤 성미산마을에 찾아와 두어 시간 인터뷰한 인연이 있기는 하지만, 서울시장이 나를 보자 하니 무척 놀랍기도 하고 궁금증을 잔뜩 안고 만났다. 서울시가 나서서 서울에 마을을 만들어보고 싶다고, 그걸 도와달라고 했다.

기대와 우려가 교차했다. 아이가 자라고 나를 키웠던 마을이 서울시내 곳곳에 있으면 얼마나 좋겠나 싶었지만, 마을이 어디 관이 만든다고 만들어지는 것이던가? 관의 지나친 개입이 자발적으로 만들어지던 주민 네트워크 사이에 갈등을 만들고 오랜 시일이 걸려 만들어놓은 관계망을 망치는 사례를 여럿 보아왔다. 말만 번드르르한 '민관협치'의 잘못된 관행이 결국 민간영역을 동원 대상으로만 전락시킨 사례도 적지 않았다. 무엇보다 내가 마을을 '만들어 본' 적이 없는데, 나는 그냥 마을에서 '살았을' 뿐인데, 그걸 어떻게 할 수 있을까 싶었다.

성미산마을 이력이 길어지면서 서울시내 전역에서 비슷한 고민을 했던 사람들과 만남이 간헐적으로 있었다. 그들에게 물어보기로 했다. 알음알음 연락을 하고 사발통문을 돌려 집담회를 세 차례 열었다. 그들도 역시 나와 마찬가지 심정이었고 우린 비슷한 고민을 깊게 나누었다. 그리고 '부작용이 불가피하지만, 최소화시키는 노력을 한다면 정부 지원을 통해서 각박한 서울을 사람 냄새 나는 곳으로 변화시키고, 진짜 마을이 필요한 저소득층이 혜택을 누릴 수 있다'라는 공감에 이르렀다. '서울 마을살이'를 위한 몇 가지 원칙들을 함께 세우고 서울 풀뿌리 활동가들의 각오와 의지를 확인하고 나서야, 나는 불안한 마음을 내려놓고 나서보자는 결심을 할 수 있었다.

이렇게 졸지에 서울시 마을공동체 종합지원센터(이하 마을지원센터)라는 공공기관에 발을 담근 후, 제일 먼저 시도한 건 주민들

_서울시장이 나를 보자 하니 무척 놀랍기도 하고 궁금증을 잔뜩 안고 만났다. 서울시가 나서서 서울에 마을을 만들어보고 싶다고, 그걸 도와달라고 했다.

의 있는 그대로의 삶에 관이 맞추는 제도와 문화를 정착시키는 것이었다. 기존 행정시스템에서는 일반 주민이 행정에 접근하기가 힘들었다. 원래 행정은 공급자로서 공급자 편의에 맞게 시스템을 갖춘 것이고, 그 오랜 역사로 인해 제도만이 아니라 광범위한 관행들도 두텁게 자리 잡고 있었다. 하지만 마을 정책은 다른 어떤 정책보다도 '일반 주민'들의 참여가 전제조건이 될 수밖에 없다. 주민이 참여하기 위해서는 자신의 절실하고 시급한 필요에서 출발해야 한다. 또한, 동네의 친밀한 이웃과 함께해야만 참여해볼 마음을 낼 수 있다.

이런 이유로 마을 정책은 먹고 사느라 바쁜 보통 사람들의 일상 생활에 잘 맞도록 설계되지 않으면 안 되었다. 회의시간 하나를 잡아도 공무원들의 근무시간이 아닌 주민들이 모일 수 있는 시간대에 맞추어야 했고, 장소 역시 주민들의 동선에 가장 부담 없는 곳이어야 했다. 모든 걸 공식문서로 기록하고 진행해야 하는 공무원사회 규칙과는 달리, 주민모임들은 주제가 무엇이든 자유롭게 진행될 수 있도록 배려해야 했다. 그래서 기존의 행정편의 중심, 공무원 중심의 시스템을 마을 친화적으로 대폭 개선할 것을 요청했다. 그 결과 '마을지향행정'이라는 행정혁신이 시작되었다.

다음으로 소소하지만 중요한 일상의 필요를 주민 스스로 발견할 수 있도록 행정이 도울 방안을 고민했다. 기존의 전형적인 방식은 이미 조직된 단체와 전문가들의 의견을 받아 행정 주도로 정책을 만든 다음, 이런저런 정책이 있으니 참여할 사람은 신청하라는 공지를 내고, 지원자나 단체 가운데 심의를 거쳐 선정하는 방식이었다. 이런 방식은 효율적이긴 하지만, 이미 집단으로 조직되어 있지 않은 주민들은 정보를 접하기도 어렵고 대개 규모가 큰 사업에 참여하기도 어려웠다.

마을은 무엇보다 절실한 필요를 가진 당사자들이 움직여야 만들어진다는 게 내가 배운 교훈이었는데, 이런 방식으로는 어렵겠다 싶었다. 우선 마을 정책의 내용을 제한하지 않고 열어두며, 참여자들의 범위를 훨씬 넓게 만들고, 덩어리가 큰 사업을 잘게 쪼개어 나누는 작업이 필요했다. 그래야 더 많은 주민이 필요를 발견하고 쉽게 접근할 수 있을 거라고 생각했다. 이렇게 탄생한 것이 이른바 '3인 조례'였다. 주민 '최소 3인' 이상만 모이면 함께 공동명의로 마을사업을 신청할 수 있도록 하는 내용을 조례에 명시한 것이다. 이 조항으로 동네의 일반 주민들이 서울시 정책에 참여하여 보조금을 지원받아 마을살이에 필요한 활동을 할 수 있게 되었다.

그 전에는 비영리민간단체 또는 사단법인 등 법인격이 있는 단체만 보조금을 받을 수 있는 자격이 주어져서 일반 주민의 참여가 사실상 불가능했지만, 이 조례로 인하여 참여자의 범위가 대폭 넓어졌다. 2012년 마을 정책에 참여한 주체 중 86퍼센트가 단체였던 데에 반해, 이 조례가 발효된 이듬해에는 완전히 역전되어 일반 주민의 참여가 85퍼센트가 되었다. 2016년 말 기준으로 약 13만 명의 서울시민이 마을 정책에 참여하게 되었고, 4,500개가 넘는 주민모임이 만들어졌다. 주민들은 동네의 크고 작은 주민모임으로 연결되고, 이 모임들은 또 다른 모임과 연결되었다. 이렇게 서로 연결되면서 확장되고 깊어지는 주민모임들은 '마을씨앗'이 되어 서울 전역에서 마을로 성장해가고 있다.

또 주민들과 서울시 공무원들이 만들어낸 다양한 마을 정책 실험들은 서울에 한정되지 않고 전국단위로 확장되어 갔고, 서울시는 그 경험을 나누고 공유하는 허브가 되었다. 마을 정책은 원래 민선 5기에 뜻있는 기초단체장들에 의해서도 시도된 바가 있었다. 그러다가 민선 6기에 들어 광역단체장들이 주력정책으로 추진하게 되면서 전국적인 확산 경로를 겪었다. 서울시장은 5기 중간에 보궐 선거로 당선된 탓에 광역 중 제일 먼저 정책을 확장한 셈이다. 그렇다 보니 자연스레 전국 광역단체의 벤치마킹의 대상이 되었다. 3인 조례를 비롯하여 마을 정책의 '주민주도' 원칙은 부산, 광주, 대전, 경기, 인천, 대구, 제주 등 전국 광역단위 마을 정책에 영향을 미쳤다.

나아가 서울시 이외에 생겨난 광역 마을지원센터들의 정책 컨설팅과 지원을 요청받았다. 마을에 여야가 없다는 기조 아래 새누리당, 민주당을 가리지 않고, 2년여 먼저 실행해본 경험을 열심히 나누었다. 마을 정책을 추진하는 기초 및 광역 자치단체들이 많아지면서, 체계적인 경험 공유와 협력을 위해 한국마을만들기지원센터협의회(이후 사회적협동조합 한국마을지원센터연합으로 변경됨)도 구성하게 되었고, 나는 먼저 경험했다는 이유로 초대 이사장을 맡기도 했다.

다음으로 고민한 것이 주민들 스스로의 관계망 형성을 도울 방안이었다. 정책 내용에 제한 없이 넓고 두텁게 마을 주체들이 만들어져도, 이들이 서울시와 1:1 관계로만 존재해서는 마을은 만들어질 수 없었다. 마을의 조건은 주민들 스스로의 관계망 형성이었다. 내 문제가 이웃의 문제가 되고, 내 문제 해결을 위해 이웃의 관심과 참여가 필요하다는 걸 인정하게 될 때, 비로소 마을의 관계망은 생명력을 얻기 시작한다. 그래서 초기부터 주민 개인의 필요와 요구에 집중하면서도, 그것을 해결하기 위한 이웃들 간의 관계 형성에 주목했다. 친숙한 이웃들 간의 주민모임들이 함께 모여 다른 모임의 활동을 들어보고, 다른 이웃들과도 친숙해질 방안을 고민했다. 그 와중에 나온 게 주민참여심사제도와 네트워크 파티다.

주민참여심사제도는 마을 정책으로 무엇이 좋을지를 주민들이 스스로 논의하고 결정하도록 하자는 취지에서 도입되었다. 기존에는 시 정책에 응모한 지원자(단체)의 계획을 전문가들이 심사했는데, 그렇게 하지 않고 공모사업 신청자들이 모두 모여 각자가 낸 사업계획을 돌아가며 발표하고, 함께 투표해서 선정자를 결정해보는 실험이었다.

이 실험은 애초 생각보다 훨씬 큰 반향을 일으키고 성과로 축적되었다. 우선 모두가 보는 현장에서 함께 심사했기 때문에 공정성 시비가 사라졌다. 당국의 공모절차에 대한 신뢰가 높아졌고, 참여한 주민들 스스로에 대한 신뢰도 쌓였다. 무엇보다 발표와 선정과정에서 서로의 아이디어와 각자 맺고 있던 주민 네트워크에 대한 정보가 교환되면서, 더 넓은 관계망을 통한 후속 사업들이 만들어지는 데 기여한다는 걸 알게 되었다.

네트워크 파티는 마을 정책 참여자들이 사업 진행 중간이나 종료 후에 함께 모여 자신들의 경험을 나눌 수 있도록 한 이벤트다. 이 자리에서 참여자들은 자신이 겪은 어려움에 대해 털어놓았고 다른 참여자들의 조언을 들었으며, 성과가 난 사업에 대해서는 그 노하우를 공개했고 다른 참여자들은 그 경험을 또 공유했다. 이른

바 '자기주도학습'의 기회였으며 '동료집단 컨설팅(피어 컨설팅)'
을 경험한 것이다. 효과는 컸다. 전문가들의 어려운 개념어가 아니
라 생생한 생활언어로 제공되는 간접경험 속에서 참여자들은 공통
의 문제해결 방안을 찾아 나갔고, 이 과정에서 명강사 반열에 오르
는 주민 출신의 스타들도 속출했다.

이런 경험들이 쌓이면서 자치구 단위로 마을 네트워크(마을넷)
가 만들어질 수 있는 토대가 마련되었고, 동 단위, 구 단위 관계망
이 넓어지기 시작했다. 한편, 관계의 확장은 어디서나 그렇듯 불가
피하게 다양한 이해관계와 서로 다른 입장의 대립과 충돌을 만들
어냈다. 하지만 참여가 열려 있고 합리적이며 수평적인 토론이 가
능한 조건이 형성되면, 갈등은 그 안에서 협의와 조정을 통해 해결
되는 방안을 찾아 나갔다. 주민들의 수평적 관계망은 숙의와 공론
을 할 수 있는 장으로 작동했고, 이 과정에서 마을민주주의의 위력
이 드러났다. 흔히들 말해온 풀뿌리 민주주의의 현장으로서 마을
의 힘을 확인하는 순간이었다.

한편 마을 정책을 통해서 주민이 등장하고, 골목마다 이웃의 연
결망이 만들어지고, 자치구 차원의 네트워크로 발전되는 동안, 주
민들과 행정의 괴리를 좁히려는 노력도 지속되었다. 여태까지 행
정에서는 참여라고 말했지만, 주민들은 동원된다고 느꼈던 이 간

극을 어떻게 해결할 수 있을까 하는 문제는, 또 다른 차원의 중요한 화두였다.

공무원들과 주민들과 각각 수많은 토론과 대화를 거치면서 발견한 것은, '권한 없는 참여'의 한계였다. 행정기관이나 공무원들로서는 주민들이 참여해서 어떤 아이디어를 내거나 합의에 이르더라도, 그 합의에 제도적 결정력이 부여되지 않는다면 모든 책임을 오롯이 감내해야 하는 부담에서 자유로울 수 없었다. 자신의 승진과 고과평가에 직접 영향을 미치고 행정사무 감사에서 문제가 될 수 있다는 부담을 져야 하는 조건에서, 공무원들에게 무작정 새로운 실험에 찬성하라고 요구하는 건 무리라는 걸 깨달았다. 사람이 아니라 시스템이 문제였다.

주민들로서는, 참여라는 이름으로 아이디어를 내고 시간을 쪼개어 회의하고 결정에 이른 문제를 행정당국이 어느 순간 무시해버리거나 이미 결정된 내용을 뒤집어버리는 경험을 하게 되면, 관에 대한 신뢰를 잃게 되고 결국 들러리로 동원되었다는 불신을 가질 수밖에 없었다. 반대로 자신의 결정이 실재 집행력을 갖게 된다는 걸 경험하면 주민들은 더 큰 책임감을 느끼고 논의와 결정에 임했으며, 집행을 고려한 결정에 더 관심을 기울이게 된다는 걸 알게 되었다. 그만큼 신중하고 다각적인 검토를 하게 된다는 것이다. 이 과정에서 시민들은 공공정책에 대한 이해가 커지고 문제해결에 필요한 자원에 대한 실제적인 파악을 하게 된다. 무엇보다 공무원의 입장을 더욱 이해하게 되고, 따라서 공무원들과의 협업이 그만큼 원활해진다.

이렇게 경험치가 쌓이고 배움도 커질 무렵, 나는 서울시 마을지원센터장 자리를 내려놓고 서울시 협치자문관으로 옮겨 앉았고 협치추진단장의 역할도 맡게 되었다. 마을지원센터에서 정책을 매개로 민과 관을 연결하고 주민들 스스로의 연계망을 지원하는 경험을 쌓았다면, 협치자문관 역할은 좀 더 공적 제도의 영역 안으로 들어간 것이었다.

협치 조례안을 의회에 제안했고, 협치추진단, 협치 서울지역협의회, 협치 서울시정협의회, 협치사무국 등 실행기구를 만들었다. 또 부서별 칸막이를 넘어설 수 있도록 융합형 협치 관련 예산을 결정하는 시스템도 구축했다. 제도를 통해 권한의 경계를 분명히 하고 더 많은 권한이 주민자치의 영역으로 이전될수록 민간도, 공무원사회도 더 창의적이고 능동적으로 공동체의 문제에 다가설 수 있다는 경험을 토대로, 공무원 사회가 안심하고 민간에게 권한을 이양할 수 있도록 하기 위해서였다.

협치자문관 활동은 또, 마을을 넘어 혁신교육, 주택, 여성가족,

청소년, 문화, 교통, 안전 등 서울시 전 영역에서 협치 걸림돌을 발견하여 치우고, 협치 디딤돌을 찾아 고이는 역할까지를 포괄했다. 시장이 주재하는 협치협의회 회의를 비롯하여, 실국 본부장 정례회의, 서울 주요시정 성과점검회의 등에 참여하여 협치의 관점에서 정책 자문을 했다. 또한, 무엇보다 25개 구청장협의회를 통해 기초와 광역 간의 협치를 조율하고 촉진하는 활동을 하면서 구정에 대한 소중한 실물 경험을 갖게 되었다.

9. 혁신행정가, 마을민주주의의 미래를 보다

    어느 마을에든, 오랫동안 거주하면서 경제적으로도 비교적 부유하고 사회적 네트워크도 많으면서 행정과도 가까운 분들이 있다. 이분들은 길게는 수십 년간 마을의 행정을 돕고 치안을 보조하며 민간복지의 주체가 되기도 하면서 마을과 동네를 지켜온 분들이다. 서울시 마을 정책을 하면서 참여하기 시작한 주민들은 이분들보다 나이가 좀 더 젊었고 여성의 비율도 더 높았는데, 동네마다 새로 참여한 주민들과 오래 지켜온 주민들 사이에 보이지 않는 경계가 있다는 걸 알게 되었다. 경계가 더 굳어지기 전에 함께 마을의 문제를 공유하고 풀어갈 수 있는 방도를 찾아야 할 필요가 있었다.

이런 고민 와중에 발견한 것이 동주민센터의 역할이었다. 동네에서 누구나 자연스럽게 연결되고 모일 수 있는 곳이 바로 동주민센터였다. 실제로 동장님이 지역주민 화합과 활성화에 대한 인식이 분명한 경우에는, 동주민센터에 활력이 넘치는 경우를 많이 보았다. 400개가 넘는 서울의 동주민센터가 마을의 중심으로 자리 잡고, 서울시와 자치구가 동 주민센터의 자치 기능을 더 지원하게 된다면 마을의 모습이 지금과는 많이 달라질 수 있을 것 같았다.

한편 서울시는 '송파 세 모녀'의 가슴 아픈 사건을 통해 세상에 드러난 복지 사각지대를 없애기 위해서 모든 가능한 정책수단을 모색하기로 하였다. 그 결과 동네 골목 단위 이웃 관계망이 복지전달체계 역할을 할 수 있으며, 바로 동주민센터가 그 역할의 중심이 될 수 있다는 결론에 이르렀다. 이런 고민은 마을 정책과 협치 영역에서 활동해온 나의 고민과도 정확히 맞아떨어지는 것이었다. 독거 어르신, 특별한 돌봄이 필요한 아동이나 어르신이 있는 가구, 거동이 불편한 주민이 있는 가구들을 매일매일 들러 챙길 수 있을 만큼 충분한 공무원을 둔다는 건 현실적으로 불가능하다. 그렇다면 그 빈자리는 누가 채워야 할까? 우리는 서울시 마을 정책 활동에 참여한 주민들을 통해 마을복지, 동네복지에 대한 관심과 노력을 지켜보았다. 마을 정책을 통해 골목골목 등장한 다양한 주민모임들이 오래 마을을 지켜온 주민들과 함께 동주민센터를 거점으로

_400개가 넘는 서울의 동주민센터가 마을의 중심으로 자리 잡고, 서울시와 자치구가 동주민센터의 자치 기능을 더 지원하게 된다면 마을의 모습이 지금과는 많이 달라질 수 있을 것 같았다.

함께 만나고 협력한다면, 주민공동체의 단일거점이 만들어질 뿐 아니라 지역사회 복지생태계도 새롭게 구축될 수 있지 않을까?

또 동(洞)은 행정의 가장 기초 세포로서, 일반 주민들이 행정을 가장 먼저, 가장 쉽게 만나는 곳이다. 서울시에서 구청으로, 구청에서 동으로 이어지는 행정의 신경망 가운데, 주민들 사이에 가장 가까운 정보들이 모이고 가장 쉽게 만남이 일어날 수 있는 동 단위에서 혁신이 일어난다면 행정의 변화에 대한 주민 체감은 지금과 비교할 수 없이 높아질 것이다. 쓰레기, 주차, 안전 등 우리 생활에 가장 밀접한 현안들은 대개 동네 골목을 기본단위로 발생한다. 동 주민 스스로가 이 문제를 판단하고 결정할 수 있도록 관이 돕는다면, 그 과정 자체가 주민자치가 될 것이다.

'찾아가는 동주민센터(찾동)' 정책은 이렇게 출발했다. 주민자치와 행정혁신 그리고 마을 복지생태계 세 마리 토끼를 잡는 초(超)융합 협치 정책의 탄생이었다. 민간과 행정의 협력은 기본이고, 행정국, 복지국, 시민건강국, 여성가족실, 혁신기획관실 서울시 5개의 국장이 참여하는 협력정책이었다. 시-구-동의 일련의 집행체계가 칸막이 없이 협력을 이루어야만 성공 가능한 고난도 정책이기도 했다.

'찾동'은 민선6기 박원순 시장의 공약이었고, 나는 재선 직후 정책 설계에 참여하였다. 골목-동-구청-시로 연결되는 융합적인 종합정책을 설계하고 추진하면서 협치의 필요성을 다시 한번 절감하였다. 동시에 협치의 어려움도 절감하였다. 덕분에 정책의 거시구조와 미시적 프로세스를 한꺼번에 다루는, 행정가로서 값진 경험을 하게 되었다. 이제 찾동은 '혁신 읍면동'이라는 이름으로 중앙정부로 가서 전국으로 확대되는 여정에 있다.

10. 마을과 행정을 통해
정치의 중요성을 깨닫다

내가 사는 마을 주민들이 정치의 가능성에 주목한 건 꽤 여러 해 되었다. 마을에서 함께 부대끼며 살던 친구들은 2010년 지방선거에서 무소속 주민 후보를 냈고, 모두 자기 일처럼 나서 선거운동에 참여했다. 물론 나도 함께했다. 우린 머리를 맞대고 우리 마을에 필요한 정책을 만들었고, 저녁이 되면 골목을 돌아다니며 자원봉사자로 활동했다.

왜? 필요했으니까. 아이들이 안전하게 다닐 수 있도록 골목 교통량을 줄이는 방법을 제안해도, 자전거길을 안전하게 만드는 방법을 제안해도, 동네 뒷산의 개발을 조금만 줄여달라고 민원을 넣어도, 동네 공사장의 안전시설이 미비하니 좀 더 살펴달라고 요청을 해도 구정, 구의회는 늘 반응이 없거나 더뎠다. '별난 사람들' 취급 받으며 욕을 먹는 일도 종종 있었다. 우린 그저 조금만 우리 이야 기에 귀를 기울여달라고, 안 되면 안 된다고 이야기라도 해달라고 했을 뿐인데도 말이다.

그때 우린 우리 이야기에 귀를 기울여주고 구청이나 구의회에서 한마디라도 해줄 대표가 필요하다고 생각했다. 그래서 늘 하던 대 로 '필요하면 하자!' 고 결정했고, 주민들이 모여 구의원 후보 한 사 람을 주민대표로 선출했으며 선거운동에 나섰다. 결과는 낙선이었 다. 그때 나와 친구들은 정치가 중요하고 필요하다는 걸 막연하게 나마 느꼈지만, 어떻게 해야 하는지는 잘 몰랐다. 그저 열심히 하 면 될 줄 알았다. 낙선이라는 결과를 받아들고는 '아, 역시나 정치 는 아무나 하는 게 아니구나!' 라고 자조하는 친구도 있었고, 다음 에는 더 잘해보자는 낙천적인 친구들도 있었으며, 그래도 이 정도 한 게 어디냐며 자위하던 친구들도 있었던 것으로 기억한다.

2014년 지방선거가 다가오면서 주민들은 또 모였다. 이번엔 아 예 당을 만들어보자는 이야기가 나왔다. 그래 당이 뭐 별거냐, 선 거법상 '00당' 이라는 이름은 못 쓴다고 하니 '마포파티' 로 하자고 이름을 정했다. 2010년에는 한 명의 주민 후보를 내보냈는데, 2014 년엔 좀 더 일찍, 좀 더 많이, 좀 더 자주 만났다. 그리고 동네를 기반으로 활동하는 작은 정당 후보들을 포함해 4명이나 되는 주민후보를 선정했고, 2010년보다 더 열심히 뛰었다. 하지만 4명 모두 낙선이었다. 기존 정치의 벽을 넘기가 참 어렵다는 걸 실감하는 순간이었다. 2014년에 나는 서울시 일을 보고 있을 때여서 지방선거에 함께하지는 못 했지만, 단 한 명도 결승선을 넘지 못한 결과에 마음 아파했던 기억이 있다.

마을 주민으로만 있었을 때 내게 관은, 뭔가 하고 싶은 일을 하는데 사사건건 장벽이 되는 존재였다. 뭔가 하려고만 하면, 법과 규칙이 이래서 안 되고 재정이 없어서 안 되고 선례가 없어서 안 된다는 대답이 돌아왔기 때문이다. 마을의 소소한 문제를 해결하기 위해 구청, 시청 공무원들을 많이 만났지만, 우리의 대화는 늘 겉돌았고 내게 좌절감을 안겨 주었다. 2010년 지방선거 주민 후보 운동을 할 때도, 대표는 필요하고 정치는 중요하지만, 정치는 특별한 누군가가 하는 일이었고 나의 일은 아니었다.

이런 나의 인식에 변화를 가져온 건 서울시 '어공(어쩌다 공무원)' 경험이었다. 공적 정부가 할 수 있는 일은 내가 상상하던 것보다 훨씬 많았다. 오바마 전 미국 대통령은 선거유세에서 이런 말을 한 적이 있다. "우리가 우리의 정책 우선순위를 조금만 조정하면 엄청난 변화를 만들어낼 수 있다"고. 정말 그랬다. 수많은 정책 가운데 1순위와 2순위를 바꾸기만 하면 많은 자원의 배열이 바뀌었고 각 정책에 드는 재정 규모가 달라졌으며 그 사업에 영향을 받는 시민들의 범위가 엄청나게 넓어졌다. 사회간접자본 예산을 조금만 줄이고 복지사업에 투자하면 수많은 저소득계층이 절박한 상황을 벗어날 수 있게 했고, 소상공인들의 어려움이 줄어드는 데 도움이 되었으며 많은 아이와 어르신들이 더 많은 도움을 받을 수 있었다. 정치는 그저 중요한 것만이 아니라, 일상의 소소하고도 중요한 많은 일을 해결하는 열쇠가 될 수 있다는 걸 깨달은 것이다.

또 서울시 '어공'의 경험은 공직사회를 이해하는 기회가 되었다. 마치 달의 보이지 않던 뒷면을 보고 달의 전체를 이해하게 된 기분이랄까. 항상 규칙과 선례를 앞세우던 공무원들의 태도가 왜 그런지 이해할 수 있게 되었고, 변화가 그들에게 가져다주는 위험이 생각보다 훨씬 크다는 것도 알게 되었다. 또 관료조직이 가지는 그 갑갑할 만큼의 규율이 정치의 새로운 실험과 위험을 상쇄하는 데 꼭 필요한 요소라는 것도 이해하게 되었다.

선출직 공직자들은 선거 때 유권자에게 한 약속을 지켜야 한다. 그러자면 당선 후 과거와 다른 정책을 시행하는 것이 필수적이다. 그런데 새로운 정책은 항상 기존 정책의 이해당사자들의 이익에 변화를 일으킨다. 사회간접자본에 대한 재정투입을 줄이면 관련

사업을 하는 기업과 노동자들은 피해를 본다. 대신 그 재정을 복지 정책에 투입하게 되면 새로운 정책으로 혜택을 보는 다른 시민들이 생긴다. 이때 기존 이해당사자들의 이해를 좀 더 완만하게 변경시키고 정책변화에 동의를 끌어내기 위해서는 정보를 제공하고 설득의 과정이 꼭 필요하다. 공무원조직은 그 균형추 구실을 하고 있었다.

마을 정책으로 행정을 경험한 나의 독특한 이력은 마을과 행정이 결합할 가능성의 영역을 개척하는 과정이었다. 주민자치의 공간으로서 마을, 공무원사회의 영역으로서 행정이 어떻게 만날 수 있는가, 왜 만나야 하는가를 끊임없이 고민하면서 내 머릿속에 들어있던 둘 사이의 경계도 서서히 무너져갔고, 새로운 관계인식이 자리를 잡았다. 주민자치는 공공영역 밖이 아니라 안에서 더 잘 작동할 수 있고, 공공기관의 입장에서 주민자치는 외부요소가 아닌 더 나은 정부를 만드는 내부요인이 될 수 있었다. 공적 정부는 주민자치의 더 나은 환경을 만들 수 있고 주민자치는 공적 정부의 네트워크 자원이 될 수 있었다.

_마을 정책으로 행정을 경험한 나의 독특한 이력은 마을과 행정이 결합할 가능성의 영역을 개척하는 과정이었다. 주민자치의 공간으로서 마을, 공무원사회의 영역으로서 행정이 어떻게 만날 수 있는가, 왜 만나야 하는가를 끊임없이 고민하면서 내 머릿속에 들어있던 둘 사이의 경계도 서서히 무너져갔고, 새로운 관계인식이 자리를 잡았다.

11. 촛불광장을 넘어
마을민주주의를
상상하다

2016년 겨울과 2017년 봄의 경험은 이 시대를 살아가는 누구에게든 큰 충격이었겠지만, 내게도 그랬다. '80년 광주'를 통해 세상을 바라보는 창을 얻었던 나는, 그 광장에 서서 한 시대가 저물어가는 것을 느꼈다. 내가 경험으로 아는 민주주의는 수많은 이들의 희생을 통해 얻고 지켜낸 거대한 무엇이었기에, 소소하고 작은 일상과는 잘 맞지 않는 크고 단단한 바윗돌 같은 이미지였다. 물론 말로는 일상의 민주주의 가치, 민주주의 담론들을 지지했지만, 여전히 손에 잡히지는 않는 거대한 무엇으로 남아 있었던 것 같다.

그런데 그 광장에 선 시민들은 박근혜 전 대통령이 물러나야 할 이유를 삶의 소중하고 작은 가치들로 설명해내고 있었다. 청소년 들은 국정교과서로 공부하고 싶지 않아서, 일제고사에 시달리고 싶지 않아서, 청년들은 공정한 취업기회를 보장받고 싶어서, 천정 부지로 솟는 등록금과 월세를 감당하기 어려워서, 장년층들은 내 가 낸 세금이 국정농단에 쓰인 걸 분노하면서, 노년층들은 이제까 지 속고 산 게 분하고 억울해서 거리에 섰다고 했다.

살아있는 생생한 그 언어를 들으면서 생각했다. 이 시대를 사는 평범한 시민들은 벌써 오래 전부터 더 구체적이고 생생하며 살아 있는 어떤 다른 민주주의를 원하고 있었는데, 정작 이 나라 민주정 치의 최고책임자와 그의 친구들은 시대에 뒤쳐져서 민주주의가 아 닌 세계에 살고 있었구나. 이 시대가 곧 저물면 다른 정치, 다른 민 주주의에 대한 고민과 실천이 쏟아질 수밖에 없겠다는 생각이 들 었다. 한 시대가 가고 새로운 시대가 밀려오는 흐름은 느껴지는데, 과연 앞으로 만들어질 정치는, 민주주의는 어떤 모습이어야 할까? 광장에 선 저 사람들은 대한민국이라는 국가의 국민이며 민주정치 의 주체인 시민들이고 동네로 돌아가면 주민이 된다. 저 사람들과 내가 만들어가야 할 앞으로의 민주주의 모습은 어떤 것일까?

2017년 봄 대통령선거의 모습 또한 내겐 한 시대의 끝과 새로운 시작을 느끼게 했다. 1987년 민주화 이후 지난 30년 동안, 나에게 대선은 민정당-민자당-신한국당-한나라당-새누리당 후보가 대통령이 되거나 될 뻔한 선거, 단 두 종류밖에 없었다. 나는 그 정당 후보를 선택해본 적이 없지만, 그 정당은 늘 우리나라 정당정치를 좌지우지하는 거대한 벽과도 같이 느껴졌었다. 매번 선거 때마다 내가 좋아하는 정당이나 후보 이전에, 혹시 그 당이 더 많은 의석을 얻으면 어떻게 하지? 그 당의 후보가 당선되면 또 어떤 미래가 펼쳐질까 하고 마음을 졸였던 기억이 있다.

오랜 시간 내가 그 정당과 그 당 정치인들을 좋아할 수 없었던 이유는 단순하다. 세상은 정신없이 변하고 내가 함께 살아가는 이웃과 친구들도 변하는데, 그 당은 참 일관되게 과거 지향적이었고 그 당과 함께한다면 미래의 변화를 기대할 수 없다고 느꼈기 때문이다. 나는 사람이 변할 수 있다고 믿는 편이다. 좋은 방향으로든 나쁜 방향으로든. 사람은 살아가며 여러 관계를 경험하면서 변하고 그래서 그 사람들로 이루어진 사회도 변화할 수 있다. 그런데 그 당은 한결같이 '빨갱이'를 말하고 우리 사회의 오래된 기득권 구조를 옹호했으며 평범한 사람들의 어려움에 무감각했다.

두어 번 그 당도 변할 수 있을까 하는 기대를 했던 적도 있다. 2000년대 초 불법 정치자금과 정경유착의 비리를 저질러 우리 사회를 발칵 뒤집어 놓았던 이른바 '차떼기 파동' 때 그 당 비상대책

위원장은 박근혜 전 대통령이었다. 당시 그 당은 천막당사로 당사를 옮겼고 당 소유 건물을 팔아 국가에 귀속시키는 등 변화의 시도를 보인 적이 있다. 원희룡, 남경필, 정병국 등 당 소장파 의원들은 정치개혁을 말했고 당시 박근혜 비대위원장도 변화의 흐름을 지지하는 듯 보였다. 하지만 그 시기를 넘기자 곧 원래대로 되돌아가 버렸다.

2012년 대통령 선거 때도 그 당은 과거와 다른 변화를 추구하는 듯 보였다. 그 당 박근혜 후보는 문재인 후보가 말했던 경제민주화와 복지확대를 자기도 하겠다고 나섰더랬다. 사실 이전 경험으로 보건대 별로 믿기지는 않았다. 하지만 적어도 자기 입으로 공약한 사항이니 지키려고 노력은 하겠지 하는 생각도 했었다. 박근혜 정부는 변화에 대한 노력을 하지 않았다는 차원이 아니라, 우리 사회 구성원들의 인간성을 파괴하려고 작정한 것 같았다. 세월호 유가족이나 위안부 피해자들, 가습기 살균제 피해자들을 대했던 대통령과 그 정당의 태도는 민주주의나 진보, 보수를 말하기 이전에 인간으로서 용납될 수 있는 한계를 벗어난 것이었다.

그런데 이번엔 달랐다. 그 정당의 계보를 잇는 자유한국당 후보는 지금까지보다 훨씬 낮은 지지율을 얻었다는 것만으로는 결코 설명될 수 없는 남루한 모습이었다. 늘 하듯이 이번에도 빨갱이 타령을 했고 지키지도 못할 경제성장 약속을 남발했는데, 지금까지와 다르게 느껴진 건 마치 흑백사진 속에 박제된 시조새 같았다고나 할까. 그 당이 과거보다 훨씬 무능하고 이상한 행태를 보여서가 아니라, 늘 하던 대로 했음에도 시대의 무대 자체가 바뀌었기 때문에 그렇게 보이는 것이 아닐까 하는 생각이 들었다.

문득 자유한국당이 없거나 작아진 한국 정치의 모습은 어떻게 될까? 라는 의문이 스쳤다. 촛불광장에서 이 나라의 시민들은 이미 '내가 주체다' 라는 선언을 내놓았고, 앞으로 이 선언을 무시하거나 비껴가는 정치세력은 도태될 것이다. 시민이 주체가 되어 시대를 바꾸어 나간다면, 그 시대에 맞는 정치세력들이 새로운 시대의 명령을 따라야 한다.

다른 나라들을 보면 정당들의 수가 몇 개이든 상관없이 하나나 두 개의 정당들이 축의 역할을 담당하고 있었다. 민주화 직후 민주자유당이라는 공룡 정당이 탄생하면서 좋든 싫든 한국 정당들은 민자당이 아닌 것을 찾아다녔다. 그땐 그 당이 축이었던 셈이다. 정당들을 보면 경쟁하면서 서로 닮아가는 측면이 있다. 경쟁하는 상대방 정당이 자기혁신에 적극적으로 나서고 시민의 지지를 얻으면, 다른 정당들도 지지를 잃지 않기 위해 함께 혁신에 나선다. 반대로 축의 역할을 하는 정당이 '하던 대로' 하고 혁신에 게으르면 다른 정당들도 함께 게을러진다.

그렇다면 앞으로는? 민주당이 그 역할을 대신할 수밖에 없을 것 같다. 아니 대신해야만 하고 잘 해야만 하겠다는 직감이 들었다. 지난 30년 자유한국당의 전신이 한국 정당정치의 한 축을 담당했다면 민주당이 나머지 한 축을 담당했다. 김대중 노무현 정부를 거치면서 집권경험을 축적하고 있고, 한반도 평화체제를 향한 남북관계 운영 경험도 있으며, 지난 10년 보수 정부를 거치면서 을지로위원회 등의 활동을 통해 시장 약자들을 위한 정책 경험도 쌓은 민주당이, 이제 2016년과는 다른 민주주의를 만들어 가는 데 핵심 역할을 온전히 부여받았다는 걸 느꼈다. 지금까지 민주당이 자유한국당의 전신이었던 정당과 경쟁하면서 견제하는 역할을 감당했다면, 이제는 다른 정당들이 민주당과 경쟁하면서 따라가는 시대가 올 것이다.

촛불광장과 19대 대선을 지나 지금 우리는 문재인-민주당 정부와 시민이 함께 만들어나가는 시대에 접어들었다. 여전히 과거의 많은 문제는 남겨져 있고, 정부는 이를 조사하고 법적 절차를 밟는 중이며 시민들은 긴장을 놓치지 않고 이를 지켜보고 있다. 그 와중에 최저임금 인상이나 시장에서 갑을관계의 변화, 헌법 개정과 선거제도 변경 등의 의제를 놓고 미래 한국사회의 갈 방향을 가늠하고 있는 중이다. 앞으로도 꽤 오랫동안 과거의 문제를 밝히고 바로 잡는 일과 미래의 방향을 설정하는 일이 동시에 진행될 것 같다.

나는 앞으로의 시대가 과거와 달라지기 위해서는 이 모든 과정에 시민이 주체로 존재해야 한다고 믿는다. 시민들이 정부의 조치나 국회의 입법을 그저 지켜보고 지지하거나 반대하는 수동적 입장이 아니라, 함께 논의하고 결정하고 지켜나가야 한다. 그러기 위해서는 시민의 정치 공간이 지금보다 훨씬 확장되어야 한다. 청와대 게시판에 청원하고 국회에 입법청원을 하고 정당이나 정치인에게 후원금을 보내고 비판의 문자를 보낼 수도 있다. 언론기사에 댓글을 달고 자신이 속한 온라인 관계망에 의견을 피력할 수도 있다.

하지만 이런 활동은 청와대나 정당, 정치인, 언론, 익명의 동료 시민들과 나의 1:1 관계를 넘어서기 어려운 한계가 있다. 함께 청원하고 댓글을 달고 대화를 나누는 시민들 사이에 직접적이고 대면적인 유대가 만들어져야 삶의 공간에서 실질적 변화가 일어날 수 있다. 동네 골목길을 변화시키고 어려운 이웃의 생활을 더 낫게 하고 내 삶의 터전을 지키는 데 함께 나서면서, 지방정부의 정책을 변화시키고 더 나아가 중앙정부가 이런 변화에 반응하게 만드는 정치의 패턴이 새롭게 만들어져야 한다. 과거의 정치가 전국적인 정당과 정치인이 몇 개의 대안을 내놓고 평범한 시민들이 그 가운데 고르는 방식으로 진행되었다면, 앞으로의 정치는 삶의 현장에서 만들어진 수많은 대안이 모이고 합쳐서 전국적 정책이 되고 전국적인 정당과 정치인이 이를 반영하게 만드는 방식이어야 한다고 생각한다.

나는 이러한 새로운 정치의 구조를 만드는 출발점이 '마을'이 되어야 한다고 확신한다. 전국의 구석구석에 자리한 마을, 그 마을을 구성하는 주민들이 함께 만드는 변화가 작은 벽돌처럼 모이고 쌓여서 대한민국 정치라는 거대한 집을 새로 짓는 프로젝트가 필요하다.

지금까지 마을민주주의라는 종착역에 이른 나의 개인적 경험과 생각의 변화에 관해 이야기했다면, 이제 2부에서는 내가 생각하는 마을민주주의의 구체적 내용과 방법에 대해 말해보려 한다.

2부

왜 마을정부인가?

1. 우리는 도시에서
행복한가?

'마을'이라는 낱말은 우리를 따뜻하고 아련한 고향으로 순식간에 안내한다. 고향은 언제나 시골이어야 적당한 느낌이며, 지금의 나 또한 그렇게 느낀다. 나는 서울에 살고 있는 도시인이다. 하지만 태어나 29일 만에 서울로 이주한 내게 서울은 고향이다. 내가 기억하는 한 내 어린 시절 서울에는 많은 마을이 있었고, 나는 그중 한 마을에서 자랐다.

지금의 서울은 세계적으로도 비슷한 규모를 찾기 어려울 만큼 초거대도시가 되어 버렸다. 이 거대도시 서울과 '마을'이라는 정감 어린 언어는 어째 어울리지 않는 느낌이라는 걸 잘 안다. 그런데도 내가 이곳에서 마을을 꿈꾸는 이유는 단순하다. 나와 내 가족, 내 친구들과 이웃은 지금 이 순간에도 행복할 권리가 있으며, 나의 후세대와 그 후세대도 계속 행복해야 하기 때문이다. 우리는 지금 대도시 서울에서 행복한가?

2012년 8월에 발표된 「서울특별시 마을공동체 기본계획」은 마을공동체 정책의 필요성을 다음의 근거로 설명하고 있다.

"우리나라는 지난 50년간 급격한 경제성장을 이루었으나 삶의 질은 높지 않다. 인구 천만이 거주하는 국가 경제의 중심 서울의 상황도 다르지 않다고 할 수 있다. 서울은 급증하는 인구를 수용하기 위해 시가지를 건설하고 수많은 주택을 지었으나 대규모단지 고층아파트 위주의 공급으로 삶의 공간은 획일화되었다. 이 과정에서 우리 삶을 윤기 있게 해주는 다양한 문화와 눈에 보이지 않는 가치들이 설 자리를 잃었고, 고도 압축 성장은 시민들에게 끝없는 경쟁을 요구하였다. 자살자 수, 출산율, 주거이동률, 독거노인 수 등 다양한 삶의 지표가 보여주는 바와 같이 우리는 외적 풍요 속에서도 힘겨운 삶을 살고 있다. 결국, 지금 우리가 사는 곳은, 더불어 살아가는 정(情)과 삶의 즐거움이 사라져 가고 있는 거대도시 서울이다." (「서울특별시 마을공동체기본계획」, 2012, 38쪽)

경제는 성장했으나 시민들의 행복지수는 낮은 서울에서 우리는 어떻게 하면 행복할 수 있을까? 이것이 내 문제의식의 출발이자 종착점이다. 우리가 그동안 경제 성장을 강력히 추구했던 이유는 경제 성장의 결과로써 시민의 행복이 자연스럽게 보장되리라는 믿음이 있었기 때문이다. 그러나 현실은 그러하지 않다는 근본적 반성과 자각이 형성되기 시작했다. 높은 자살률, 낮은 출산율, 높은 주거이동률, 독거노인의 증가 등으로 표현되는 사회적 지표들이 이를 보여준다.

2016년 3월에 발표한 통계청의 자료에 따르면 서울시에 실제 거주하는 인구가 1천만 명 아래(999만 9천116명)로 하락했다. 1980년대 후반 1천만 명을 넘어섰고, 1992년 1천93만여 명으로 정점을 찍은 뒤 그동안 소폭 증감을 거듭해 왔었다. 이러한 인구 하락의 원인으로 집값 상승과 전세난으로 유출 인구가 늘어난 것을 가장 큰 이유로 꼽는다. 이와 더불어 결혼과 출산 비용의 증가 및 사회적 지원 정책의 미흡함으로 인해 저출산 현상이 계속 심화하고 있으며, 아이들이 줄어들고 소가구(1~2인 가구)가 늘고 있다.

아이를 키우기 위한 사회 환경은 여전히 불친절하다. 결혼과 출산, 육아가 오로지 당사자 몫으로 남는다. 맞벌이 부부가 증가하는데 출산과 육아에 대해 사회에서는 별로 책임을 지지 않는다. 차라리 결혼하지 않고 혼자 사는 게 편하다고 생각하는 사람이 는다.

소가구 인구의 증가는 이러한 불친절한 환경의 한 결과다.

  1970~80년대 경제발전에 이바지했던 오늘날의 고령세대는 자신이 이바지했던 만큼의 사회적 성과물을 누리지 못하고 있다. 세월이 흐르면 세상도 더 살기 좋아져야 하는 게 정상일 터인데, 오늘날의 모습을 보면 그렇지가 못하다. 사회적 부의 양극화는 깊어지고, 소외지대는 부지불식간에 확장되고 있다. 청년실업은 호전될 기미가 안 보인다. 고용은 불안전해져서 지속가능한 고용을 공공영역 이외에서는 찾기가 어렵다. 이 모든 상황이 시민 생활의 안전을 심각하게 위협하고 있다.

  2015년 2/4분기에 서울시의 고령 인구가 유소년 인구를 처음으로 추월했고, 2030년에는 유소년 인구의 2배에 이를 전망이다. 유엔(UN)에서는 전체 인구 중 65세 이상 고령자 비율이 7퍼센트 이상이면 고령화 사회(aging society), 14퍼센트 이상이면 고령 사회(aged society), 20퍼센트 이상이면 초고령 사회(super-aged society)로 구분을 한다. 이 기준에 따르면 서울시는 2005년에 '고령화 도시'로 이미 진입했고, 2019년에는 '고령 도시'로 진입 예정이며, 2026년에는 '초고령 도시'가 된다고 한다.

  2014년 출생아 수는 8만 4천 명으로 2000년의 13만 2천 명에 비

서울시의 인구 구조 변화와 서울시 연령별 추이

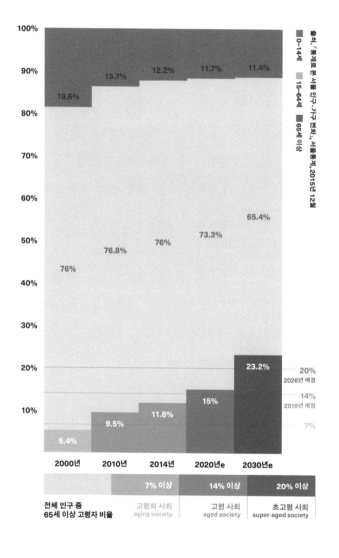

출처, 「통계로 본 서울 인구·가구 변화」, 서울통계, 2015년 12월

- 0~14세
- 15~64세
- 65세 이상

구분	2000년	2010년	2014년	2020년e	2030년e
0~14세	18.6%	13.7%	12.2%	11.7%	11.4%
15~64세	76%	76.8%	76%	73.3%	65.4%
65세 이상	5.4%	9.5%	11.8%	15%	23.2%

20% 2026년 예정
14% 2019년 예정
7%

전체 인구 중 65세 이상 고령자 비율	7% 이상	14% 이상	20% 이상
	고령화 사회 aging society	고령 사회 aged society	초고령 사회 super-aged society

해 4만 8천 명이 감소했으며, 2020년대 소폭 증가하다가 2030년 다시 7만 6천 명으로 감소할 전망이다. 인구 천 명당 출생아 수를 나타내는 조출생률은 2014년 8.4명으로 2000년 대비 4.4명이 감소했고, 2020년에는 9.1명으로 소폭 증가하다가 다시 감소하여 2030년에는 8.0명에 이를 전망이다. 또한, 2014년 합계출산율(한 여성이 가임기간(15~49세)에 낳을 것으로 예상하는 평균 출생아 수)은 0.98명으로 1998년부터 초저출산 사회(1998년 합계출산율 1.26명으로 1.3 이하)에 진입하였으며, 2030년에 1.19명으로 증가하지만 초저출산 사회를 여전히 벗어나지는 못할 것이다(통계청 〈인구동향조사〉, 〈장래인구추계〉 자료).

출산율이 낮아지는 주요한 요인으로는 경기침체와 노동시장의 불안정, 결혼 지연과 회피를 일으키는 사회구조, 결혼과 출산에 대한 가치관과 태도의 급격한 변화, 새로운 라이프 스타일의 선택 등이 영향을 준 것으로 추정할 수 있다.

가구 구성의 양상도 확실히 변화하고 있다. 2014년 평균 가구원 수는 2.63명으로 2000년 3.12명보다 줄었고, 2030년에는 2.36명으로 더 줄어들 전망이다. 즉 4인 가족 중심에서 1인 및 2인 가구 중심으로의 변화가 인구 통계상으로도 확연하게 드러난다. 서울시의 총가구 수는 증가하고 있지만, 그 내용을 보면 만혼 현상, 비혼, 이

서울시 가구원 수별 구성비

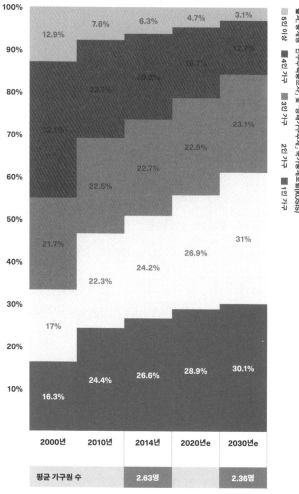

	2000년	2010년	2014년	2020년e	2030년e
평균 가구원 수			2.63명		2.36명

출처. 통계청「인구주택총조사」및「장래가구추계」국가통계포털(KOSIS)

5인 이상
4인 가구
3인 가구
2인 가구
1인 가구

혼, 별거 증가, 저출산, 고령화 등 사회변화로 인해 4인 이상 가구는 줄고 1~2인 소규모 가구가 늘고 있다. 2014년 이후부터 서울시 전체 가구 중에서 소가구 비중이 50퍼센트가 넘어섰으며 빠르게 늘고 있다. 특히 지역별로 소가구 거주비율이 60퍼센트가 넘는 곳이 나타나고 있으며, 이로 인해 지역의 환경과 분위기가 급속하게 바뀌고 있다.

한편 서울시 청년 실업률은 일반 실업률보다 두 배 이상 높다. 통계청의 〈2016년 4월 고용 동향〉에 따르면 2016년 4월의 전국 청년실업률은 10.9퍼센트를 기록했다. 4월의 수치만 비교하면 역대 최고치이다. 견해의 차이가 있겠지만, 청년실업의 원인으로 저출산, 고령화 현상을 들기도 한다. 즉 생산가능 인구가 줄어들면 전반적으로 소비가 줄어들게 되고, 그러면 기업은 수익률이 떨어져서 인력 구조조정에 들어가게 되고 이것이 다시 일자리 감소의 결과를 낳게 된다는 것이다. 이유야 어찌 되었든 일자리를 갖지 못한다는 것은 생존을 위한 기초조건이 갖추어지지 않았다는 것을 의미한다. 즉 도시가 시민들의 생존을 보장해주지 못 하고 있다는 것이다.

2014년도 통계자료를 보면 서울시의 총취업자는 514만 6천 명으로 10년 사이(2004년과 비교)에 31만 5천 명이 증가하였다. 그러

세계 주요 국가별 자살률 비교

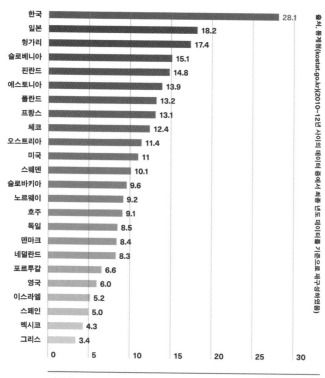

국가	수치
한국	28.1
일본	18.2
헝가리	17.4
슬로베니아	15.1
핀란드	14.8
에스토니아	13.9
폴란드	13.2
프랑스	13.1
체코	12.4
오스트리아	11.4
미국	11
스웨덴	10.1
슬로바키아	9.6
노르웨이	9.2
호주	9.1
독일	8.5
덴마크	8.4
네덜란드	8.3
포르투갈	6.6
영국	6.0
이스라엘	5.2
스페인	5.0
멕시코	4.3
그리스	3.4

출처, 통계청(kostat.go.kr)(2010~12년 사이의 데이터 중에서 최종 년도 데이터를 기준으로 재구성하였음)

서울시

24.7% 자살률

6.8명 하루 평균

303분 303분 마다 1명 꼴로 사망

나 그 내용을 자세히 보면, 2004년도 대비 20대 취업자는 26만 4천 명이 감소했고, 50세 이상 취업자는 69만 4천 명으로 증가했다. 20대 이상 인구가 감소하였거나 학업 지연, 취업 어려움 등 다양한 원인이 복합적으로 작용해 청년층 취업자가 줄고, 중 고령층 취업자가 증가하는 취업자 연령구조 변화가 확연해진 것이다.

한편 서울시민의 자살률은 전국 평균보다 낮으나 지난 10년간 약 3배 정도 증가한 것으로 나타났다. 2014년도에 서울시 총 자살자는 2,467명으로 인구 10만 명당 자살률은 24.7퍼센트이며, 하루 평균 6.8명, 약 3시간 33분마다 1명꼴로 자살 사망자가 발생했다. 전국 통계도 같은 추이를 보인다. 2003년 인구 10만 명당 22.6명이었던 자살률은 2008년 글로벌 금융위기 이후 2009년 31.0명, 2010년 31.2명, 2011년 31.7명으로 가파르게 올라가다가 2012년 28.1명으로 감소했으나 2013년 다시 상승했다.(서울시 자살예방 센터, 2016)

한국의 자살률은 여전히 경제협력개발기구(OECD) 중에서 단연 최고 수준이다. OECD 전체 평균 자살률은 12.1명으로 한국의 절반도 안 된다. 일본(18.2명)과 폴란드(13.2명) 등이 OECD 국가 중 상대적으로 높은 자살률을 보이지만 한국보다는 훨씬 낮다.

유엔 자문기구인 '지속가능발전해법네트워크'(SDSN. The

Sustainable Development Solutions Network)는 매년 국가별 행복지수를 발표한다. 이 행복지수는 1인당 GDP, 사회적 지원(social support), 건강 수명(healthy life) 기대, 삶을 선택할 수 있는 자유, 관대함(generosity), 부패 인지율 등을 기준으로 측정한다. 〈2016년 세계행복보고서(World happiness report 2016)〉에 따르면, 한국은 조사대상 106개국 가운데 중간도 못 가는 58위를 차지했다. 남미에 있는 멕시코, 아르헨티나, 우루과이보다 낮고 이웃 나라 일본뿐 아니라 같은 아시아 국가인 태국, 대만보다도 낮았다. 다른 나라와 비교해보면 우리나라의 1인당 GDP 수준이나 건강 수명 기대치는 높은 편이다. 지난 몇십 년간 놀라운 경제성장을 해왔고 세계적으로도 모범적인 건강보험 제도를 갖추고 있기 때문이다. 그러면 나머지 지표들, 사회적 지원 정도나 삶을 선택할 수 있는 자유, 사회적 관대함 등에서 다른 나라에 훨씬 못 미치는 상황이다.

1위는 덴마크였다. 덴마크가 세계에서 가장 행복한 나라가 된 이유로는 몇 가지가 꼽힌다. 우선 상호 경쟁하지 않는다는 점이다. 대표적인 예로 덴마크 초등학생들은 아예 시험을 보지 않는다고 한다. 이게 얼마나 영향을 미칠까 생각할 수도 있겠다. 하지만 초등학교부터 성인이 된 이후까지 끊임없이 시험에 내몰리며 탈락의 위협 속에서 사는 우리네 삶을 돌이켜보면, 수긍이 가는 진단이다. 두 번째로 든든한 사회 안전망이다. 학비와 병원 진료비가 전액 무료이고, 실업급여는 2년 동안 지원된다고 한다. 세 번째는 사회적 계층 간에 차별이 작다. 즉 사회적 평등지수가 높다는 뜻이다. 네 번째는 많은 세금을 감당하면서도 사회적 신뢰가 대단히 높다. 다섯 번째로는 공동체, 즉 사회적 연대가 강하다. 이런 이유로 소외감과 외로움은 낮고 유대감과 행복감이 다른 나라보다 높다는 것이다(오연호, 2014, 『우리도 행복할 수 있을까』, 오마이북).

지금 이 시대 내가 살고 있는 대도시 서울을 뜯어보고 다른 나라와 비교도 해보니, 번듯한 외형에 비해 우리네 삶이 결코 행복하다고 할 수는 없다는 결론에 이른다. 그러나 마음에 들든, 들지 않든 여기는 나와 우리의 삶의 터전이다. 가게에서 물건을 고르듯 삶의 터전을 바꿀 수는 없는 일이다. 그렇다면 우린 지금 여기에서 지금보다 더 행복하기 위해 뭔가를 해야만 한다. 무엇을, 어떻게 할 수 있을까?

2. 도시에서 마을을 꿈꾸는 이유

내가 생각하는 도시인의 삶의 문제를 해결하는 출발점은, 동시대를 살아가는 주민 당사자들이 주체가 되어, 구체적인 삶의 필요에 기초를 두고, 공동체성을 회복해나가는 것이다. 그리고 그것을 가능하게 하는 구체적 실천으로써 마을공동체를 생각한다.

지금 우리는 골목길 아이들의 안전, 늦은 밤 귀갓길 여성의 안전, 겨울 빙판길에서의 어르신 안전과 장애가 있는 주민들의 보행 안전에 이르기까지, 매일매일 불안해하며 살아간다. 이 모든 것을 경찰력과 행정력에 의존할 수는 없는 일이며, 그런 사회는 가능하지도 않다. 예전보다 기술력은 더 발달해, 점점 더 많은 CCTV가 설치되고 있고 차마다 블랙박스가 달려 있지만 우리는 왜 이전보다 훨씬 더 불안해진 걸까?

　예전 도시의 전통적 모습은 저층 주거지가 밀집된 형태였고 서울도 크게 다르지 않았다. 그곳에는 골목길 문화와 생활 인프라를 구성했던 토착형 자영업 가게들이 그 중심에 있었다. 쌀가게, 세탁소, 구멍가게, 연탄가게, 미장원과 이발소 등이 골목 사람들의 생활을 책임졌고 사랑방 노릇도 했다. 차량이 적었기 때문에 골목길은 아이들의 골목 놀이 공간으로 시끌벅적했다. 1975년부터 실시된 도시에서의 반상회가 가능했던 이유는 행정의 강제적 집행뿐만 아니라 이러한 전통적 골목문화, 동네 문화를 바탕으로 하고 있었기 때문이다.

　그 골목에서 자영업자들은 세탁소를 운영하셨던 내 부모님처럼, 골목에 뛰노는 아이들과 늦은 밤 귀가하는 여성들, 지팡이를 짚고 조심조심 걸어 다녔던 동네 어르신과 보행이 불편했던 장애인들의 안전을 살폈다. 아이가 넘어지면 일으켜 세워주었고 병원에라도 가야 할 상황이면 집집마다 연락을 해주기도 했다. 그랬기에 지금보다는 더 안전한 동네가 가능했고, 사람들은 좀 더 안심하고 살아갈 수 있었다.

　단독주택 중심의 저층 밀집 주거형태가 아파트 중심의 고층 주

마을선언 순회 공청회(2015.07.)

거형태로 바뀌게 된 건, 우리의 직관적 느낌보다 훨씬 최근의 일이다. TV 드라마 〈응답하라 1988〉에서 보여준 1980년대의 도시 골목길 풍경을 떠올려보자. 물론 1980년대에도 드문드문 아파트가 지어지긴 했지만, 온 동네가 아파트 광풍에 휩싸이게 된 건 1990년대 이후의 일이다. 이런 현상은 강남개발의 신화로부터 시작된, 주거지를 생활공간이 아닌 수익률 높은 투자처로 인식하기 시작한 것과 맥을 같이 한다. 어느 순간부터 '집은 곧 돈'이라는 생각이 상식이 되어버렸다.

아파트가 주류적 주거형태로써 주목받고 좋은 투자처로 인식되기 시작하자, 집을 매개로 주민 관계망이 형성되고 그 관계망이 주민의 안전과 복지, 정신적 위로와 안정감을 제공해주었던 시대가 막을 내리게 되었다. 집이 일종의 투자처가 된 이상 집은 항구적으로 머물러야 할 곳이 아니게 되었다. 언제든 더 좋은 투자처를 찾아 떠나는 것이 현명한 도시살이로 인식되었고, 주거지의 독특한 생활문화나 관계망은 구시대적이거나 불필요한 것으로 간주되었다. 아파트는 점차 도시 유목민들의 일시적 거주지로 바뀌어 나갔다.

인정한다. 구마다 동마다 아파트 단지 없는 곳이 없는 지금의 서울에서 1980년대 이전 방식의 마을을 꿈꾼다는 것이 얼마나 복고적인 발상인지를. 나도 그런 마을을 복원하자는 것이 아니다. 할 수도 없다. 하지만 아파트 단지에 더 많이 살고 있는 지금의 서울 주민들에게 마을공동체가 불필요한 것일까? 나는 아니라고 생각한다. 오히려 이전보다 지금의 서울은 마을공동체가 더 필요하다. 우리는 예전보다 더 불안하고 더 외롭기 때문이다.

어린아이가 있는 부모가 잠깐 병원에라도 다녀올라치면 먼 거리에 있는 가족이나 지인을 불러와야 하는 현실, 그나마 불러올 사람이라도 있으면 행복한 상황이고 이런 조건이 안 되면 아픈 사람들로 가득 찬 병원에 아이를 데리고 가야 한다. 아파트 앞 상가 수퍼 주인과 평소 안면이 있고 신뢰가 있어 병원에 다녀올 동안만 아이를 부탁할 수 있다면, 그 부모의 삶의 질은 훨씬 나아질 것이다. 얼굴도 모르는 옆집 사는 사람 발걸음 소리에 버스 정거장부터 내 집 문 앞까지 불안에 떨며 귀가해야 하기도 한다. 만약 평소 안면을 트고 지내고 서로 도울 기회라도 있었다면 나의 일상의 불안은 훨씬 줄어들 것이다. 혼자 사는 어르신에게 아침저녁으로 그 집에 들러 불편한 건 없는지 물어봐 주는 동네 주민이 한 사람이라도 있다면, 그 어르신과 가족들은 훨씬 안심하고 일상을 살아갈 수 있을 것이다.

그런데 지금의 도시에서 이런 주민 관계망은 그저 얻어질 수가 없다. 옆집 사람에게 더 관심을 두고 살자는 공익 캠페인 같은 것으로 가능한 것도 아니다. 과거에는 주거형태와 생활양식이 자연스러운 주민관계망 형성을 도왔다면, 지금은 의식적 노력이 있지 않으면 불가능한 상황이 되어버렸다. 이미 익명의 다중이 모여 사는 도시 생활이 보편화되어 버렸기 때문에, 스스로 알아서 공동체를 형성해 보라는 조언은 별 의미가 없다.

또 그게 좋은 거라는 걸 머리로 인식한다고 하더라도 새롭게 공동체를 만드는 일은 에너지가 너무 많이 들기 때문에 개인이 시도하기는 어렵다. 이사 떡을 돌리기 위해 문을 두드려도 열어주지 않는 게 현실인데, 우리 동네 골목길 쓰레기 문제를 이야기해보자고 문을 두드린들 그 문이 잘 열리겠는가. 문을 열어주지 않는 이웃에게도, 혼자 살아 불안해서, 과거에 쉽게 문을 열어줬다가 봉변을 당해서 등 다 나름의 이유가 있다. 이웃의 방문에 문을 열어줄 이유보다 열어주지 않을 이유를 더 많이 제공하는 것이 이 도시의 환경이다.

어렵게 동네 사람들이 모였다고 쳐도 지속하기는 쉽지 않다. 갈등의 비용을 감내해야 하기 때문이다. 수십 년간 대면하고 살아온 가족들끼리도 갈등이 발생할 수밖에 없다. 익명의 이웃이 신뢰가 없는 상태에서 해결해야 할 문제만을 놓고 만났다면, 당연히 이견

마을과 학교 상생프로젝트 사업 담당자 워크숍(2015.06.)

이 있고 이해관계가 엇갈릴 수밖에 없다. 이견을 조정하자면 서로의 입장과 처지를 충분히 이해할 때까지 대화해야 하고, 그 다음에도 여러 대안을 놓고 그 사이에서 협의와 조정을 거치는 지루한 시간을 인내할 수 있어야 한다. 그게 쉽겠는가.

필요는 한데 자연스럽게 만들어질 수 없다면 어떻게 해야 할까? 그래서 나는 그것이 정부, 특히 지방정부의 핵심역할이라고 생각한다. 정부가 나서 주민들을 끌어다 앉히고 대화를 강요하라는 게 아니다. 그러면 결코 안 된다. 그건 과거의 관 주도 행정시스템에 불과할 것이다. 주민들이 스스로 결정할 수 있는 문제에 관해 권한을 부여하고, 원하는 사람들이 모이고 대화해 나가는 과정을 지원하며, 그 결정을 존중하고 집행에 필요한 지원을 또한 아끼지 말아야 한다는 것이다. 이렇게 말해도 '어떻게?'에 관한 상이 떠오르기는 어려울 듯하다. '어떻게?'를 말하려면 우선 대도시 서울에서 '마을'의 실체가 무엇인지에 대한 것부터 이야기가 필요하다. 대체 도시에서 '마을'이 실체가 있는 걸까?

3. 대도시 서울에서
   '마을'의 실체는 뭘까?

 우선 우리의 마을 개념을 다른 나라와 비교해서 생각해 보자. 빌리지(Village)? 타운(Town)? 이런 명칭들은 거주지 규모에 따른 구분일 뿐 우리가 사용하는 '마을'의 의미와는 좀 다르다. 미국 도시 사회학자 클래런스 페리(Clarence Arthur Perry)는 네이버후드(Neighbourhood)라는 표현을 사용하는데, '아이들이 위험한 도로를 건너지 않고 학교에 등하교할 수 있는 범위'라는 의미로 쓴다 (김영선·이경란 엮음, 2014, 『마을로 간 인문학』, 90쪽). 아마도 우리가 사용하는 마을 개념은 페리의 네이버후드 개념과 관계망으로서의 커뮤니티(Community)의 의미가 혼재된 듯하다.

 커뮤니티는 통상 지역사회, 공동체라는 단어로 번역된다. 또한 지역사회(local community)란 커뮤니티 또는 공동체라는 말과 동의어로 쓰인다. 이는 나름의 역사성이 있다. 전(前)자본주의 시기에 특정 사회의 지역적 한계는 토지 소유의 범위로 규정했다. 특히 유럽 봉건사회의 지역사회인 촌락은 봉건 영주가 소유한 토지의 범위 내에서 토지를 공동으로 이용하는 사람들의 관계를 단위로 형성되었다. 자본주의가 발달하자, 폐쇄적인 자급자족적 단위로 유지되어온 촌락 공동체는 해체됐고, 그로 인해 지역의 고유성은 상당히 상실되었다. 이렇게 되자 지역(local)은 정치적, 행정적 통치를 위한 단위라는 의미로만 쓰이게 되었고, 지역사회의 전통은 단지 상징성에 불과할 뿐 실제적인 의미는 없어지거나 달라졌다.

한국에서도 자립적인 생존의 생태계로 작동했던 전통적 지역공동체가 1970~80년대 내내 전면적인 해체의 길을 걸어왔다. 1975년 새마을운동 법제화와 통반장제실시 이후에는 이미 되돌릴 수 없는 상황이 되었다. 오늘날 대도시 서울에서도 쓰레기, 주차, 소음, 복지 등 생활 상의 이해관계를 공유하는 기본단위는 전통시대의 자연적 단위가 아니다. 자치구와 행정동처럼 인위적이고 행정적으로 구성된 단위일 수밖에 없다. 따라서 마을공동체 활동의 지리적 범주도 자치구와 행정동(洞) 단위로 정하는 것이 현실적인 측면이 있다. 이렇게 보면 우리는 이 시대 자치구와 행정동 내에서 진행되는 사람들의 관계망 및 관계 형태의 변화에 주목할 필요가 있고, 여기에서부터 마을의 실체에 접근해나갈 수 있다고 생각한다. 현재 서울은 대략 40만여 명을 기준으로 구획된 25개 자치구와 424개의 행정동으로 구성되어 있으며, 그 안에 그야말로 다종다양하면서 이질적인 문화를 가진 사람들이 함께 살아가고 있다.

혹자는 서울의 '구'나 '동'을 '마을'의 구체적인 모습으로 보자는 주장에 이의를 제기할 수도 있겠다. 마을은 그저 지리적 범위가 아니라 사람들의 관계가 중요한 요소인데, 이 시대 대도시 서울의 '동'이 그 안에 사는 주민들의 관계망의 범위를 나타내 주느냐는 질문이다. 타당한 지적이다. 과거 우리나라 농촌의 전통적인 마을 이미지를 떠올린다면, 쉽게 그렇다고 대답하기는 어렵다. 하지만 산업화 시기 도시에서의 공동체가 해체되는 와중에 국가가 행정의 이름으로 재조직해낸 생활단위의 역사를 돌이켜보면, 그 옛날 농촌공동체와는 다를지라도 '동' 단위가 그 대체재 기능을 해온 것은 사실이다.

1975년에 새마을운동이 법제화되었고 다른 측면으로 통반장제도가 전국적으로 실시되었다. 그 정치적 의도가 어찌 되었든 간에 새로운 정책은 지역사회에 커다란 영향을 끼쳤다. 도시지역에는 거주 인구 약 1천 명당 1명씩 통장을 두었고 약 200명당 1명의 반장을 두었으며 이를 통장이 담당하게 하였다. 전국의 모든 주민을 행정의 하부 조직화하여 수직적으로 재편시킨 것이다. 통장과 반장의 인원수를 합치면 서울시 자치구별로 2,000~3,000명에 달하는 등 그 규모가 실로 엄청났다.

오늘날에는 그 인원과 기능이 현저히 약화되었지만 설치 초기에는 통반장의 권한이 대단히 컸다. 예를 들어, 주민들이 이사를 가게 되면 행정기관에 전출입 신고를 하게 되는데, 이때 통반장의 확인 도장을 반드시 받도록 했다. 이에 따라 해당 지역에 누가 이사를 오갔는지를 파악할 수 있었다. 통반장 설치와 반상회 실시는 지역사회의 구석구석까지 행정력의 통제가 미치게 했고, 그 결과로 새로운 주민그룹들이 형성되었다. 1970년대를 거치면서, 전통적인 주민관계망은 해체되고 행정을 중심으로 한 인위적인 관계망이 재구성되었으며, 새로운 구조에 맞게 새로운 주민 주체가 대단위로 급속하게 형성된 것이다.

1980년대에 들어서서 전두환 정부 때에는 '새마을단체지원법'이 정비되었고, 1989년 출범한 노태우 정부 때에는 자치구, 동 단위로 정부지원 단체들을 확대, 개편하였다. 1989년 그 이전 사회정화위원회를 바르게살기운동협의회로 재편하였고, 1989년에는 자유총연맹 지원을 위한 법적 근거를 만들었으며, 지역지회, 지도자회, 부녀회로 구성되는 새마을운동단체협의회를 지원하는 법도 만들어졌다. 1970년대 통반장제도로 만들어진 광범위한 주민그룹들이 1980년대를 거치면서 정부지원 민간단체로 재편되어, 풀뿌리 단위까지 주민들의 관계망을 직접 형성하거나 영향을 미치게 된 것이다. 이러한 조직들은 오늘날까지 지역사회에서 가장 영향력 있는 주민 관계망으로 존재하며, 2000년 이후 지역별로 구성된 '주민자치위원회'의 핵심 참여자가 되었다.

한편 1980년대에는 정치적으로는 민주화운동, 운동 주체의 측면으로는 민중운동이 새롭게 등장하였다. 사회적인 새로운 주체로서 노동자, 농민, 도시 빈민 등 계층별 구분이 전면에 등장했고 이에 따른 활동이 대폭 증가하였다. 하지만 이들은 권역 단위 운동단체와 연결되거나 노조, 농민 등 직능별 연합단체와 연계되어 있었기 때문에, 거주지 중심의 주민 연계망과는 거리가 멀었다.

1991년 지방의회 선거가 민주화 이후 처음 실시되었고 1995년부터는 지방자치단체장 선거를 포함하여 기초와 광역단위 동시 지방선거가 전면 실시되면서 중앙정부의 권한이 일부 지방자치단체로 이관되었다. 이 시기 각종 향우회 조직 등 영역별로 자발적 주민조직들이 활성화되었는데, 이른바 '자생단체'로 불렸던 단체들에는 노인회 등 노인 단체, 생활체육 단체, 재향군인회 등 군 계열 단체, 각종 봉사단체가 망라되었다. 다른 한편으론 이슈 중심 전국

단위 시민단체들—경제정의실천시민연합, 참여연대, 환경이슈를 중심으로 한 단체 등—이 생성된 것도 1990년대 초 무렵이었다. 그리고 YMCA나 여성민우회, 한살림 생활협동조합 등의 전국 단체들의 지부가 지역별로 설립되기 시작한 것도 이 시점이다.

또한, 1990년대 중반 이후부터 중앙단체의 지부가 아닌 독자적 지역 시민사회단체들이 설립되기 시작했다. 서울에서는 관악주민연대(1995년), 구로시민센터(1997년), 노원구의 마들주민회(2000년) 등이 등장했고, 이들은 지역사회 참여 활동과 다양한 동아리 활동, 어린이날 행사 등 문화 활동을 전개했다. 현재 지역 활동가들의 상당수가 이때 만들어진 단체나 그 후속 단체들의 활동에 뿌리를 두고 있다. 한편 이 시기에는 지역 시민운동과 함께 1970년대부터 미약하게 시작되었던 빈민운동이 풀뿌리 운동으로 확장 전환되기 시작했다. 1990년대 중반에 서울시 성동구 하왕십리와 금호동 지역 일대에서 활발하게 진행되었던 철거민들의 자발적 공동체 운동도 그러한 맥락이었으며, 풀뿌리 빈민운동이 보여줄 수 있는 사례였다.

이러한 여러 흐름은 2000년대에 들어서 기존의 동·면사무소가 '주민센터'로 변경되고 '주민자치위원회'가 전국적으로 설치되면서 큰 변화를 겪는다. 주민자치위원회에는 1980년대부터 활동해온 주민단체들이 직능단체라는 명목을 가지고 공식적으로 참여하였고, 기타 행정 보조적인 임무를 수행하는 수많은 단체도 대거 참여했다. 반면 1990년대 시민운동이나 풀뿌리 운동을 표방했던 흐름에서는 그 참여가 대단히 미약했다. 당시까지만 해도 중앙정부 및 지방자치단체에 대한 비판적 문제 제기를 통해 시민의 권리를 신장해야 한다는 요구와 인식이 더 컸고, 주민자치위원회에 적극 참여하는 것을 주요한 임무로 삼지 않았던 측면이 있었던 데에서 그 이유를 추정해볼 수 있다.

한편 2000년대에는 '마을만들기' 및 '주민자치' 운동이 새로운 흐름으로 시도되기 시작했다. 1990년대 중반부터 일본의 '마찌즈쿠리(마을만들기)'가 국내에 소개되기 시작했는데, 이는 당시 주민자치와 마을에 대한 국내의 관심을 확장하는 데 영향을 미친 것으로 보인다. 이러한 활동 중심에는 '걷고싶은도시만들기시민연대(도시연대)'와 '(사)열린사회시민연합(열린사회)' 등이 있었다. '도시연대'는 2000년부터 '마을헌장 제정 운동'을 시작했고, (사)열린사회시민연합은 서울시 9개 구에서 주민자치, 시민교육, 자원봉사 활동을 매개로 지역공동체운동을 추진했다. 이 단체는 주민자치위원회의 자치 활동력을 높이고 자치위원회 혁신을 위해 2001년부터 현재까지 '주민자치 전국박람회' 행사를 전국 시군구를 순회하면서 개최하고 있기도 하다.

다른 한편으로 2000년 '비영리민간단체지원법'이 제정되자 다양한 성격의 민간단체들이 급증하였다. 민간단체의 급증과 함께 다양한 지역 활동도 나타나기 시작했고, 서울에서는 자치구 중심의 풀뿌리단체들이 새로이 등장하거나 강화되었다. 이러한 풀뿌리단체들은 주민운동과 더불어 지자체를 상대로 한 감시와 요구 활동도 진행했다.

자치구와 동 단위의 다양한 시도들을 목격한 중앙정부는, 2007년 국토해양부 주도로 '살고싶은 도시만들기/살고싶은 마을만들기'를 정책화하고 시범사업을 시행했다. 이를 계기로 새로운 흐름이 마을 활동에 접속해 들어오기 시작했다. 그 중에서 서울시 마포구 성산동의 성미산마을은 자생적으로 형성된 도시 마을로 주목받기 시작했고, '살고싶은 마을만들기' 사업에도 적극적으로 참여한 바 있었다.

2012년부터 서울시가 본격적으로 추진해온 마을 정책은, '무에서 유를 창조하겠다'는 허황된 계획이 아니라, 이상에서 살펴본 바처럼 역사적으로 형성되어 있는 다양한 주민 관계망의 토대 위에서 다(多)주체들이 함께 만들어가는 새로운 '마을'의 비전을 시도한 것이다.

서울시 사회혁신컨퍼런스(2015.11.)

내가 생각하는 마을공동체의 회복은 '사람' 중심의 가치회복과 '신뢰의 관계망'을 재구축하는 것을 의미한다. 정주율이 낮고 주민의 관심사가 매우 다양한 서울과 같은 대도시에서 마을공동체 회복에 대해 회의적인 시각이 있는 것은 사실이다. 하지만 서울에는 마을공동체가 회복될 수 있는 잠재력은 충분해 보인다. 지금 서울에는 스스로 모여 다양하고 창의적인 방식으로 욕구를 해소하고 서로 돕고 함께 하는 일상을 통해 더욱 행복한 삶을 실천하는 사람들이 늘고 있다. 문화센터, 아파트부녀회 등을 중심으로 한 공동체, 공동육아조합과 생활협동조합 같은 주민의 자립과 상조를 위한 공동체가 서울시 곳곳에 존재하고 있음을 보아도 알 수 있다. 또한, 단위마다 있는 오래된 마을 자치조직과 다양한 시민단체들도 마을공동체를 위한 중요한 씨앗이라고 할 수 있다.

이제 서울에도 마을이 가능한 역사가 있었고, 마을공동체를 이루고 발전시켜나갈 주민관계망들도 있다는 점을 살펴보았다. 그러나 공동의 이해관계가 있고 주민들이 있다고 해서 그것이 곧 공동의 관심사를 함께 해결해나가는 공동체인 것은 아니다. 그렇다면 마을공동체는 '어떻게' 가능할 수 있을까?

2015 서울마을박람회 하소연대회(2015.09.)

4. 마을공동체는 어떻게 가능한가?

지금까지 대도시 서울에서 우리가 행복하기 위해서는 마을이 필요하고, 서울은 마을의 실체적 요소들을 가지고 있다는 점을 살펴보았다. 그렇다면 이 씨앗 요소들이 모여 어떻게 신뢰의 관계망에 기초한 공동체로 나아갈 수 있을까?

우선 이 시대 주민들의 존재 양태에 맞는 새로운 관계망을 형성해나가야 한다. 앞서 밝혔듯이, 나는 전통적인 농촌사회의 마을공동체를 복원하는 것으로 회귀하는 게 아니라, 인구 1천만 명의 초거대도시에서 각각의 지역사회 속에서 사람들의 관계망을 복원할 수 있다고 믿는다. 기존의 주거지를 낙후된 지역으로 선정하고서 전면 해체한 후에, 아파트 중심으로 재편하는 토건적 방식의 재개

발을 추진했던 정책에 비교하면, 근본적 발상의 전환이라고 볼 수 있다. 건물이 아닌 사람을 중심으로, 공간의 재구성이 아닌 관계망의 재구축으로 관점을 전환하는 문제이기 때문이다.

여기에서 말하는 '관계망'이란 실명(實名)적 관계망을 의미한다. 얼굴을 알고 이름을 알며, 그 사람의 성격적 특질과 정서적 교감을 할 수 있을 정도의 비교적 가까운 관계들의 연결망이다. '던바의 수 150'이라는 게 있다. 영국의 인류학자이며 진화심리학자인 로빈 던바(Robin Dunbar)는 뇌 과학 등 첨단 과학 지식에 힘입어 공동체 내부의 인구수 문제를 연구했다. 던바에 의하면 인간이 가진 뇌의 용량으로 관계 정보를 처리할 수 있는, 다시 말해 지속해서 관계를 맺을 수 있는 구성원의 수는 대략 150명 정도라고 한다. 150은 사회적인 관계를 맺을 수 있는, 대면 접촉을 통해서 관계망을 유지할 수 있는 최대한의 개인적인 숫자이다. 메소포타미아의 신석기 마을도 대략 그 정도의 구성원을 가졌다고 하며, 고대 로마시대의 군단도 150명을 기준으로 구분했다는 것이다. 다시 말해 인간은 150명 정도까지를 서로 기억하고 직접적 관계를 맺을 수 있다고 한다(김영선, 이경란 엮음, 2014, 『마을로 간 인문학』, 73쪽).

현실적으로도 실명적 관계, 긴밀한 관계를 맺는 것은 비교적 소수의 사람이고 도시 지역의 모든 사람이 이런 관계를 맺는 것은 불가능하다. 바로 이 점이 농촌 마을과의 결정적 차이점이다. 농촌의 '리(里)'는 그 동네에 거주하는 것을 바탕으로 관계를 형성하는 데에 비해, 도시의 '동(洞)'은 거주 인구가 너무 많아서 직접적 관계 형성이 불가능하다. 그래서 지리적 공간 중심의 관계망 이전에 개인적 취향에 따른 선택적 관계망이 중요하다.

여기서 선택적이란 농촌과 달리 특정한 동(洞)에 거주한다는 사실 때문에 이웃과 관계를 맺는 게 아니라, 종교든 취향이든 관심사든 다른 요소 때문에 관계를 맺는다는 의미이다. 그러나 이런 관계들도 일정한 지리적 범주는 필요로 한다. 서울시 내 모든 특정 종교인이 관심을 공유할 수는 없으므로, 지역 구획 내에서 교회나 성당, 절을 중심으로 모임을 하는 것처럼 말이다. 이렇게 긴밀한 관계망을 구성하는 것을 커뮤니티로 본다면, 그 커뮤니티들이 일정한 지리적 범주 내에서 공통의 관심사를 두고 느슨한 관계를 맺는 더 큰 단위의 관계망도 상상할 수 있다. 실제로 동네에 어떤 문제가 생기면 그 동네의 종교인 단체, 정부 지원 단체, 민간단체, 관심이 있는 개인, 그 동네를 근거지로 활동하는 정치인들이 함께 모여 대책을 논의하는 틀이 만들어지는 걸 볼 수 있다. 이러한 느슨한 관계망들이 일시적인 이벤트로 그치지 않고 일정 시간 안정적으로 맺어질 수 있다면 우리는 이 단위를 '마을'이라고 호명할 수 있지 않을까? 이는 서울시 마을공동체 정책을 구성하는 바탕의 관점이

서울협치협의회 협치추진계획 발표(2016.10.)

되었다. 내게 도시에서 '마을' 을 활성화한다는 것은 주민들 사이의 커뮤니티를 촉진하고 지역사회 속에서 다양한 커뮤니티들 사이에 네트워크 활성화한다는 것을 의미한다.

그렇다면 이런 다양한 관계망들은 어떻게 안정적으로 연결될 수 있을까? 내가 우선해서 생각하는 것은 생활권을 방어하려는 자조(自助)적 노력이다. 생활권이라는 개념은 헌법 제34조 1항, '모든 국민은 인간다운 생활을 할 권리를 가진다.' 에 근거를 두고 있다. 인간다운 생활 또는 생존을 위하여 필요한 여러 조건의 확보를 요구할 수 있는 권리를 말한다.

우리 주변에도 이런 사례는 많지만, 해외사례를 통해 한 번 살펴보자. 2015년 여름부터 독일 베를린의 한 주거지에 있는 〈비짐 바칼(Bizim Bakkal)〉이라는 이름의 채소 가게를 지키기 위한 주민들의 행동이 이어졌다. 가게 주인인 아흐멧 가족은 터키 이주민으로서 1987년부터 29년 동안 이 가게를 운영하고 있었다. 그런데 한 부동산회사가 이 가게를 매입했고, 일반주택으로 개조하여 재판매하기 위해 아흐멧씨에게 계약해지를 통보했다. 그러자 채소 가게를 이용했던 단골손님들이 나서기 시작했다. 2015년 6월부터 매주 가게 앞에서 모여 축제와 같은 시위를 진행했다. 적게는 30명 많게는 1,000명이 모일 때도 있었다.

미국의 도시사회학자 제인 제이콥스(Jane Jacobs)는 〈비짐 바칼 (Bizim Bakkal)〉과 같은 평범한 동네 상점들이 도시의 일상에서 얼마나 중요한 사회적 역할을 하는지 그리고 이런 평범한 동네 상점들이 어떻게 도시의 단조로움을 막고 다양성을 높이는지에 대해 설명한 바 있다(제인 제이콥스, 2010, 『미국 대도시의 죽음과 삶』, 206쪽). 앞서 살펴본 독일 주민들의 노력은 자신에게 익숙한 생활방식을 유지하려는 일종의 생활권 방어행위인 셈이다.

또 다른 예로 도시 한복판에 주민 생활과 전혀 관계가 없이 대형 상점이 들어서는 상황을 가정해 보자. 주민들의 생활은 대형 상점을 중심으로 자기도 모르게 재편되어 버리고, 라이프 스타일에도 변화가 일어난다. 누군가는 대형 상점의 입점을 찬성할 수도 있고 누군가는 반대할 수도 있다. 하지만 찬성이나 반대 입장과는 무관하게 근처 주민들의 생활양식에 변화는 피할 수 없다. 교통량 증가로 불편을 겪을 수도 있고, 매출감소의 어려움으로 친하던 동네 자영업자 주민들이 이사를 가서 이웃 관계에 변화를 경험할 수도 있으며, 쇼핑의 동선이 짧아져서 저녁 시간을 더 많이 활용할 수도 있겠다. 어쨌든 당사자의 의사와 상관없이 외부로부터 강제되는 환경 변화인 셈이다. 이때 중요한 것은 대형 상점의 입점 여부 이전에 그 결과로 영향을 받는 당사자 주민들이 사전에 정보를 알고, 영향에 대해 고려도 하면서 생활권을 지키려는 공동의 노력을 진행할 수 있는가이다.

마을공동체를 활성화하는 것, 지역사회를 재구성하는 것의 가장 중요한 목적은 바로 내 삶의 조건과 환경을 스스로 만들어 가고자 하는 노력을 기울이는 것이다. 크게 보면 자신의 삶에 영향을 끼치는 사안에 대한 의사결정 과정에 직간접적으로 참여해야 한다는 것이다. 의사결정에 대한 태도 여부는 대단히 중요한 지점이다. 이 과정에서 주민들은 자기의 생활권을 지키는 것에 대한 주체적 판단을 하게 될 것이다.

다음으로 고려되어야 하는 것이 문제해결의 당사자성이다. 신뢰에 기초한 관계망을 통해 나와 가족, 이웃의 생활권을 지켜나가기 위해서는, 이해당사자인 주민이 이 전 과정을 주도해나갈 수 있어야 한다. 대도시 서울에서 주민 당사자들의 존재 양태는 매우 다양하다. 아주 작은 지리적 공간에 매우 많은 인구가 거주하거나 활동을 하고 있다. 행정동 별로 1만 5천여 명에서 4만여 명이 거주하고 있기에 동 단위로도 절대 작지 않은 규모다.

거주지와 생활을 둘러싼 모든 문제는 구체적 시간과 공간을 배경으로 한다. 도봉구 쌍문1동과 종로구 창신동, 마포구 공덕동에 사는 주민들이 생활권역을 둘러싸고 직면한 문제가 같을 수는 없다. 혹은 같은 공덕동 안이라도 아파트 단지 거주 주민과 아파트 이외 단독, 다가구 등 주택가 거주 주민의 고민은 다를 수 있다. 구체적인 장소에서 지금의 시간을 살아가는 주민들이 자신의 문제를 스스로 논의하고 해결할 수 있도록 제도와 지원이 이루어지는 것이 중요하다.

마을공동체 활동에서 당사자성을 강조하는 또 다른 이유는 과거 시민 운동적 방식의 지역 활동 습성에서 벗어나는 것이 필요하다고 보기 때문이다. 전문가나 활동가가 나를 대신하여 나의 문제를 해결해주겠다고 자임하는 주창 운동 계열의 시민운동은 그 자체로 장점이 있다. 당대의 사회적 합의를 조금 앞선 이슈들이나, 다소 복잡해서 전문가들의 도움을 얻지 않으면 접근이 어려운 이슈들은 이런 방식으로 진행되는 것이 사회에 도움이 된다. 그러나 나와 이웃의 문제를 해결해나가는 데에는 이런 방식이 큰 도움이 되지 못하거나 문제해결과정을 왜곡시키기도 한다. 당사자성은 주민이 어떻게 등장하고 성장하는지 등에 관한, 주체 형성과정에 관한 관점을 의미한다. 개인의 의견은 타인이 대신할 수 없으며, 오직 자기 자신만이 대신할 수 있다. 이것은 지극히 상식적인 이야기이다. 당사자성에 대한 이해는 지역 활동 방식에 대한 근본적 관점의 변화를 의미한다.

또한, 마을공동체 회복을 위해서는 공공성에 대한 우리 사회의 관점의 전환도 필요하다. 지금까지 구체적인 생활권에 대한 주민 당사자의 권리와 노력의 필요성에 대해 말했는데, 이런 관점은 우리 사회의 오래된 공공성에 대한 관점과 충돌을 일으키기도 한다. 당사자들의 구체적 필요나 요구는 좀 더 넓은 범위에서 보면 다른 당사자들의 이해와 갈등을 일으킬 수 있는데, 이때 갑과 을의 이해관계를 뛰어넘는 공익을 가정할 것인가 아니면 갈등하는 갑과 을이 대화하고 타협해서 만들어낸 조정안을 공익으로 볼 것인가에 관한 문제다. 전통적인 관점에서 보면 전자가 공익이요 공공성의 실현이며 후자는 사익의 공모나 공익의 훼손으로 여겨질 수 있다. 우리 사회에는 공익은 바람직하고 선한 것이며 사익은 바람직하지 않거나 타인에게 해를 입히는 나쁜 것이라는 관념이 있다. 하지만 과연 그러할까?

문제는 갑과 을의 구체적 이해관계를 뛰어넘는 공익을 과연 누가 정의할 수 있는가에 있다. 흔히 공적 정부나 전문가들은 어떤 올바름이나 바람직한 대안을 제시할 수 있고, 평범한 시민들은 이기적 욕구에 사로잡혀 공익에 반하는 사익만 추구하는 존재로 가정되곤 한다. 그래서 시민들 사이에 갈등적 상황이 발생할 때 그 해결방안을 제3자인 정부 기관이나 전문가들에게 위탁하는 것이 바

서울 협치시정 시민대토론회(2016.07.)

람직하다는 인식이 광범위하고 두텁게 자리 잡고 있다.

하지만 내가 직면한 구체적인 문제를 제3자가 나만큼 잘 알 수는 없으며, 제3자가 제시하는 대안이 나를 설득하지 못 한다면 그것은 문제해결이 아니라 나의 권리를 무시하거나 침해하는 것이 될 수도 있다. 이제 공익이나 공공성은 구체적인 개인들의 사익 영역을 넘어선 무엇이 아니라, 개인의 현실적이고 구체적 사익들이 존중되면서 사익들 사이에 충분한 이해와 심의를 거쳐 조정된 결과로 이해될 필요가 있다.

개인으로 존재할 때 우리는 타인의 관심이나 어려움에 무딘 채 나의 이익만 앞세울 수 있지만, 관계 속에서 우리는 충분히 타인의 어려움에 공감할 수 있는 존재들이다. 이웃에 대해 직접 알고 더 많이 알면 우린 더 많은 것을 함께 해나갈 가능성을 높일 수 있다. 내가 관계 맺는 이웃의 범위가 넓어질수록 나의 이익은 더 넓은 관계 속에서 다시 정의될 수 있다. 문제는 사익 자체가 아니라 그 사익이 놓여 있고 정의되는 관계망이다.

이건 내가 존경하는 사회학자 김찬호 교수에게 들은 이야기다. 서울의 한 동네에 고등학교가 하나 있었다. 이 학교는 대학진학 자체를 목표로 하지 않고 졸업 후 곧바로 사회생활을 하고 싶거나 해야 하는 고등학생들을 위한 학교였다. 학생들은 비교적 어려운 가정형편에 처한 사람들이 많았고, 재학 중에 아르바이트도 하고 인턴 생활도 해야 했기 때문에 마치 사회인처럼 지내기도 했다. 술을 마시기도 했고 담배도 피웠으며 늦은 밤 무리 지어 돌아다니기도 했다. 그래서 동네 사람들은 이 학교와 학생들을 달가워하지 않았다고 한다.

그런데 동네 주민들 사이에 이 학교 학생 중에 아침을 먹고 오지 않는 학생이 많다는 소식이 알려졌고, 몇몇 주민들이 학생들의 아침밥을 준비했다. 주민들과 접촉면이 넓어지면서 학생들은 주민들과 시선을 마주치게 되었고 주민들은 학생들을 이해하게 되었다. 좀 시간이 지나면서 학생들이 운영하는 카페가 문을 열었고 동네 주민들에게 개방을 했다. 더 많은 주민이 그 카페에 드나들고 이야기를 나누면서 학교는 마을의 자연스러운 일부분으로 자리 잡았고, 동네 일자리와 학생들이 연결되기도 했다.

처음에 동네 주민들의 사익은 아마도 그 학교 학생들이 만드는 '불량한 문화'가 동네에서 없어지는 것이었을지 모른다. 또 학생들의 사익은 동네 주민들의 불편한 시선이 없는 곳에서 학교를 다니는 것이었을 수 있다. 그러나 관계가 생기고 넓어지면서, 서로 시야에서 없어지는 게 아니라 서로 도움이 되는 관계가 이익으로 재(再)정의된 사례로 볼 수 있다.

또 다른 사례를 들어보자. 아파트에서 품앗이로 아이를 돌보면서 마을관계망을 형성하고 그 속에서 마을공공성을 체험한 젊은 엄마들의 이야기다. 초등학교 3학년 남자아이를 키우는 엄마가 있었다. 1학년 때부터 아이의 방과후 시간을 어떻게 할 것인지가 늘 걱정이었다. 학원에 보내도 아이가 건성이고 가끔은 학원에도 가지 않은 채 소재를 확인할 수 없어 애를 태웠다. 이 학원 갔다가 저 학원으로 옮겨 다니는 일이 얼마나 재미없고 힘들지 모르는 바는 아니었지만, 혼자서 어떻게 해 볼 도리가 딱히 없어 속을 끓였다.

우연히 알게 된 같은 반 아이 엄마와 하소연을 하던 중 비슷한 또래를 가진 엄마들이 뭉쳤다. 서로 아는 엄마들을 모아보자고 했고 알음알음 5명의 엄마가 모였다. 일하는 엄마도 있었고 낮 시간이 자유로운 사람도 있었다. 아이들이 하고 싶은 걸 할 수 있도록 함께 뭔가를 해보자는 의견이 나왔다. 낮 시간을 쓸 수 있는 엄마 3명이 평일엔 돌아가면서 아이들과 함께 놀고, 다른 2명의 엄마는 주말에 순번을 정해 나들이를 책임지기로 했다. 학원비 나가는 걸 모아서 낮 시간 돌봄을 해주는 엄마들에게 주었고, 엄마들은 그날 그날 아이 다섯이 하고 싶은 걸 정해 영화도 보고 박물관도 가고 숙제도 함께 했다. 주말에는 한강공원에 가서 아이들을 풀어 놓고,

엄마아빠들은 함께 이야기를 나눴다. 다섯 엄마들은 아이들이 싸우고 화해한 이야기, 아이들의 학교생활 이야기를 나누다가 어느새 남편과 다툰 이야기, 친정이나 시댁 식구들 이야기, 결혼 전 꿈에 대한 이야기까지 나누면서 친해졌고, 아빠들도 아이들과 축구를 하며 놀다가 맥주잔을 기울이며 가까워졌다.

그런데 시간이 흐르면서 다른 문제들이 생겼다. 우선 아이들 공부 봐주는 일이 만만치 않았다. 또 남자애들은 밖에서 노는 일을 즐겼는데 엄마들이 감당하기엔 점점 힘에 부쳤다. 공간도 문제였다. 쑥쑥 크는 남자아이 다섯이 천방지축 우글대니 사는 게 고만고만한 집들이 난장판이 되는 거였다. 그러다 동네 다른 엄마 소개로 아이들을 위한 작은 도서관을 준비하는 부모들과 만나게 되었다. 양쪽 모두 공간이 필요했고 힘을 합해 공간을 마련한 후 함께 쓰자는 데 의견이 일치되었다. 지금은 그 공간에서 작은 도서관 준비하던 분들이 아이들을 조금 더 모아 방과후 프로그램을 진행하고, 선생님도 한 분 모셔서 부담을 덜었다고 했다.

개인의 필요를 공감하는 몇몇 이웃들이 모여 시작한 주민모임이 어느덧 다른 주민모임들과 연결된다. 모임마다 직면하는 공통의 어려움과 과제를 공유하고, 함께 해결하는 시도가 이어지면서 문제가 함께 풀리는 경험이 만들어지기 시작한 것이다. 이렇게 나의 필요가 이웃의 필요로 확인되는 순간, 나의 필요가 해결되고, 나아가 동네의 필요로 좀 더 널리 공유되면서 가로막는 걸림돌이 치워지고 문제해결의 수준이 높아지는 것이다. 이것이 바로 '마을공공성'이라 할 수 있지 않을까. 나의 필요로 시작하지만 동네의 과제로 해결되는 것이 마을이고, 마을공공성이 실현되는 방식이다.

우리가 지역과 동네에서 주민의 자격을 가지고 골목길 공공성을 실현하고자 한다면 주민의 다양한 필요와 욕망을 구체적으로 찾아야 한다. 골목길 청소는 하는 것, 거리 교통정리를 하는 것, 내 집 앞 눈을 치우는 것도 공공적인 일이며, 아이들 키우는 것, 돌봄 관계망 속에서 이웃을 돌보는 것, 소소한 생활기술을 개발하고 서로 나누는 것, 지역 현안에 대해 이러저러한 목소리를 내는 것도 매우 중요한 공공성의 내용이다. 동네의 자영업자가 '둥지 내몰림(젠트리피케이션)' 현상으로 인해 쫓겨나가는 것을 주민 생활권 방어 차원에서 함께 대응하는 것도 공공성의 내용이다. 지역의 전통시장이 지역사회와 긴밀하게 관계를 형성하고 정이 흐르는 시장으로 거듭나게 하는 것도 마찬가지다. 문화예술인들의 행위가 소비적인 베짱이 놀음으로 여겨지는 게 아니라, 지역사회의 가치를 드높이는 중요한 사회적 가치로 인식시키는 것도 공공성의 내용이다. 동네 카페에서 주민들이 서로 교류하고 소소한 문화적, 생활적 이벤트를 벌이는 것도 관계망의 형성 측면에서 보면 공공성의 내용이 된다. 생활에 필요한 재활용과 핸드메이드 작품들을 내놓고 판매하거나 교류하는 마을 시장도 공공성의 내용이다. 지금은 공공성에 대한 창의적인 아이디어와 발굴이 필요한 시기이다.

그리고 그 과정에서 발생하는 갈등은 주민 당사자들과 공적 정부가 함께 논의하고 조정하고 타협하는 과정을 반복하는 과정을 통해 해결될 수밖에 없다. 여기에 공적 정부의 역할이 있다. 개인인 당사자 주민이 자조의 노력을 홀로 하려면, 사람을 모으고 논의를 조직하고 결론에 이르기까지의 비용을 온전히 감당해야 하므로, 절대 쉽지 않은 일이다. 이 과정에 드는 비용을 감당해주어야 하는 것이 지방정부의 중요한 역할이라고 나는 생각한다.

동주민센터 공무원과 주민자치위원회 위원들, 기초자치단체의 행정부 공무원과 의회 의원들은 주민들의 생활권역을 둘러싼 중요한 정보들을 가지고 있고, 주민들로부터 위임받은 권한을 가지고 있으며, 세금으로 만들어진 재정을 활용할 권한까지 가지고 있다. 또한, 오랫동안 마을의 일을 집행한 노하우도 축적하고 있다는 점에서 주민공동체의 중요한 공적 자원들이다. 우리가 주민당사자들의 생활상의 구체적 요구를 공공성의 영역으로 가져온다면, 이제 주민당사자들이 직접 모여 앉아 구체적인 문제를 논의할 장을 열고 그 해결에 이르는 데 필요한 정보를 제공하며 결정을 집행해 나

갈 자원을 지원하는 주체로서 지방정부와 행정단위의 역할에 주목
할 필요가 있다.

5. 마을정부는 무엇을 할 수 있을까?

지금까지 내가 도시에서 마을공동체를 꿈꾸는 이유와 가능성, 방법에 관해 이야기해 보았다. 그리고 그 과정에서 지방정부의 역할이 있다고 말했다. 그러나 여전히 의문은 남는다. 그래서 정말 가능한가? 정부의 공적 자원이 마을공동체를 만들고 유지하는 데 어떤 도움이 되었나? 그래서 내가 아는 사례들을 이야기해보려 한다.

사실 오래 전부터 서울의 각 동네에는 '마을공동체'라는 명칭을 쓰지 않아 그렇지, 동네의 어려움을 보이지 않게 돌본 많은 주민이 계셨다. 각 동 주민자치위원회 위원으로 일하셨거나 지금도 하고 계시는 많은 분들이 있고, 정부의 작은 지원을 받지만, 훨씬 크게 이바지하고 있는 단체 회원들도 계신다. 학교 앞 도로에서 아이들의 안전을 지켜주기도 하고 혼자 사는 어르신들의 하루하루를 돌보기도 하며 눈이 오면 산비탈길 눈도 치워주시는 등 눈에 보이지 않는 작은 돌봄들이 구석구석 미쳤다.

하지만 지금까지 이분들의 활동에는 충분한 권한이 부여되지 않았고 재정지원도 약했기에, 전체 주민들에게 그 영향이 고르게 미치기는 어려움이 있었다. 또한, 정주율이 낮고 홀로 사는 1인 가구도 늘어나는 도시 환경 속에서, 오래 한동네에 살아온 분들이 아닌 신규 유입 주민이나 주거가 불안정한 주민들은 주민 관계망의 밖에 놓여 있었던 게 사실이다.

2011년 시작된 박원순 시장의 서울시는 서울 시내 전역에 마을을 고민하는 주민들을 행정이 지원할 수 있도록 행정혁신을 추진했고 마을지향적인 지원정책을 폈으며, 2014년 시작된 박원순 시장의 2기 서울시는 좀 더 포괄적이고 전면적인 주민 관계망 형성을 촉진하여 주민자치의 실질적 기반을 닦고, 중앙정부와 시, 구의 복지서비스를 하나로 엮어 골목골목 전달하기 위한 새로운 실험에 나섰다.

서울 협치시정 시민대토론회(2016.07.)

2014년 2기 서울시정 기획 단계부터 참여한 나는 서울시가 동 단위에 제도적, 인적, 재정적 권한을 부여하고 지원을 한다면 더 나은 도시의 삶과 주민자치가 가능할 것으로 생각했고, 이런 고민을 '서울시 찾아가는 동주민센터(이하 찾동)' 사업 기획에 담았다. '찾동' 사업은 2014년 말 자치구 대상 공모에서 선정된 13개 자치구 80개 동주민센터를 대상으로 2015년 7월 1일부터 1단계 운영을 시작했다. 2016년 7월 1일부터 시행된 2단계에는 18개 자치구 283개 동이 참여했으며, 2017년 7월 1일부터 출발한 3단계에는 24개 자치구 342개 동에서 실시되고 있다.

이 사업은 동마다 배정된 사회복지담당 공무원과 동네를 잘 아는 우리동네 주무관이 함께 짝을 이루어, 한편으론 종합적 복지서비스를 제공하고 다른 한편으로는 동네의 여러 관계망을 연결하는 방식으로 진행되었다. 사회복지담당 공무원은 간호사와 함께 출산 및 양육가정, 빈곤 및 돌봄 위기가정, 65세 도래 어르신이 있는 가구를 직접 방문하여 중앙정부와 시, 구에서 제공하는 복지서비스에 관한 정보를 종합적으로 제공하고, 가용 가능한 정책을 직접 연계하며, 직접 건강검진과 상담 서비스를 제공하였다. 필요할 경우 동네의 변호사, 세무사, 민간복지전문가 등과 직접 연결하여 상담을 통해 문제해결을 시도했다. 현재까지 이 사업을 시행한 결과, 주민들의 공공서비스 만족도가 높아지는 것으로 나타났고, 또 점으로만 존재했던 주민들이 서로 연계되는 효과를 확인할 수 있었다.

종로구 숭인1동 '찾동' 사업의 한 사례는 지방정부의 작은 정책적 관심이 어떻게 주민 관계망을 확장할 있는가를 보여준다. 2016년 겨울, 동네 한 주민이 자기 집에 세 들어 사는 19세 지적장애인 한 사람을 데리고 동주민센터를 방문했다. 숭인1동 우리동네 주무관은 정양의 집을 방문했고, 상황을 살펴 동주민센터 마을복지팀에 보고했다. 우리동네 주무관은 '찾동' 사업을 전담하는 공무원의 직책이름이다. 정양은 막 군대를 제대한 오빠와 개 한 마리와 함께 살고 있었는데, 가스가 끊겨 난방도 되지 않는 집에서 각종 쓰레기와 개 배설물이 수북한 채 살고 있었다고 한다.

마을복지팀은 사례회의를 거쳐 동주민센터 직원들과 함께 주거환경 개선에 나섰고, 긴급지원과 연계하여 체납된 도시가스와 전기요금 등 공과금 문제를 해결했으며, 전기난로와 쌀을 우선 지원했다. 그리고 월 60만 원씩 석 달 동안 긴급지원이 이루어지도록 대한적십자사 종로구 희망나눔센터와 연계했으며, 후원을 받아 도배·장판도 교체했다. 초기 긴급지원단계가 지나면서 동네 주민들이 결합하기 시작했다. 숭인1동 지역사회보장협의체와 적십자봉사단이 나서 일주일에 한 번 정기적으로 실내 위생 상태를 점검하기로 했고, 남매의 사회생활 적응을 위해 직접 시장에 데리고 다니면서 가격표를 보는 법, 물건을 사는 법 등을 알려줬다. 숭인1동 지역사회보장협의체 회원이자 적십자 부회장인 한 주민은 주2회 반찬을 제공하며 남매의 생활을 직접 챙기기에 나섰고, 엄마처럼 보듬은 이 주민의 도움으로 마음의 문을 닫았던 정양은 말을 건네기 시작했으며 최근에는 취업에도 성공했다고 한다. 남매를 부모처럼 돌보는 주민들은 일회용 관심에 그치지 않고 지금도 꾸준히 돌봄을 진행하고 있다(서울시, 2017, 「2017년 찾아가는 동주민센터 실천사례집」 28-30쪽).

동작구 사당2동의 '찾동' 사업 사례는 동 단위 주민 연계망이 어떻게 자치와 협치의 기반이 될 수 있는지의 경로를 보여준다. 2016년 사당2동 동주민센터에서는 마을 활동에 주도적으로 참여하고 싶은 주민들을 공모했는데 100여 명이 넘는 주민들이 이에 지원했고, 11월 주민들로 구성된 '마을계획단'이 출범했다. '찾동' 마을계획단은 마을 곳곳을 돌아다니며 마을의 의제를 발굴하고 주민들과 토론회를 진행했으며, 마을 의제를 해결하기 위한 행정적 과정에 관한 정보와 의견을 나누는 '정책공유수다회'를 개최했다.

한편 이들의 마을계획과 의제 해결을 지원하기 위해 사당2동의 7개 단체—사당2동 주민센터, 동작초등학교, 동작이수사회복지관,

동작구건강가정지원센터, 동작구 다문화가족지원센터, 사당청소년문화의집, 동작구 마을공동체생태계 조성지원단—가 결합해 협의체를 구성했다. 협의체는 마을계획단이 마을 의제에 대해 다양한 의견을 제시하면, 해결방안에 대해 자문을 하고 공동의 논의를 진행했다. 지금까지 마을계획단과 단체협의체는 동네의 공간문제, 금연 거리 지정이나 마을벽화 그리기, 마을 게시판 만들기 등의 의제를 함께 논의하고 해결해왔다. 전시회 공간이 필요한데 구하지 못한 단체에 협의체 참여 기관이 공간을 연결해주기도 하고, 주말에 주민들의 육아를 위한 공간을 협조 하에 만들어나가기도 했다. 2017년 5월에는 마을계획단이 선정한 의제 12개를 결정하기 위해 주민들이 함께하는 마을총회가 개최되기도 했다고 한다(「2017 찾동 실천사례집」 12-15쪽).

금천구 독산4동의 사례는 동 단위에 제도적, 재정적 권한이 부여되면 주민들이 얼마나 놀라운 변화를 일으킬 수 있는지를 보여주는 또 다른 사례다. 금천구는 전국 최초로 동장직을 개방형으로 공모해 선정하는 실험을 했고, 독산4동에 첫 사례가 탄생했다. 독산4동 황석연 전 동장은 쓰레기와 주차문제 해결을 주민자치의 중요한 성과로 꼽았다.

쓰레기와 주차문제는 작은 면적에 많은 인구가 밀집해 사는 서울이라는 대도시의 고질적인 문제다. 주민은 버리고 환경미화 담당 공무원이 치우는 시스템이 쓰레기 문제 해결의 초기 정책이었다. 지방정부 재정으로 감당할 수 있는 공무원의 숫자는 한정되어 있지만 배출되는 쓰레기양은 급증하는 현상이 발생하자, 이번엔 문제해결을 시장원리에 맡겼다. 전문적인 청소업체를 지정해 쓰레기 수거를 맡긴 것이다. 이 방식은 지방정부의 행정 부담을 경감시키는 장점은 있었지만 배출되는 쓰레기양은 계속해서 늘어났고 제때 수거되지 않는 쓰레기 문제로 주민불편은 여전했다.

독산4동에서는 이 문제를 주민 스스로 해결하는 실험을 시도했다. 쓰레기를 배출하는 주체인 주민들이 스스로 이 문제를 해결할 수 있도록 한 것이다. 청소업체를 지정하는 대신 재활용품을 분류하고 쓰레기를 치우는 예산을 주민들에게 제공했고, 누가 어떻게 처리할 것인지의 주민들의 결정을 맡겼다. 주민자치위원회에서는 쓰레기 수거비로 책정된 2억 8천만 원을 어떻게 사용할 것인가를 논의했고, 동네 거주 주민 60명에게 월 40만 원씩을 나누어 쓰레기 수거 일을 맡기기로 했다.

참여를 원하는 주민을 공개 모집했고, 선정된 주민들에게 일의 전권을 맡겼다. 이 과정에서 경로당 회장님이신 83세 윤기윤 어르신이 '쓰레기 대장님'으로 나서주셨다. 대장님은 주민들에게 재활용품은 어떻게 내놓아야 하고 분류해야 하는지를 가르쳐 주셨고 매일매일 감독하는 일을 마다하지 않으셨다. 참여 주민들의 노고로 골목길이 깨끗해지기 시작하면서, 주민들은 이 사업의 기대하지 않은 다른 효과들을 체감하기 시작했다. 매일 골목을 돌아다니는 주민들로 인해 골목길 안전이 보장되었고, 깨끗해진 골목길에 꽃을 가꾸는 또 다른 시도들이 일어난 것이다.

독산4동에서는 쓰레기 문제의 성과를 보자 이번엔 주차문제에 도전했다. 좁은 골목길 주차문제는 쓰레기 못지않은 난제다. 최근 골목길의 무질서한 주차로 화재현장에 진입하지 못한 소방차 문제가 사회적으로 쟁점이 된 적이 있다. 긴급한 화재진압도 문제지만, 택배 차량이나 퀵서비스 오토바이, 편의점이나 음식점에 오가는 배달 차량 등 일상적인 주·정차 차량은 골목길 안전을 위협한다. 주·정차 차량을 피해가기 위해 다른 차들이 곡예 운전을 하면서 지나다니는 주민들의 안전이 위협받기 때문이다. 택배나 배달차량 운전자에게 무조건 불법주차 하지 말라고 한다고 해서 해결될 문제도 아니다. 일상적으로 활용할 수 있는 공간을 제공할 수 있어야 해결될 문제였다.

이번엔 주민들에게 주차문제의 해결 권한을 넘기고 그로 인해 발생하는 소득에 대한 처분권도 넘기기로 했다. 주민자치위원회는 골목길 거주자 우선 주차구역을 해당 골목 거주 주민들에게 우선 배분하고, 출근 이후 낮 시간 주차공간이 빌 때 그 활용 권한을 주민자치위에서 가질 수 있도록 양해를 구했다. 주민자치위는 낮 시간 동네 거주 주민들이 주차공간을 활용해 유료주차를 할 수 있도록 권한을 부여했고, 여기에서 발생하는 소득은 함께 의논해서 사용하기로 했다. 그 결과 주차로 인한 골목길 안전위협은 훨씬 줄어들었고, 거주자 우선주차구역이 아닌 자기 집 주차장을 사용하는 주민들까지 낮 시간 주차공간을 제공하겠다고 나섰다. 주차비로 들어온 돈은 주차공간의 구획을 새로 하고 그 주변을 꾸미는 등 주민편의를 위해 다시 사용되었다.

독산 4동의 실험은, 주민들이 정책과 재정에 대한 권한을 가지면 그 권한을 제대로 활용하기 위해 협력이 일어나고 협력의 결과로 주민 관계망이 확장되고 두터워지며 삶의 질이 높아질 수 있다는 것을 현실로 확인해준다.

서울시 '찾동' 사업이 주민관계망을 변화시키고 삶의 질을 높여나간 사례는 이밖에도 많다. 정부도 이런 성과를 인정해 '찾동' 사업의 전국화를 시도하고 있고, '혁신 읍면동' 사업으로 구체화에 나섰다. 행정안전부는 2018년 제1순위 사업으로 '혁신 읍면동' 사업을 선정하고 예산에도 포함했는데, 국회 예산안 심의과정에서

서울시 공무원 교육 〈협치서울 공공토크〉(2017.07.)

제1야당인 자유한국당의 완강한 반대로 예산 전액이 삭감되고 말았다. 하지만 나는 '찾동'의 실천과 경험이 한국 민주주의의 미래이자, 거스를 수 없는 흐름이라고 생각한다. 서울시 '찾동' 사업이 보여준 주민 관계망의 변화는 일개 정책의 부문적 성과로 한정해 볼 수 없다. 주민자치의 무궁한 가능성을 보여준 것이며, 앞으로 대한민국 민주주의의 새로운 진전이 어디에서 이루어질 것인지를 가늠해주는 출발점으로서의 의미가 있다고 생각한다.

6. 마을은 민주주의의 미래다

　이상에서 나는 서울의 동 단위 주민공동체가 얼마나 많은 잠재력을 가지고 있으며, 지방정부의 약간의 관심과 지원이 있다면 자치와 협치의 기반이 어떻게 확장될 수 있는지를 말했다. 그리고 마을에 '민주주의'를 결합했는데, 마을과 민주주의의 조합이 약간은 낯선 분들이 있을 것 같아 내가 생각하는 민주주의 이야기를 해보려 한다.

　우선 우리 사회에는 민주주의에 대해 다소 거대하고 크게 느끼는 경향이 있어서, 규모가 작게 느껴지는 마을과 거대하게 느껴지는 개념인 민주주의의 결합이 갖는 이질감이 있을 것 같다. 사실 나도 지방정부의 정책적 관점에서 마을을 바라보고, 동 단위 주민공동체에 들어가 실체를 볼 때까지는 두 단어를 결합할 생각을 하지 못했다. 내가 성미산마을에서 20년이 넘는 시간을 보냈고 그 와중에 주민들의 온갖 관계망이 생겨나고 연결되고 두터워지는 과정을 눈으로 목격하긴 했지만, 그때까지 마을은 그저 나의 삶의 일부분이었다. 물론 다양한 자치 욕구가 등장하고, 갈등하는 견해들이 숙의되고 조정되는 과정들을 보면서 '이런 게 민주적 과정이구나' 하는 느낌을 종종 갖기는 했지만, 이걸 국가 전체의 민주주의와 연결하는 관점을 가져보진 못했다.

그도 그럴 것이 정치세대를 굳이 따지자면 나는 민주화 시기에 청년기를 보낸 세대다. 독재체제에서 민주주의를 염원하던 시대에 청년기를 보냈기 때문에 오랫동안 나에게 민주주의는 독재를 대체하는 한 나라 전체의 정치체제로서의 의미였고, 지켜야 하는 바람직하고 소중한 가치로 자리했다. 1987년 민주화 이후에는 더 나은 정치, 더 나은 사회를 위한 열망이 존재하긴 했지만, 이것을 민주주의의 언어로 설명하지는 못했다. 그런데 서울시의 정책적 시선에서 마을을 바라보기 시작하면서 민주주의에 대한 나의 관점과 언어가 달라지기 시작했다. 헌법에 명시된 국민주권이라는 것이 우리나라 헌정체제의 가장 큰 원칙이자 규범이라면, 그 구체적인 존재 양태와 미시적 기초가 주민자치라는 걸 깨닫게 된 것이다.

돌이켜보면 민주화 이후 지난 30년의 정치는 참 아슬아슬하게 느껴진다. 1987년 민주주의 헌법이 채택되었을 때 나는 우리 사회가 순식간에 어마어마하게 변화할 수 있을 줄 알았다. 그만큼 많은 희생과 헌신이 있었기 때문이다. 그러나 북한을 대하는 문제, 정치권력을 투명하고 공개적으로 작동시키는 문제, 인간다운 노동을 가능하게 만드는 문제, 공정한 선거경쟁과 더 나은 대표의 선출 문제 등 무엇 하나 수월하게 넘어가는 게 없다고 생각했다. 그러나 지금은, 그럴 수밖에 없었다는 것을, 대한민국의 주권자들은 지난 30년을 놀랄 만큼 잘 버텨왔다는 것을 알게 되었다.

　생각해보면 1987년 시점 우리나라의 정당이나 정치인, 평범한 시민들 모두에게 민주주의는 열망하는 어떤 것이긴 했지만 그 구체적 작동방식이나 형태를 아는 사람은 거의 없었다. 오랫동안 민주주의를 제대로 경험해 본 적이 없었기 때문이다. 우리는 지난 30년, 모두에게 낯선 어떤 존재인 민주주의를 어둠 속에서 코끼리 만지듯 시행착오를 반복하면서 하나하나 퍼즐을 맞추어온 느낌이다. 문민정부를 표방했던 김영삼 정부는 하나회를 해체함으로써 군부가 다시 권력의 일선으로 나설 가능성을 차단했고, 최초의 정권교체를 이룬 김대중 정부에서는 한반도 긴장을 완화하고 평화적 공존의 가능성을 보여줌으로써 적대적 대결의 공포를 낮추었다. 노무현 정부에서는 지방분권과 균형발전을 의제화함으로써, 그 이전

수십 년 국가 전체의 경제성장을 위해 한 방향으로만 달려왔던 국가경제시스템을 되돌아보게 했다. 군부에 대한 민간통제의 원리를 확립하고, 민주주의의 평화적 기초를 만들었으며, 또 사회적 토대를 하나씩 하나씩 벽돌 쌓듯 쌓아온 셈이다.

그러다 직면한 이명박, 박근혜 정부의 퇴행은 당혹스러운 것이었다. 두 정부는 진보냐 보수냐의 문제가 아니라 민주주의냐 아니냐의 문제를 고민하게 했다. 우리는 분명히 그 20여 년 전에 민주주의 헌법을 채택했는데 두 정부의 집권자와 정부, 집권당은 민주주의 규범을 준수하지 않는 것처럼 보였기 때문이다. 정보기관과 군이 나서 선거나 정치에 개입하고 정부의 공적 결정에 대한 국민의 알 권리는 무시되었으며 어마어마한 국가재정이 동의하기 힘든 과정을 거쳐 블랙홀처럼 사라져갔다.

대체 이게 민주주의인가? 아니 우린 분명히 민주주의 체제인데 왜 이런 일이 발생하는 거지? 이럴 때는 주권자인 국민이 뭘 할 수 있지?

중앙정치를 바라보면서 이런 의문들이 끊임없이 들던 시점, 나는 서울시의 마을 정책과 '찾동' 정책을 입안하고 집행하고 있었다. 그런데 내가 느꼈던 거대한 민주주의와 마을의 간극은 주민들의 자치에 대한 열망과 정치 관심, 서로의 어려움에 대한 공감과 연대의 움직임 속에서 서서히 해답을 찾아갔다. 민주주의 정치체제에서는 때로 선출된 집권자나 국회가 주권자인 국민의 의지에 반하기도 하지만, 결국 그 괴리를 바로잡아 나가는 건 평범한 일상을 살아내는 시민들이었다. 대한민국이라는 국가와의 관계에서 우리는 국민으로 호명되지만, 민주주의 체제에서 권리의 주체인 시민이며 생활의 공간에서는 자치를 구현하는 주체다.

자치란 스스로 통치하는 것을 말한다. 통치자가 시민과 구분되는 계급이나 계층이 아닌 체제, 시민이 스스로 통치하는 지위에 있기도 하고 통치받는 위치에 있기도 하면서 정치를 움직이는 체제가 민주주의였다. 동과 자치구의 정책에 영향을 미치고 결정권을 행사하기도 하는 주민들은, 마치 미시적 범위에서만 움직이고 전국적인 범위에서 정치에는 영향을 미치지 못하는 작은 존재처럼 보이지만, 현실은 그렇지 않았다. 지난 30년 우리는 경험해보지 못한 민주주의라는 거대한 집을 짓기 위해 때로는 개개인의 권리가 희생당하는 걸 감내하기도 하면서 살았지만, 그 사이에 마을과 동네 곳곳에서는 새로운 세대가 자라났고 민주주의 체제가 제공하는 자유를 누리는 시민들이 늘어났으며 자치를 향한 경험을 조금씩 진전시키고 있었다.

2016년 가을에 시작된 촛불시위가 세계 역사상 유례없는 규모로 장기간 지속되면서 결국 대통령을 해임할 수 있게 된 데에는, 지난 30년 정당, 선거, 입법부, 행정부, 사법부의 집을 벽돌 쌓듯 지어온 국민의 미시적 힘의 덕이 크다고 나는 생각한다. 개인으로 시민은 약하지만, 연대한 시민의 힘은 커서 위헌적인 권력을 쫓아낼 수 있었다. 시민들이 연대하는 힘은 작은 경험들이 차곡차곡 쌓여서 가능했다고 나는 생각한다. 동네에서, 작업장에서, 오프라인의 다양한 모임과 단체에서, 온라인의 다양한 커뮤니티들에서 지금의 시민들은 모이고 토의하고 갈등을 겪으며 행동을 조직하기도 한다. 이 모든 공간이 민주주의의 훈련장이며 학교였다.

그 중에서도 동주민센터와 주민자치위원회, 구청과 구의회, 시청과 시의회, 중앙정부와 국회는 민주주의가 작동하는 제도적 틀이며 시민들은 이 공간에 적극적으로 참여하고 개입하면서 정책을 바꾸고 재정의 배분을 바꾸어나갈 수 있다. 이렇게 본다면 동과 자치구의 지방정부는 우리나라 민주주의의 가장 일선에 있는 현장이자 학교이다. 내가 서울시정 참여를 통해서 본 것은 이 학교가 어떻게 주민들의 참여로 풍부해지고 성장해나가는가에 관한 것이었다.

이제 민주화 이주 민주주의의 한 세대가 지났고 민주주의의 새로운 사이클에 접어들었다고 생각한다. 지난 30년이 우리가 함께 할 민주주의라는 큰 집의 골격을 세우는 과정이었다면 앞으로 30년은 그 집안에 벽지를 바르고 장판을 깔고 가구도 들이면서 꾸미고 가꾸는 과정이 진행될 것이다. 그 작업은 정치체제로서 민주주의라는 집에 함께 기거하는 시민이 자기만의 방에서 벽지를 고르는 일에서부터 탁자를 놓는 위치에 이르기까지 함께 결정하고 집행해나가는 자치를 통해 이루어지지 않을까? 그리고 그 작고 아름다운 방이 나는 마을이 될 것이라고 확신한다.

7. 마을민주주의의
제도적 조건들

이제 내가 마을민주주의에 대해 하고 싶은 이야기의 마지막 조각을 이야기할까 한다. 앞서 이야기한 것이 마을민주주의에 대한 나의 고민이 진척되어온 과정이었다면, 이제부터는 마을이 더 나은 민주주의의 학교가 되고 더 안정적인 작은 방이 될 수 있도록 하기 위한 제도적 조건에 대한 생각을 이야기하겠다.

우선 헌법 개정에 대한 생각이다. 나는 지금의 헌법이 자치와 분권에 적합하도록 바뀌었으면 좋겠다. 사실 지금 헌법의 어떤 조항들은 앞으로 30년 동안 두어도 손색이 없을 만큼 괜찮다고 생각한다. 그러나 주민자치나 중앙과 지방정부의 권한 배분에 관해서는 좀 부족하다는 생각이다. 예컨대 우리 헌법에는 지방정부라는 말이 없고 자치단체라는 말만 있는데, 이것은 중앙 정부에 대한 지방 권력의 독립성이나 권한을 제한하는 표현이며 그런 현실을 정당화해주고 있는 면이 있다. 정부와 단체라는 말의 사전적 의미를 보면, 정부는 시민들의 대표로 정책과 예산의 권한을 위임받는 대신 공적 책임을 져야 하는 존재지만, 단체란 공익단체, 이익단체처럼 공적 권한과 책임의 범위 밖에 있는 느낌이다. 이것은 과거 중앙정부가 임명하여 제한된 집행 권한만 위임했던 지방선거 이전의 역사를 떠올리게 만드는 것으로, 지방선거로 권한을 위임받는 공적 제도에 대한 더 강한 책임을 부여하려면 지방정부라는 표현이 적합하다. 또 앞으로 입법자치, 교육자치, 재정자치 등이 강화될 흐름을 고려하여 중앙정부와 지방정부의 권한 경계를 재조정할 필요가 있다.

다음으로 선거법도 시대에 맞게 개정될 필요가 있다. 내가 선거법에 대해 처음 의문을 가진 것은 2002년 친한 동네 친구가 구의원에 도전했을 때였다. 당시에는 구의회 선거에 정당공천이 금지되어 있었기 때문에 친구도 다른 후보들과 마찬가지로 무소속으로 출마를 했다. 그 친구는 개인 자격이 아니라 당시 동네에 이런저런 문제를 함께 논의하던 주민 모임이 있었고, 그 모임에서 출마를 권했기 때문에 결심을 한 것이었다. 친구를 선거에 내보낸 우리는 결과는 차지하고서라도 선거운동 과정에서 우리의 문제의식을 주민들과 공유하고 싶었고, 함께 즐겁게 해보자는 결의를 다졌었다.

그런데 막상 선거에 나서고 보니 할 수 있는 게 없었다. 십시일반 돈을 모아 보태려고 보면 정치자금법 위반이라 안 된다고 했고, 동네 사람들이 함께 모여 지지모임이라도 해보려 하면 선거법상 집회 금지, 행렬 금지 조항 때문에 안 된다고 했다. '이런저런 이유로 구의원 후보 000을 지지하니 여러분도 지지해 달라'는 문자나 편지라도 보내보자고 했지만, 그것도 사전선거운동 금지 조항 때문에 안 된다는 것이었다. 결국, 우리는 안 되는 것 투성이인 선거법을 확인만 하고서 어영부영하다가 투표일을 맞았다.

동네에서는 2010년에도, 2014년에도 주민 후보 운동을 했는데, 온라인에서 좀 더 자유롭게 말할 수 있는 정도의 변화 말고는 '평범한 주민이 할 수 있는 게 별로 없는 선거'는 여전했다. 우리나라에서는 선거가 끝나면 선거법, 정치자금법 위반으로 기소되는 사람들이 많다. 그 중에는 돈으로 표를 매수하거나 공적 직위를 남용한 법률 위반자들이 있고 그들에 대한 기소는 당연할 것이다.

그런데 후보자나 정당인이 아닌 보통 시민들이 자기가 하고 싶은 말을 하거나 피켓을 들거나 그림을 그리거나 글을 썼다는 이유로 기소가 되는 건 아무리 생각해도 이해가 가지 않는다. 어떤 정

서울시 선거구획정위원회에 요청하는 기자회견(2017.10.)

책에 대한 동의나 반대는 말해도 되는데, 그 정책을 내세우는 후보를 찬성하거나 반대하는 이야기는 하면 안 된다고 한다. 이상하다. 그 정책과 그 정책을 말하는 정치인이 어떻게 구분될 수 있는 걸까? 이렇게 되면 시민들은 정치에 대해 말하는 걸 꺼리게 되고, 결과적으로 공론장이 죽어버린다. 내가 하는 말이나 표현이 법에 걸리는지 아닌지를 먼저 자기 검열해야 한다면, 법에 익숙하지 않은 시민들은 법률 조문을 일일이 찾아보는 대신 그냥 입을 다물어버릴 것이기 때문이다.

우리 선거법은 왜 이런 걸까? 전문가들에게 이런 궁금증에 관해 물어보았더니, 독재체제에서 불법 관권·금권선거가 너무 판을 쳐서 민주화 이후에는 선거경쟁의 공정성을 우선 가치로 삼아 규제를 강화해온 결과 그렇게 되었다고 했다. 나름대로 이해는 갔다. 하지만 선거는 민주주의의 꽃이라고들 하고, 민주주의의 주권자는 국민이다. 주권자인 국민이 투표일에 기표할 권리만 갖는 것이 어떻게 민주주의일 수 있을까 싶었다.

선거의 결과로 누군가는 당선이 되고 누군가는 낙선이 되지만, 나는 그 결과 이전에 과정이 매우 중요하다고 생각한다. 더 많은 국민이 선거운동 과정에서 자신의 필요에 대해 말하고 이웃과 나누고, 지지하는 후보와 지지할 수 없는 후보에 대해 공개적으로 이야기할 수 있어야 한다. 내가 지지하는 이유와 반대하는 이유를 서로 나누는 시민적 공론장이 최대한 활성화되어야 하는 것이 선거운동 과정이다. 그런데 우리 선거법은 선거운동 기간도 너무 짧게 설정해두고 있고, 180일 전, 90일 전, 후보자 등록 이후 등 기간마다 할 수 없는 것을 너무 많이 규제하고 있다는 생각이 든다.

좀 더 들어가 생각해보면, 표현의 자유를 너무 심각하게 규제하는 이런 선거법은 시민들에 대한 불신에 토대를 두고 있다. 일일이 규제하지 않으면 돈으로 매수당하기도 하고 관권의 위협에 굴복해 표를 내어주기도 하는 시민, 누군가를 지지하거나 반대하는 이유가 자신의 판단이나 필요가 아니라 정당이나 정치인에 의해 동원되어서 만들어질 것이라는 가정이 있기 때문이다. 그러나 이제 우리의 민주주의도 서른 살이 넘었다. 시민들은 민주주의 체제에서 한 세대를 살아냈고, 법이 가정하는 것보다 훨씬 많은 것을 주체적으로 판단하고 있다. 권력이 국민에게서 나온다는 걸 인정한다면 그 국민의 선택에 대해 국가가 나서서 법률로 재단하려는 발상은 재고되어야 할 것이다.

난 우리나라의 정당법, 선거법, 정치자금법 등 정치 관련 법만이 아니라 행정, 사회, 경제, 문화 등 모든 분야의 법과 제도에서, 앞으로 시민과 주민을 주체로 하는 관점의 전환이 필요하다고 생각한다. 주민이 주체가 되려면 우선 입법, 사법, 행정기관의 적극적인 정보제공이 필요하다. 세금으로 운영되는 국가기관이 국민에게 정보를 제공하는 것은, 그 기관들이 할 수도 있고 하지 않을 수도 있는 선택의 문제가 아니라 의무로 자리 잡아야 한다. 특히 행정에서는 더욱 그렇다. 나와 이웃, 우리 동네의 현안에 대해 입법자들과 행정가들이 어떤 논의를 하고 있는지를 아는 것은 당사자인 주민의 권리다.

또 필요한 것이 표현의 자유에 대한 적극적 보장이다. 내가 생각하는 마을민주주의의 관점에서 볼 때 마을 단위 공론장이 활성화되지 않으면 주민자치는 어렵다. 공론장이라는 게 별건가? 언제, 어디서든, 어떤 방식이든 간에 주민들이 자기 하고 싶은 말과 행동을 나누는 그곳이 공론장이다. 마을에서 주민들의 의견이 자유롭게 교환되고 합의가 만들어지면, 마을을 넘어선 단위에서 그 논의를 이어받고 또 더 큰 단위에서 그 논의가 이어지는 그런 선순환의 구조를 만들어나갈 수 있으려면, 가장 기본이 되는 골목과 마을에서 무엇이든 자유로워야 한다. 선거 며칠 전에는 모임을 할 수 없고 만나서도 안 되고 어떤 말과 행동은 하면 안 되는 이런 제도는 바뀌는 게 맞다고 생각한다.

지금까지 내 고민의 출발이자 종착점인 마을민주주의에 대해 말

해 보았다. 이제는 이런 관점에서 서서 내가 사는 마을, 마포에 대
한 고민과 생각을 나누어보려 한다.

3부

살고 싶은 마을 마포

나는 마포에 산다. 이제부터는 마을정부, 마을민주주의에 대한 관점에서 내가 사는 마포를 톺아본 결과를 말해보려 한다. 마포구는 서울시 스물다섯 개 자치구 가운데에서도 가장 개성이 강한 자치구라는 의미에서 특별하다. 물론 자치구민 숫자로 보면 약 39만 명으로 서울시 자치구 가운데 열다섯 번째다. 적은 편에 속한다는 말이다. 가구를 기준으로 따져도 비슷한데 약 15만 3천 가구가 마포구에 살고 있고 서울시에서 열네 번째 규모다. 여기까지는 특별할 것이 없다.

　하지만 사업체 숫자로 보면 여덟 번째로 많고 여기서 일하는 종사자가 숫자로는 일곱 번째로 많은 것을 보면, 마포는 확실히 주거지역이면서 동시에 인구 규모에 비해 집약적인 상권이 있는 자치구다. 이뿐만이 아니다. 마포구는 서울시에서 가장 창업이 활발한 창업 자치구에 속한다. 활발하게 생겨나는 사업체나 점포들 중에서 마포구는 여전히 출판, 영상, 문화 등의 사업체들과 관련 공간들이 특별히 많은 곳이며 전문 과학 기술, 개인사업 등이 다양하게 분포된 자치구이기도 하다. 마포구는 서울에서 가장 대학가가 밀집된 지역을 포괄하고 있으며 청년인구와 청년가구의 비율이 매우 높은 대표적인 젊은 자치구이기도 하다.

마포구는 난지도의 극적인 전환에서 잘 드러나듯이 '재생과 전환'을 가장 잘 상징하는 지역이다. 경의선 부지의 재생과 석유비축기지의 문화비축기지로의 전환 사례, 그리고 앞으로 문화공간으로 거듭날 당인리 화력발전소의 변신도 매우 특별한 경험이다. 쓰레기 재활용 정거장이나 범죄예방 디자인과 같은 혁신적인 실험 역시 마포를 발원지로 하고 있다. 성미산마을, 성미산 공동육아, 성미산축제, 성미산마을극장 등으로 상징되는 마포구는 서울시에서 대표적인 마을공동체의 발원지이자 커뮤니티가 가장 활성화된 자치구의 하나로 꼽힌다. 한마디로 마포구는 '협치와 혁신'을 키워드로 시정을 펼쳐온 민선 5, 6기 박원순 시정 아이디어의 원천 중 하나였다고 말할 수 있다. 이 점에서 마포구는 더욱 특별하다.

더 특별해질 수 있고 또 그래야 한다. '더 혁신하는 마포', '더 달라지는 주민의 삶'을 가능하게 하려면 어떻게 해야 할까? 어디에서부터 희망과 대안의 싹을 찾을까? 무엇보다 마포 환경과 마포 구민의 삶을 제대로 다시 보고 현실진단을 해야 한다. 진단을 제대 로 하지 않고 과거 공약을 숫자만 바꿔 답습하거나 다른 자치구 공 약을 베끼는 식으로 마포의 자치구 정책을 입안한다면 처음부터 방향을 잃을 수밖에 없을 것이다. 한 마디로 현실에 뿌리를 둔 마 포와 마포구민의 미래 희망과 비전을 세우자는 것이다.

희망과 대안을 설계할 때에도 과거처럼 부수고 개발하고 거대한 인조물을 쌓아올리는 식으로 예산을 부어서 하드웨어를 구축하는 패턴은 넘어서야 한다. 주민의 실질적인 삶이 바뀌고 지역의 환경 과 주민의 삶의 지속가능성이 담보되는 변화여야 한다. 이를 위해 서는 특히 마포구 자치행정과 주민이 탄탄하게 파트너십을 맺고 동행해서 가야 한다. 공공서비스를 행정이 일방적으로 베풀 듯 밀 어붙이거나 시장에서 각자 알아서 구매하도록 방치하는 것이 아니 라, 자치정부와 주민공동체, 그리고 지역경제 주체들이 공동생산 하는 새로운 방안을 모색하고 실험해야 한다.

그러면 지금부터 몇 가지 주요 대목에서 마포의 현실을 줌 인 (Zoom-In)하여 생동감 있게 들여다보고, 문제를 있는 그대로 진단 하며, 지방정부와 주민공동체가 어떻게 문제해결에 접근할 것인지 하나씩 살펴보기로 하자.

1. 엄마 친화도시 마포

제목에서 짐작이 가겠지만 나의 마포 톺아보기 이야기는 보육과 엄마에서 시작해보려 한다. 마을정부가 뭘 할 수 있을까를 고민하면서 가장 먼저 아이가 살아가는 환경에 관심이 갔던 건, 마포가 젊은 도시이기 때문이기도 하지만 내 경험에서 기인한 바도 크다. 나를 마포로 이끈 건 내 아이 때문이었고, 아이 키우기에 대한 고민이 없었다면 마을살이와 마을민주주의, 마을정부에 대한 내 고민이 시작되지도 않았을지 모르기 때문이다.

또 보육에 대한 내 관심이 엄마의 행복에 대한 관심과 짝을 이룰 수밖에 없었던 건, 양육에 대한 부담을 엄마에게만 과도하게 지우고 있는 우리사회의 현실에 대해 오래 전부터 문제의식을 가졌기 때문이다. 지금은 좀 덜해졌겠지만, 아이가 어릴 때 혼자 아이를 데리고 장을 보거나 동네 한 바퀴를 할 때면 으레 "엄마는 어디 갔니?"라는 질문을 아이는 받아야 했다. 엄마가 있어야 할 자리를 대신하고 있는 백수(?) 아빠를 안타까이 여기는 시선이나 양육부담까지(!) 져야 하는 말 못 할 사연이 있는 남자로 바라보는 시선을 반복해서 접하면서, 이건 뭔가 크게 잘못되어 있다는 걸 깨달았다.

우리 사회에서도 남녀의 고정적 성역할 관념이 문제가 있고 서로 행복하려면 변화가 필요하다는 인식이 확산되는 중이다. 남성의 육아휴직이나 출산휴가가 의무화되어야 한다는 공감대도 늘어나고 있다. 하지만 그 변화는 참 더디고 앞으로도 많은 시간이 필요할 것 같다. 지금 이 순간에도 아이들은 자라고 양육부담을 고스란히 혼자 혹은 대부분 짊어진 엄마들은 그 무게에 짓눌리며 살아간다. 당장의 행복을 위한 노력이 조금이라도 더 필요한 이유다.

보육에 정책 우선순위를 쏟아야 할 마포

마포는 전체 인구가 많은 자치구는 아니다. 하지만 인구 규모 대비 0세~4세 비율은 일곱 번째로 높은 자치구다. 보육복지가 전체 복지정책 중에서도 특별히 우선시 되어야 한다는 것을 의미한다. 하지만 현실적인 보육복지 환경은 평균 수준에도 미치지 못하는 것이 엄연한 현실이다. 우선 아이를 낳은 엄마들에게 회복과 휴식을 제공하기 위해 당장 필요한 복지는 산후조리원이다. 서울에는 약 157개의 산후조리원에 있는데 마포구에는 단 네 곳에 불과하다. 강남에 18개가 밀집된 것과 뚜렷이 비교되며 종로, 중구, 성동, 서대문구에 이어 자치구 가운데에서 최하위권이다.

보육시설은 어떨까? 영유아 숫자 대비 보육시설은 서울시 전체는 약 6천4백여 개가 있지만 마포는 국공립 민간시설을 모두 합해서 220여 개에 불과하여 서울시 평균에 미치지 못한다. 보육 인프라의 양적인 부족이 우선 눈에 띈다. 그나마 위안을 삼을 만한 것은 국공립 보육시설이 영유아 아이들의 숫자에 비교해 서울시 평균 정도의 수준에 있다는 점일 것이다. 평균보다 그리 높지도 않다. 유치원을 살펴봐도 사정은 크게 다르지 않다. 서울시에는 약 879개의 유치원이 있는데 마포구에는 28개에 불과하고 원아 수는 약 3천 명이다.

전반적으로 취학 이전 영유아와 어린이들을 위한 복지 인프라가 부족하다는 것이다. 인프라가 부족하니 당연히 복지 서비스를 제공하는 교사들도 충분한 것은 아니다. 마포구에는 1,400여 명의 보육 교사들이 있다. 교사 1인당 담당하는 아이의 수는 6명 정도로 서울시 평균에 대체로 근접하는 수준이다. 마포구가 엄마들에게 우호적인 자치구가 되자면 적어도 시설과 인력 면에서 보육복지를

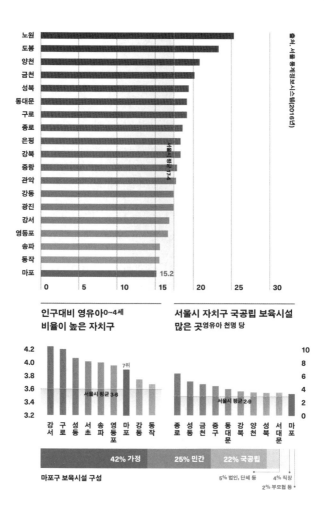

서울시 자치구 보육시설 많은 곳 영유아 천명 당

출처, 서울 통계정보시스템(2016년)

서울시 평균 17.4

노원
도봉
양천
금천
성북
동대문
구로
종로
은평
강북
중랑
관악
강동
광진
강서
영등포
송파
동작
마포 15.2

0 5 10 15 20 25 30

인구대비 영유아 0~4세
비율이 높은 자치구

4.2
4.0
3.8
3.6
3.4
3.2

서울시 평균 3.6

7위

강서 구로 성동 서초 송파 영등포 마포 강동 동작

서울시 자치구 국공립 보육시설
많은 곳 영유아 천명 당

10
8
6
4
2
0

서울시 평균 2.9

종로 성동 금천 중구 동대문 강북 양천 성북 서대문 마포

42% 가정   25% 민간   22% 국공립

마포구 보육시설 구성   5% 법인, 단체 등   4% 직장
2% 부모협 등

_마포는 0세~4세 사이의 영유아 비율은 상대적으로 높은 반면에, 보육시설 전체적인 수는 서울시 평균보다도 낮은 것으로 나타났다. 다만 상대적으로 국공립 보육시설 비중이 상대적으로 다른 자치구에 비해 높지만, 여전히 절대 수자가 큰 것은 아니다.

더 확충할 필요가 있다.

기존의 생각과 한계를 뛰어넘는 상상력

우리 사회에서 십수 년째 사회적으로 가장 중요한 과제라고 거듭 강조되지만 한 번도 제대로 해결하지 못한 사회적 난제가 바로 저출산 문제다. 문재인 정부 역시 다시금 대통령 직속으로 '저출산고령화위원회'를 만들고 저출산 문제를 해결하기 위해 팔을 걷고 나섰다. 사실 그럴만도 한 상황이 우리 현실이다. 문재인 대통령은 "합계 출산율(여성 1명이 평생 낳을 수 있는 평균 자녀 수)이 1.06명 또는 1.07명이 될 것"이라면서, "합계 출산율이 1.3명 미만이면 초저출산이라고 세계적으로 인정하는데 우리나라는 2002년부터 무려 16년 동안 초저출산 국가가 지속"되고 있음을 지적하고 기존의 생각과 한계를 뛰어넘을 것을 주문했다.

사실 저출산 대책은 그 자체로 문제를 푸는 한두 가지 열쇠가 있기보다는 고용과 일자리 안정 및 작업장에서의 다양한 성평등정책, 보육과 교육정책, 주거복지의 종합적 혁신의 결과로서 달성되는 것이다. 저출산 정책에 성공했다고 알려진 프랑스가 이미 1980년대부터 무수하게 다양한 정책조합들을 개발하고 실험하는 등 엄청난 노력의 집적을 통해서 출산율을 올릴 수 있었던 것을 봐도 알 수 있다. 예를 들어 우리는 여전히 일과 가정이 양립되지 않고, 엄마가 되는 순간 경력단절이 생기는 문제를 고스란히 안고 있다. 이후에 다시 직장을 얻을 경우 대부분 낮은 임금을 감수해야 한다. OECD국가 중 남녀 임금격차가 가장 높은 것은 바로 이 때문이다. 문제를 정말로 근원적으로 해결하기 위해서는 저출산의 원인으로 작용하는 다양한 환경과 조건들을 하나씩 차근차근 짚어보고 해결해 나가야 한다.

공동체를 키우는 방향에서 해법을 찾자

마포구는 보육 인프라 부족이 당장 공공행정이 해결해야 할 숙제라고 했다. 그런데 인프라 부족이 오히려 기회가 될 수도 있다. 주민들이 선호하는 공공 보육 인프라나 공동체 보육 인프라를 확충하기가 상대적으로 쉽기 때문이다. 우선 부족한 산후조리원을 공공으로 보완할 정책을 모색하면 좋겠다. 서울에는 공공 산후조리원이 송파에만 있을 정도로 취약하다. 성남시는 전국 최초로 무상 공공 산후조리원 설치를 발표하기도 했는데 서울이 못할 이유가 없다. 보육시설과 유치원도 마찬가지다. 중앙정부 및 서울시와 협력하여 더 다양하고 더 많은 국공립 보육시설을 확충할 필요가 있다. 그동안 서울시가 지난 4년 동안 국공립 어린이집을 954개(2014년)에서 1,954개(2018년) 늘리면서 보육복지를 확대하고 있지만 마포의 필요를 아직 제대로 채우고 있지 못한 실정이다.

마포는 공동육아의 선도적 실험으로 알려진 자치구다. 서울에서 운영되는 29개 부모협동조합 형태의 어린이 집 가운데 4개가 마포에서 운영되고 있는데 이는 구로구 다음으로 많은 숫자다. 또 국공립어린이집을 공동육아의 철학과 방식으로 운영하는 성미어린이집이 있는데, 부모참여형 국공립어린이집으로 학부모들의 만족도가 높아서 타 구에서 벤치마킹의 대상이 되고 있기도 하다. 문자 그대로 공동체가 돌보는 보육 시스템을 더 키워갈 수 있도록 자치행정의 초점을 옮겨볼 필요도 있다.

엄마의 모임과 외출을 응원하는 마포

나는 아이가 행복하려면 양육자가 행복해야 한다고 생각한다. 아이들은 부모의 외로움과 고단함, 행복과 불행을 몸으로 느끼고 마음으로 영향을 받는 존재다. 특히 집집마다 차이는 있겠지만 대개 양육부담을 홀로 감당하는 엄마들은 가사노동과 돌봄노동에 치이면서도 그 고단함을 함께 나눌 곳이 마땅치 않다. 엄마들이 아이와 함께 자유롭게 모여 고단함과 어려움을 나눌 수 있는 것만으로도 아이와 엄마는 지금보다 더 삶의 안정감을 느끼게 될 것이다.

그러려면 우선 엄마와 아이들이 자유로운 공간이 필요하다. 물론 아이와 함께 있는 아빠도 자유롭게 이용할 수 있는 공간이어야 함은 당연하다. 최근 '노 키즈 존(no kids zone)'을 둘러싼 사회적 논란은 이런 공간의 필요성을 더욱 일깨운다. 아이와 양육자가 편안한 공간이 되려면 유모차가 자유롭게 움직일 수 있고 아이들의 몸놀림이 편안하게 동선이 구성된 공간이어야 한다. 수유시설도 있고 아이들 놀이터도 있으며 양육자가 편안하게 이야기를 나눌 동안 아이들을 안전하게 돌봐줄 수 있는 사람도 필요하다.

그곳에서 양육자들은 서로의 고단함을 위로할 뿐 아니라 육아정보, 건강정보, 일자리정보 등을 제공받을 수 있으면 좋겠고, 엄마들의 산후 우울증이나 몸 회복을 상담해줄 전문가도 있으면 좋을 것이다. 출산휴가나 육아휴직이 끝나고 직장으로 돌아가야 하는 양육자들에게는 복귀에 대한 두려움을 덜어주고 자신의 권리를 찾는 방법을 상담해줄 전문가도 있어야 할 것이다. 나는 이런 공간과 프로그램을 마을정부가 제공하는 게 필요하다고 생각한다.

또 '아이는 엄마가 낳지만 사회가 키운다'는 공감대가 형성되는 것도 중요한데, 이를 위해서는 법과 제도의 정비도 필요하겠지만 지방정부의 중요한 역할이 있다고 생각한다. 골목 가게들이 아이와 양육자가 함께 할 수 있도록 공간을 정비하는 데 드는 비용을 지원할 수도 있고, 수유시설이나 놀이시설을 만드는 것을 권장하거나 지원하는 정책도 필요하다. 동주민센터, 구청, 박물관이나 문화센터 등 공공 기관의 공간을 개선하고 양육자들의 모임을 지원할 수 있는 프로그램을 다양하게 개발할 수도 있다. 아이와 엄마, 아빠에게 무엇이 필요한지는 당사자들이 제일 잘 안다. 이런 정책을 입안하고 집행하는 전 과정을 부모와 마을정부가 함께 할 수 있는 제도적 틀을 만들어나가는 것도 중요한 과제가 될 것이다.

2. 노후가 안심되는 마포

한국 사회가 2017년을 분기로 해서 65세 인구의 비중이 14퍼센트를 넘어가는 고령화 사회(aged society)에 진입하게 되었다. 그 속도도 유래 없이 빨라서 2026년에는 다시 그 비중이 20퍼센트에 도달하는 초고령 사회로 진입한다. 100세 시대가 더 이상 빈말이 아니게 된 것이다. 그만큼 사회가 함께 비용을 지불하여 노후 세대를 돕기 위한 노력을 더욱 경주해야 한다는 뜻이기도 하다. 특히 우리나라의 고령화는 기대수명의 연장과 함께 극단적인 저출산에 의해 가속도가 붙는 상황이라는 점에서 일본을 포함한 서구의 어느 나라보다도 경각심을 가져야 할 초유의 사회적 난제다.

고령인구 비중이 가장 낮은 마포, 그러나 절대 규모는 크다

100세 시대를 맞이한 지금 고령인구를 50세 이상 또는 65세 이상의 한 그룹으로 묶는 방식으로는 고령 주민의 요구를 섬세하게 반영한 정책을 펴기 어렵다. 그래서 최근에는 50대와 60대를 따로 묶어서 '신중년' 또는 '액티브 시니어(active senior)'라고 부른다. 우리나라의 경우 명목상 정년과 무관하게 통상 쉰 살이 좀 넘으면 원래 하던 일자리를 내주어야 하지만 여전히 의욕적으로 일과 사회적 관계, 그리고 배움의 끈을 놓기는 이른 연령대가 적어도 60대까지는 지속될 수 있다는 얘기다. 반면 전통적인 의미에서 고령복지의 대상이 되는 세대를 최근에는 70세 이후로 잡는다.

마포는 50, 60대 비중이 서울시 전체에서 가장 낮은 자치구이고, 70대 이상 주민의 비율은 서울 평균과 유사하다. 마포는 상대적으로 젊은 자치구라는 의미다. 그러나 신중년 비중이 낮다고는 하지만 그것은 어디까지나 상대적인 것이고 양적인 규모로 보면 마포구에서 9만 명을 넘어서 20대 미만 6만여 명보다도 압도적으로 많다는 사실을 유념해야 한다. 여전히 액티브 시니어를 위한 적극적인 정책과 70대 이상 노년을 위한 복지정책에 구 정부가 관심을 기울여야 하는 이유다.

우선 전통적인 노인복지 시스템을 살펴보자. 문재인 정부에서는

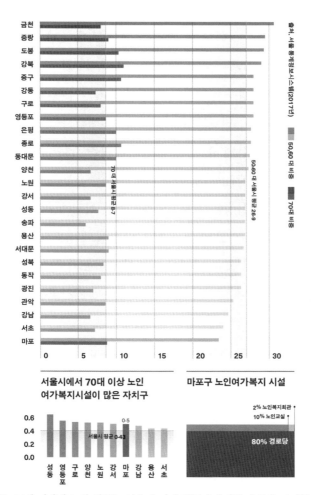

서울시 자치구 가운데 50+ 인구가 차지하는 비중

출처, 서울 통계정보시스템(2017년)

50,60 대 비중

70대 비중

70 대 서울시 평균 8.7

50,60 대 서울시 평균 26.9

금천
중랑
도봉
강북
중구
강동
구로
영등포
은평
종로
동대문
양천
노원
강서
성동
송파
용산
서대문
성북
동작
광진
관악
강남
서초
마포

0　　5　　10　　15　　20　　25　　30

서울시에서 70대 이상 노인 여가복지시설이 많은 자치구

0.6
0.4
0.2
0.0

서울시 평균 0.43

0.5

성동 영등포 구로 양천 노원 강서 마포 강남 용산 서초

마포구 노인여가복지 시설

2% 노인복지회관
10% 노인교실

80% 경로당

_마포는 70대 이상의 노인 인구는 서울시 전체 평균과 유사한 수준을 보여주고 있지만, 이른바 신중년이라고 하는 50,60대는 서울시 25개 전체 자치구에서 가장 낮은 비율을 보이고 있다. 노인을 위한 여가복지 시설들은 비록 소규모 경로당이 절대 다수이기는 하지만 상대적으로는 높은 비율을 보이고 있다. 물론 이것은 상대적일 뿐 절대 규모는 모두 부족하다.

전국적으로 노인복지의 수준이 향상될 것으로 보인다. 예를 들어, 노인소득 보장을 위해 소득계층 하위 70퍼센트 노인들에게 기초연금을 30만원으로 인상하고 국민연금의 사각지대를 해소하여 가능한 많은 노인들의 노후 소득안전망으로써 공적연금 시스템이 기능할 수 있도록 중앙정부 노인복지 추진이 계획되어 있다. 또한 노인을 위한 필수 서비스인 의료요양 서비스에 대해서는 병원-요양시설-가정 연계를 통한 중풍 예방 및 관리체계를 강화하겠다는 것이 문재인 대통령의 공약이기도 하다.

마포의 구체적 실정을 보자. 노인빈곤을 상징해주는 독거노인 수는 약 1만 명으로 마포구 인구대비 2.6퍼센트 정도다. 서울시 평균인 2.8퍼센트보다 조금 낮지만 절대적인 규모가 작지 않은 편이다. 한편, 경로당이나 노인복지관 같은 여가 복지시설은 전체 자치구에서 일곱 번째로, 다른 자치구에 비해서 노인인구 대비 시설 비중은 상위권 그룹에 속한다. 하지만 이 역시 규모가 작은 경로당을 중심으로 170개 정도여서, 절대 숫자로 보면 많다 할 수 없다.

자치구와 마을에서 신중년 역할 만들기

앞에서 살펴본 것처럼 마포구는 가장 젊은 지역이라고는 하지만, 서울 평균 수준에 이르는 70대 이상 고령주민의 복지 인프라와 서비스 체계를 보강하기 위해 자치행정이 더 관심을 쏟아야 한다.

마포구의 경우 소규모 경로당 수가 작지는 않지만 다양한 프로그램을 제공하는 복지관은 충분하지 않은데, 16개동을 몇 개 권역으로 묶어 중소규모 복지관 모델을 발전시키는 구상을 해볼 수도 있다. 그리고 내가 특히 관심을 가지는 것은 고령주민들의 다양한 관계망을 활성화시켜 삶의 질을 높이고 그로 인한 사회적 활력을 함께 나누는 것이다.

인생주기 상 70세가 넘으면 건강상의 불편함이 따르기 마련이긴 하지만, 여전히 사회적 관심과 에너지는 충분한 게 요즘 시대다. 40-50대부터 사회적 건강관리 프로그램이 제대로만 작동한다면, 여든이 되어도 과거처럼 일방적인 사회적 돌봄의 대상이 되기에는 활력이 충분한 어르신들이 많다. 당장 내 아버님만 하더라도 일흔이 넘어 화가로 데뷔하셨고 아흔이 되셔도 정정하시다.

마포구에는 고령주민들의 활력을 서로 연계시켰던 모델이 여럿 있다. 한때 마포지역에 홀로 사는 고령자들의 자살이 사회적 문제가 된 적이 있었다. 마포구청에서는 고령자 일자리 사업의 하나로 홀로 사는 고령자들을 방문해 상담하고 건강관리, 반찬 나눔 등의 지원을 하는 사업을 추진했다. 타인의 방문을 꺼리던 독거 고령주민들도 비슷한 연령대의 주민이 직접 찾아가 문을 두드렸을 때 마음을 열었고, 깊은 외로움을 꺼내 놓았다고 한다. 이런 노력들의 성과로 고령 자살자의 수가 점차 줄어들었고, 공공 일자리 사업에 참여했던 주민들도 사회적 자존감이 높아지는 결과를 얻었다.

또 대한노인회 마포지회에서는 '경로당 길라잡이' 활동을 통해 경로당과 경로당을 잇고 경로당을 이용하는 고령주민들의 관계망을 활성화하는 실험을 진행 중이다. 멀리 있는 복지관까지 가기를 원치 않거나 불편해 하는 경로당 이용 주민들을 위해, 경로당을 직접 방문해 다양한 서비스를 제공하고 경로당마다 불편사항을 취합해 해결하는 활동을 고령주민들이 직접 하는 것이다. 반응은 뜨거웠다. 나는 이런 실험이 당사자들에 의한 마을공동체 형성의 중요한 모델이라고 생각한다. 고령주민들의 필요는 당사자들이 가장 잘 알 수 있다. 서로의 필요를 함께 나누고 해결해가는 과정을 통해 사회적 활력을 유지하고 삶의 질을 높이는 활동에 지방정부의 더 많은 관심과 지원이 필요한 이유다.

아울러 50-60대 신중년, 액티브 시니어를 위한 새롭고도 혁신적인 정책에 행정역량을 모으는 것도 중요하다. 사실 신중년을 위한 정책은 서울시가 '인생이모작 정책', '50+ 정책'이라는 이름으로 가장 앞장서서 모범을 만들어왔다. 50+를 위한 은퇴 후 일자리 모색, 새로운 사회적 관계 만들기와 사회공헌활동, 그리고 새로운 배움의 기회와 공간을 설계하는 정책들이 다양하게 쏟아져 나오고 실험되었다. 문재인 대통령도 은퇴 후 신중년 세대의 구직지원과 자영업 활동 지원을 위한 프로그램을 제안한 바 있으며, 경기도 일부 지자체들이 신중년 은퇴자들을 위한 일자리를 제공하는 '신중년 디딤돌 사업'을 선보이기도 했다.

물론 신중년의 은퇴 후 인생 이모작이 생각처럼 그리 쉬운 것은 아니다. 전문가들도 '은퇴 시점까지 쌓아온 전문성을 버리고 새 일자리에 적응한다는 것은 쉽지 않은 일'이라고 지적하며 현실 또한 그렇다. 이런 대목에서 생각해보면, 오히려 주거와 생활을 하는 공간인 지역과 마을에 밀착시켜서 신중년의 활동적인 미래 삶을 모색해보는 것이 성공 확률을 높일 수 있을 것이다. 모험적인 신규 사업보다는 그간의 경험과 노하우를 근간으로 비교적 친밀하고 안정적인 관계인 마을공동체 속에서 일과 관계를 함께 실현해 나갈 수 있을 때 조금 더 높은 성공확률이 기대되는 탓이다.

나는 이런 관점에서 지방정부가 추진해볼 수 있는 정책영역이 여럿 존재한다고 생각한다. 예컨대 도시재생정책에서는 사회생활 경험이 있고 조직 관리나 거래처 관리, 행정과의 협상 경험을 가진 신중년 주민들의 역할을 크게 기대할 수 있다. 과거처럼 대규모 개발정책이 아니라 도시재생을 통해 현대도시의 활력을 재고하는 것은, 해외에서뿐 아니라 우리나라에서도 점차 중요한 도시정책의 추세로 자리 잡고 있다. 그런데 이 정책들은 매우 섬세한 기획이 필요할 뿐 아니라 주민 개개인의 이해관계를 조정해야 하고 주민들과 재생사업에 참여하는 사업자들 사이의 갈등도 관리해야 하며 정부기관들과의 밀고 당기기도 필요한 복합적 성격을 가지고 있다. 지방정부와 주민, 사업자 사이에서 협력을 이끌어내고 갈등을 관리해주는 도시재생 매니저 활동은 신중년 주민들의 기여를 기대할 수 있는 영역이 될 것이다.

청년과 신중년의 세대융합 실험을 시도해볼 만하다

특히 젊은 세대가 많은 마포구에서 적극적으로 구상해볼 것은, 세대융합, 세대협력 모델을 실험하는 것이다. 세대협력은 청년세대와 신중년 세대가 서로가 가진 각자의 장점을 최대한 살리면서 의기투합해 창업이나 재취업을 시도하는 모델이다. 물론 아직까지는 실제 성공적으로 실험된 사례는 찾기가 쉽지 않다. 세대 간 장벽을 넘어 서로 의사소통 하는 데에도 시간이 걸릴 수 있다. 일부 기금이나 공간 마련 등의 여건이 만만치 않을 경우는 공공이나 자치행정의 도움이 손길이 필요할 수도 있다. 하지만 바로 그렇기 때문에 세대융합의 성공은 차별적이고 강력한 장점을 발휘할 수 있을 것이다.

서울시에서는 청년활동지원사업의 일환으로 현직자 멘토링, 길찾기 상담, 직무 체험 활동 등을 추진하고 있는데, 참여하는 청년들의 반응이 높았다. 이 사업들은 선배세대가 아직 자신의 진로를 정하지 못한 청년들에게 해당분야에 필요한 전문성을 소개함으로써 자신의 적성과 비교해볼 기회를 제공하거나, 기업의 인사, 총무, 조직, 영업 등의 실무를 구체적으로 체험해볼 수 있도록 함으로써 진로를 구체화하는 데 도움을 주기 위해 기획된 것이다.

청년들이 개인적으로 이런 기회를 얻으려면 학원비를 지불해야 하는데, 이런 종류의 학원은 그 비용이 매우 비싼 편이어서 가용자원이 없는 청년들은 학원비를 위해 아르바이트를 하기도 하는 것이 요즘 상황이다. 서울시는 저소득 가구 청년들이 지불해야 하는 비용을 지방정부가 대신하면서 청년세대와 선배세대의 새로운 네트워크를 제공하고 있는 것이다. 나는 이런 사업을 마을정부 차원에서 추진한다면 훨씬 더 큰 효과를 볼 수 있다고 생각한다. 마을의 신중년 선배세대들은 사회생활의 노하우를 체득하고 있으며 각자 자신이 경험했던 분야의 전문성을 축적하고 있고 다양한 사회적 관계망을 자원으로 가지고 있다. 각 분야에서의 경험들을 마을 청년들에게 나누어주고 가까운 곳에서 창업이나 취업의 길을 열어줄 수 있다면 그것이 세대융합의 모델에 다름 아닐 것이다.

늘 그렇듯이 새로운 시도는 초기의 문턱을 넘는 것이 어렵다. 지방정부의 역할이 절실한 지점이 바로 이 대목이다. 다른 어떤 지역보다도 풍부한 청년인구가 있고 서울에서 가장 높은 창업비율을 보이고 있는 마포구는 다른 곳에 비해 마을공동체와 커뮤니티도 비교적 활발한 편이다. 자치정부가 적극적으로 매개를 한다면 세대융합 실험이 그 어느 자치구보다도 성공할 가능성이 있지 않을까?

3. 청년들의 비빌 기지 마포

우리 사회가 청년들의 '문제'에 주목하기 시작한 건 2000년대 들어서였다. 책 제목을 딴 '88만원 세대' 담론이 유행처럼 번졌고, 21세기 한국사회 청년들의 '문제'가 대체 어디에서 발원한 것인지에 대한 진단이 우후죽순처럼 쏟아지기 시작했다. 처음에는 청년들의 노력 부족이나 '젊어서는 고생을 사서도 한다'면서 모험심의 부족을 탓하거나 눈높이가 너무 높다는 탓도 했다.

한참 시간이 지난 후에야 '청년이 문제가 아니라 사회가 문제'라는 깨달음을 얻게 되었다. 그러나 '물고기를 주면 안 되고 물고기 잡는 법을 알려줘야 한다'는 훈수는 오래 지속되었다. 청년들 입에서 '흙수저', '이생망(이번 생은 망했어)'이라는 절규가 나올 쯤에야 '잡을 물고기(일자리)가 있기는 할까?', '요즘 환경에서 물고기 잡는 법을 알려줄 만한 기성세대가 있기는 할까?'라는 의문이 공유되기 시작했다. 이렇게 사회가 청년문제를 몇 걸음씩 뒤늦게 인식할수록 청년들은 지쳐갔다. 기성세대가 이점을 인정하고 받아들여야 청년들과 그들이 처한 상황을 제대로 볼 수 있다.

젊은 마을 마포

마포구는 서울에서 가장 젊은 자치구로 손꼽힌다. 당연한 일이다. 홍대거리로 알려진 젊은이들의 거리가 마포에 있기 때문이다. 서강대학교, 홍익대학교, 서울디지털대학, 한국폴리텍대학을 구내에 안고 있고 인접 서대문지역에 연세대, 이화여대, 감신대, 명지대. 추계예대, 경기대가 있을 정도로 서울에서 가장 대학이 밀집된 지역이기 때문이다. 당연히 패기와 활력이 넘치고 가장 역동적인 지역이 되어야 마땅하고 많은 대목에서 실제로 그렇기도 하다.

실제 통계를 확인해 보자. 마포구에서 20세에서 34세까지의 젊은 성인 인구는 전체 인구의 1/4을 차지하여 관악구, 광진구에 이어 세 번째로 젊다. 20세에서 34세까지 비교적 고르게 연령대별로 분포되어 있다. 이토록 젊은 층이 많이 생활하다 보니 청년 1인 가구 비중도 압도적으로 높은 편이다. 마포구 1인 가구 가운데 20~34세 1인 가구 비중은 거의 절반에 육박하는 46.7퍼센트로 약 2만 5천 가구에 이른다. 통계 숫자를 볼 때도 마포구에 주민등록이 있는 청년들이 다른 자치구에 비해 많을 뿐만 아니라, 동네에서 1인가구로 사는 청년 가구도 상대적으로 매우 높다는 것을 알 수 있다. 여기에 외부 자치구에서 유입되는 청년 소비인구를 고려할 때, 마포구는 다른 어떤 자치구에 비교해서도 주거와 생활, 소비 측면에서 가장 젊은 지역이라고 보는 데 무리가 없는 것이다.

그러나 앞서 지적한 것처럼 오늘날 청년들은 오직 청년이라는 이유로 희망과 활력의 상징이 되지는 않는다. 그들이 감당해야 할 높은 등록금, 주거비와 생활비에 반비례하여 안정된 일자리는 적고 임금은 형편없이 낮기 때문이다.

이미 악명 높게 치솟은 높은 청년실업률과 낮은 시급은 청년의 경제적 여력을 약화시킨다. 많은 청년들이 1인 가구로 살아가지만 엄청난 주거비용은 10명 중 4명을 월세로 전전하게 한다. 주거빈곤이라는 신개념도 생겼다. 이들의 약화된 경제 여력은 그 자체로 부모들에게 부담이 되기도 하지만, 지역 경제와 지역 공동체에도 부정적인 영향을 준다. 마포구 역시 이러한 영향 반경에서 벗어나기 어려운 것은 당연하다.

청년을 책임지는 마을정부가 되어야

아직도 청년 당사자들이나 외부 기성세대 모두 많은 경우에, 각

서울시에서 청년 1인가구가 가장 높은 자치구

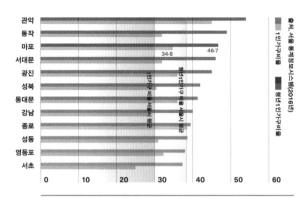

서울시에서 가장 청년비중이 높은 자치구들

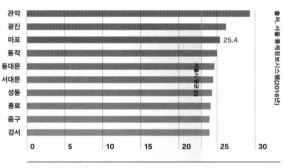

마포 청년구성비중

_마포는 인구구성 면에서도, 가구구성 면에서도 청년 비중이 유독 높은 자치구에 속한다. 우선 주민등록상 인구구성 비율을 보면 전체 마포구민 가운데 1/4이 20~34세 연령대에 속한다. 분포도 20세부터 34세에 고루 분포하고 있다. 가구 구성도 비슷하다. 마포구 5만 3천여 가구가 1인가구인데 그중 거의 절반 가까이 되는 2만 5천 가구가 청년 1인가구인 것이다.

각 주관적 잣대를 가지고 청년의 삶이나 현재의 생활적, 심리적 상태에 대한 다양한 의견들을 중구난방으로 늘어놓고 있지만 어디서도 책임 있게 문제를 해결하겠다는 의지를 보이는 집단이나 세력이 부족한 것이 오늘의 현실이다. 이제라도 누군가는 먼저 책임지겠다는 말을 꺼내고 또 실행으로 보여야 한다. 부족하면 부족한 대로 하나씩 행동으로 문제해결의 실마리를 향해 나가는 모습을 보여야 한다. 아마 그러한 책임의식을 통감하고 필요한 자원을 극대화하여 문제해결의 장으로 나가야 할 주체 가운데 앞자리에 있어야 할 주체가 청년 자치구 마포구가 아닐까 싶다.

그동안 해법을 모색하려는 노력도 어느 정도 진전이 없지는 않았다. 2012년부터 정치권도 반응을 하기 시작했는데 청년 비례를 배정하는 등 청년 이슈가 선거의 중요 메뉴로 등장했다. 최근에는 청년수당, 청년배당 정책까지 왔다. '사지 멀쩡한 젊은이에게 현금 나눠주자'라는 주장에 동의하는 기성세대가 이제 절반을 넘기는 사회적 동의구조가 형성되었다는 것이다. 물론 아직은 '물고기 잡는 법을 가르쳐 줘야지'에서부터 '도덕적 해이'에 이르기까지 사회의 인식은 여전히 갈 길이 멀다. 그러나 사회적 인식도 느리지만 변화해 나가고 있는 것은 틀림없다.

청년이 숨 쉴 공간과 여유를 만들어주는 마포

하지만, 국가도 광역자치 단체도 제대로 풀지 못하는 청년문제를 자치구가 무슨 재주로 해결할 수 있을까? 의외로 자치구에서 풀 일이 많다. 특히 공동체를 통해서 풀 여지가 다양하다는 점을 주목할 필요가 있다. 우선 마을과 동네마다 청년들이 머물고 교류할 '청년 공간' 을 다양하게 만들어주는 것이 필요할 것 같다.

이전 같으면 학교를 졸업하고 직장으로 직행하면 청년들 대부분의 일상은 직장 공간에서 갇히게 되고 마을로 나올 일이 없어진다. 그러나 지금은 사정이 다르다. 많은 청년이 취업준비로, 아르바이트시간 사이의 자투리 시간 때문에, 직장을 그만두고 새로 직장을 얻는 사이 기간에, 또는 프리랜서인 탓으로 활동 공간을 필요로 한다. 교통 요지에 커피 전문점들이나 세미나룸 등 공간 대여점들이 성행하는 이유가 여기에 있다.

그런데 이런 공간이용비용은 현재의 청년세대들이 감당하기에 결코 만만한 게 아니다. 서울시 청년수당 사업에 참여했던 한 청년에 대해 들은 이야기다. 그는 수당을 받기 전에 외출이 두려웠다고 했다. 밥값, 커피값, 교통비… 거리에 나서면 모두가 돈이라 자취방에서 밥 해먹고 커피 타먹으며 취업준비를 했는데, 한 달에 50만원이 생기자 공간이 넓은 커피전문점에서 커피 한 잔을 시켜놓고 몇 시간씩 취업 시험서를 보거나 자기소개서를 쓸 여유가 생겨서 행복했다는 것이다. 익명의 타인이라도 함께 있는 공간이 나 홀로 있는 자취방보다 더 편안하게 느껴지는 존재가 사람이다. 난 그의 행복감에 공감이 갔고, 그래서 더 안타까웠다.

특히 청년의 거주와 생활이 활발한 마포구가 이런 대목을 제대로 읽어야 한다. 자치구에서 공공의 청년 공간을 만들어 주는 지혜를 발휘해야 한다는 말이다. 커뮤니티를 촉진하는 공간, 권익을 증진하는 공간, 그리고 구직부터 시작해서 다양한 활동을 교류할 수 있는 공간, 비단 마포만이 아니라 전국의 청년들과 함께 하는 공간을 정부와 광역 지자체의 도움을 받아 마포구가 선도적으로 만들어갈 필요가 있다.

서울시에서는 청년공간의 필요성에 호응하여 일부 자치구에 청년들이 자유롭게 드나들고 정보를 교류하고 모임을 가질 수 있는 공간을 제공하는 실험을 했고 그 공간에 '무중력지대' 라는 이름을 붙였다. 그리고 공간을 매개로 청년들의 다양한 활력이 살아가는 효과를 보았고 더 많은 곳에 청년자유공간을 만드는 정책을 추진 중에 있다. 나는 마포구에 중앙정부와 서울시의 관심과 자원을 끌어들이고 마포구의 자원을 더하여 더 많은 청년공간이 제공될 수 있기를 바란다.

최근 '마용성' 이라는 신조어가 유행이다. 언론에서는 강남에 이어 마포, 용산, 성동지역의 집값 오름세가 심상치 않다는 의미로 이 단어를 사용한다. 그런데 청년들 사이에서는 최근 청년밀집지역이라는 의미로도 쓰인다고 한다. 마포에 밀집한 청년들이 지방정부와 주민공동체의 자원을 더 많이 활용할 수 있도록 돕는다면, 점점 더 많은 청년들이 마포를 찾게 될 것이고 젊음 마포의 활력을 높여줄 것이다.

활동 공간뿐 아니라 주거 공간도 마찬가지로 혁신적인 지혜를 모아서 청년 주거의 새로운 전형을 찾아내면 좋을 것이다. 마포구는 이미 〈소행주(소통이 있어 행복한 주택 만들기)〉와 같은 혁신적인 실험이 만들어져 온 전통이 있다. 협동조합 주택이나 사회적 주택이라는 형식을 통해서, 또는 도시재생을 위한 '가꿈 주택' 사업의 응용을 통해서 도시 청년 주거모델을 만들어나가는 데 관심을 기울이면 좋겠다.

지역 친화형 청년 일자리도 주저할 일이 아니다. 서울시 곳곳에서 도시재생사업, 에너지 전환사업, 동 복지 사업 등 다양한 차원의 정책적 사업이 구 단위, 동 단위에서 지속해서 확대되고 있고, 이들 사업은 지역에서 안정적으로 늘어날 가능성이 크다. 이런 여건들을 살려서 청년들의 일자리와 연계하는 것 역시 자치구에서 적극적으로 시도해야 할 것이다. 청년문제를 책임지는 자치구가 나와야 한다. 청년에게 사랑받는 자치구가 나와야 한다. 그러자면, 도서관 등 기존에 있는 시설 몇 개 늘리고 보완하는 수준에 그쳐서는 안 된다. 혁신적인 행정적 결단이 가장 긴요한 지점이다.

이상에서 내가 늘어놓은 모든 궁리들은 사실 청년당사자들의 동의와 참여가 없다면 한낱 공상에 그칠 수 있는 일이다. 나는 이 시대를 살아가는 청년세대가 아니기 때문이다. 앞서 고령주민들의 문제는 고령자 당사자들이 가장 잘 알 수 있기 때문에 당사자성을 원칙으로 해야 한다고 말한 바 있는데, 청년세대에게도 이 원칙은 똑같이 적용되어야 한다. 나는 그저 청년당사자들의 이런저런 고민을 귀동냥하고 서울시에서 정책을 먼저 고민해본 경험으로 여러 궁리를 해본 것일 뿐, 이 모든 것이 정녕 마포 청년들의 필요인지는 당사자들이 확인해줘야 한다.

청년들이 스스로의 필요를 말하고 우선순위를 판단하며 집행방법에 대해 제안할 수 있도록 지방정부가 길을 열고 제도를 만드는 일이 가장 우선되어야 한다는 말이다. 서울시의 사례를 보면, 청년들을 정책의 공간으로 초대했을 때 그들은 적극적으로 임했고 조례의 제정을 요구했으며 정책의 입안과 심의를 다루는 위원회에 참여했고 더 나아가 그들 스스로를 조직해 나갔다. 청년들이 머무는 곳 마포에서 그 잠재력은 감히 상상할 수 없다. 지방정부의 협치 파트너로 청년들을 초대하고 스스로 논의공간을 열며 자신들의 필요를 말하게 할 수 있다면, 우린 젊은 마포의 폭발적인 힘을 경험하게 될 것이다.

4. 중소상인도 살아갈 수 있는 마포경제

　한국은 세계에서도 드문 자영업의 나라다. 취직한 성인 적어도 다섯 가운데 한 명은 장사나 사업을 하고 있다. 이런 사례는 멕시코나 터키 등 OECD에서는 몇 나라가 안 된다. 자영업을 하는 주민 중 1/3은 직원이나 아르바이트를 고용하고 있지만 2/3는 혼자서 또는 가족과 함께 장사하고 있어 대부분 규모도 크지 않다. 서울시에서도 거의 백만에 가까운 시민들이 점포나 사업체를 만들어서 사업을 하고 있다. 그러니 우리 이웃 가구 가운데 직장인만큼이나 가게를 하는 이웃이 많다고 할 수 있다. 특히 지역에 정착한 중소 상인이나 사업체들은 많은 경우 지역경제의 근간을 이루고 있기도 하고 지역발전과 지역 공동체에 매우 소중한 역할을 하는 경제주체이기도 하다. 때문에 공동체에 뿌리를 두고 자치구 행정과 경제 정책을 펴자면 무엇보다 지역에서 자금과 일자리, 살아갈 재화와 서비스를 제공하는 중소 점포나 사업체가 지역과 어울릴 수 있는 생태계를 조성하는 것이 필수라고 생각한다.

창업의 마을, 마포

서울시민들은 '마포' 하면 '홍대거리'를 떠올릴 만큼 마포는 복합 쇼핑몰부터 시작해서 홍대 걷고 싶은 길에 즐비한 수많은 가게, 작은 공방과 점포, 시장까지 상거래가 활발한 지역으로 알려져 있다. 시민들이 갖는 이러한 이미지는 통계에서도 여실히 증명된다. 마포는 서울시에서 여덟 번째로 사업체 수가 많은 자치구이고 사업체에서 일하는 시민이 일곱 번째로 많다. 서울시 25개 자치구 가운데에서 서부권역에서는 마포구가 사실 영등포구와 함께 가장 활발한 상거래 지역이라고 봐도 무방하다. 물론 마포구의 3만 6천 개 사업체 가운데 거의 1만 개가 서교동에 몰려 있을 정도로 서교동이 압도적으로 큰 상권을 가지고 있지만 다른 지역들도 적지 않다.

마포 상권은 규모뿐 아니라 내용 면에서도 다른 지역과 다른 몇 가지 독특하게 차별화되는 대목이 있다. 우선 서울의 다른 지역들처럼 도소매와 음식, 숙박 등이 가장 많은 비중을 차지하지만, 대단히 다양한 사업 분야가 고루 퍼져 있다. 특별한 것은 마포가 '출판의 지역' 답게 출판 영상, 정보 서비스 관련 분야가 많다는 것이다. 2,600여 개의 사업체가 마포에 몰려 있는데 이는 마포 전체 제조업과 건설업을 합친 규모다. 이밖에도 각종 협회나 개인 서비스업도 3천 개에 육박하고 전문 과학 기술 서비스 분야에 해당하는 사업체들도 출판 분야에 버금갈 만큼 많다. 하나같이 자치구 주민들의 삶을 풍성하게 해줄 수 있는 지역의 소중한 자원인데, 아직은 지방정부가 이들 다양한 자원을 지역주민의 삶의 질을 높일 수 있도록 연계하는데 까지는 못 나간 것 같다.

또 하나 두드러진 마포 상권의 특징은 서울에서 가장 창업률(한 해에 새로 창업하는 사업체 수/그해 연말의 사업체 전체수)이 높다는 점이다. 2015년 기준 마포구의 창업률은 17.7퍼센트로 서울시에서 가장 높았는데, 서강동, 상암동, 연남동, 서교동, 합정동 이 다섯 개 동이 서울시 424개 동 가운데 창업률이 가장 높은 10개 동에 들어갈 정도다. 물론 창업이 많다고 해서 무조건 반길 일만은 아니다. 서울시에서 창업하는 사업체 중에 치킨집이나 분식점, 미용실, 세탁소 같은 생계형 사업체 비율 약 1/3 정도이고 마포도 이 점에서는 크게 다르지 않다. 생계형 창업이 많은 것을 고려함과 동시에 상권이 가장 역동적으로 움직이고 있다는 사실도 지방정부의 정책을 설계할 때에 고려해야 한다.

중소상인과 대형마트 상생을 치열하게 모색했던 마포

지금 우리 사회 경제의 화두 가운데 하나는 '공정경제'이다. 문재인 정부의 경제정책의 4갈래가 일자리 경제, 소득주도 경제, 혁신경제, 그리고 공정경제로 되어 있는 탓이다. 공정경제란 무엇일까? 대기업과 중소기업, 소상공인이 서로 상생할 수 있도록 이익을 나누고, 기업과 노동자에게 모두 적절한 기여보상을 해주자는 것이다. 또 특정 지역으로 과도한 경제의 쏠림이 일어나지 않게 하고, 세력 관계나 힘의 논리에 의해서 소득의 배분이 왜곡되지 않도록 하자는 것이다.

한동안 우리 경제는 '대형마트 골목상권 잠식'이라는 사회적 갈등으로 중소상공인들의 생계위협과 상당한 사회적 비용을 지급하는 어려움을 겪었다. 물론 이런 문제점은 지금도 여전히 곳곳에 남아있다. 공정경제가 아직도 매우 중요한 사회적 과제인 이유다. 서울에서 대표적으로 골목상권 보호를 위한 사회갈등을 심하게 경험하고 해법을 치열하게 모색했던 곳이 바로 마포였다. 합정동 홈플러스 입점을 앞두고 망원시장 상인들과 겪었던 갈등이 그 사례다. 다른 자치구보다 더 치열하게 갈등을 경험하면서 상생방안을 모색해왔던 마포이지만 새롭게 생겨날 수도 있는 갈등에 대처할 만큼

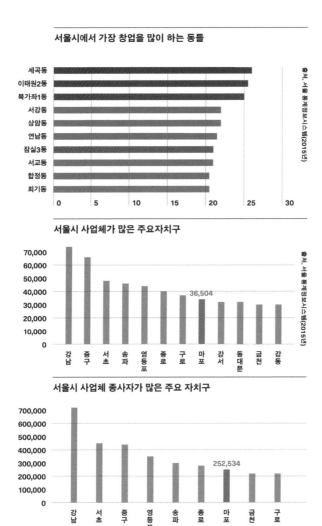

서울시에서 가장 창업을 많이 하는 동들

출처, 서울시 통계정보시스템(2015년)

- 세곡동
- 이태원2동
- 북가좌1동
- 서강동
- 상암동
- 연남동
- 잠실3동
- 서교동
- 합정동
- 회기동

0　5　10　15　20　25　30

서울시 사업체가 많은 주요자치구

출처, 서울시 통계정보시스템(2015년)

36,504

강남 중구 서초 송파 영등포 종로 구로 마포 강서 동대문 금천 강동

서울시 사업체 종사자가 많은 주요 자치구

252,534

강남 서초 중구 영등포 송파 종로 마포 금천 구로

__서울시에서도 잘 알려진 상권의 하나인 '홍대'로 상징되는 마포구는 영리를 하는 다양한 사업체 숫자가 매우 높은 지역 가운데 하나이고, 당연하게도 그곳에서 일하는 시민들이 또한, 많은 곳이다. 마포는 가히 '창업 지역'이라고 할 만큼 창업비율이 높고, 서울에서 가장 창업을 많이 하는 동이 무려 다섯 곳에 이를 만큼 한 해에도 새로운 사업체들이 만들어지고 있다.

충분한 해법을 모색한 것은 아니다. 공정경제라는 대원칙을 바탕으로 더 상생의 길을 찾아야 한다.

아르바이트 청년과 지역 가게가 함께 사는 마포

2018년 벽두부터 최저임금 인상 충격을 완화해주기 위한 자영업 지원 대책 논의가 뜨겁다. 새 정부의 소득주도 성장정책과 최저임금 1만 원 목표 정책에 따라 최저임금이 16.4퍼센트 인상되었기 때문이다. 최저임금 인상은 누군가에게 고용되어 있는 사람에겐 도움이 되지만 고용하고 있는 사람에겐 당장의 부담으로 다가오는 게 현실이다. 하지만 지금 서로의 처지가 어렵더라도 최저임금 인상을 단행해야 더 나은 미래가 가능하다는 다음과 같은 주장도, 같은 현실에 토대를 두고 있다.

"지금 최저임금을 인상하지 않으면 당장 현 상황을 유지할 순 있겠으나, 소득 주도 성장을 이루지 않고 일본의 실수를 따라간다면 그로 인한 파장은 10년, 20년 후 최저임금 인상을 반대한 이들의 자녀에게 돌아갈 수 있다." (세계일보 2018년 1월 13일 자)

최저임금 인상을 사회 전체가 좀 더 나은 미래를 만들어가는 과정으로 본다면, 당장 자영업자들이나 영세기업이 겪는 어려움에 대해 정부가 적극적으로 나서는 게 필요하다고 생각한다. 마포를 기준으로 보면, 약 3만 6천 개 사업체 중에서 대략 1/3이 직원이나 아르바이트를 고용할 것으로 추산하면 1만 2천 개 점포나 사업체에서 최저임금 인상으로 인한 부담을 떠안게 될 것이고, 중앙정부나 지방정부의 정책적 배려가 당장 필요한 부분이라 하겠다.

하지만 여러 조사에 따르면 중소상인이나 가게들이 받는 부담 중에서 사실 임금 비용은 그리 크지 않다고 한다. 가장 큰 부담은 가게 점포 임대료, 카드 가맹점 수수료, 그리고 편의점처럼 프랜차이즈 가맹점포라면 본점에 지불하는 재료비와 로열티가 있다. 그런데 가게주인 입장에서는 건물주나 카드회사, 본점들과의 협상에서는 언제나 약자이기 때문에, 할 수 없이 그나마 이윤을 남기기 위해서 인건비나 아르바이트 고용 비용을 과도하게 줄여왔다는 것이다.

안심상가, 안심 일자리, 그리고 다양한 풀뿌리 경제 생태계

이제는 인건비만 졸라매서 장사할 수는 없는 시대가 되었다는 것을 우리 모두 받아들여야 할 것 같다. 중소 상공인들이 좀 더 나은 삶을 유지하기 위해서는, 더 여유가 있고 힘이 있는 건물주, 카드회사, 프랜차이즈 본점 등이 '고통 분담'에 동참해서 상생하는 모습을 보이는 것이 필요하다. 서울시 몇몇 곳에서는 이미 '안심상가'라는 이름으로 건물주들과 임대 상공인들이 협약을 맺어 급격한 임대료 상승을 억제하면서 장기적 관점에서 지역상권 활성화를 도모하는 활로를 모색하고 있다. 특히 젠트리피케이션이 심한 마포구에서도 다양한 방식으로 '안심상가' 사례를 늘려갈 필요가 있다. 안심상가의 의의에 대해서 정원오 성동구청장은 "안심상가 조성으로 어려움에 처한 소상공인 자영업자들이 맘 놓고 영업할 수 있는 환경을 제공해 줌으로써 지역의 가치를 함께 만들고 지속 가능한 희망 도시를 만드는 공감대를 형성하는 데 기여하게 될 것"이라고 언급했는데, 새겨볼 주장이다.

최근에 한 업체의 제빵사 정규직화에서 본 것처럼, 프랜차이즈 본점들이 해야 할 역할도 적지 않다. 최저임금 인상 명목으로 재료비를 인상하려는 부당한 움직임이 있는 것처럼, 상생은 고사하고 이에 역행하는 사례가 있다는 얘기도 들린다. 지역 자치구가 이런 사례들을 제대로 점검하는 한편 상생하는 방향으로 유도해야 한다. 카드회사나 금융회사들도 자영업이 초기 충격에 견딜 상생방안을 내놓으면 좋겠다. 카드 수수료 추가조정도 필요하고, 은행의 대출 조정도 필요하다. 물론 중앙 및 지방정부에서 중소상공인들이 최저임금 인상의 전환과정을 무사히 넘어갈 수 있도록 각종 지원을 아끼지 말아야 할 것이다.

모든 자연생태계가 그런 것처럼 경제 생태계도 다양성이 있어야 지속이 가능하다. 특히 지역의 풀뿌리 경제에서는 경제주체의 절대다수를 점하는 지역 중소상공인들의 생존이 곧 지역경제의 생존을 의미한다. 큰 기업과 작은 기업, 큰 마트와 작은 점포, 사업주와 고용직원이 모두 상생할 수 있는 경제생태계가 되도록 정책을 펴는 것, 그것이 공동체를 기반으로 한 정책이 될 것이다.

5. 앞서가는 혁신복지 생태계 마포

　"지난해 여름, 금천구 시흥동 담당 '우리동네 주무관' 으로 활동 중인 김○○ 주무관은 동네 주민에게 어려운 이웃이 있다는 얘기를 듣고 다음날 사회복지 전문가인 복지플래너와 함께 가정 방문을 했다. 반지하방에 거주하고 있는 세 모녀는 월세가 10개월 이상 체납되었고, 가전제품과 가구도 전혀 없었으며, 방 안에는 바퀴벌레가 가득했다. 엄마는 남편의 가정폭력으로 집을 나와, 신변노출에 대한 불안감으로 주위에 도움을 요청하지 않은 채 생활해 온 것으로 밝혀졌다. 김 주무관은 우선 세 모녀를 여관에 임시거처를 마련해주고, 지역 내 새마을부녀회, 사회복지공동모금회 등과 힘을 합쳐 성금을 모아 서울형 긴급지원비와 연계해 월세집 보증금을 지원했다. 지역주민들은 장롱, 주방용품, 이불, 식탁 등 십시일반으로 세 모녀 가정을 지원해 자립할 수 있도록 도왔다."

주민이 주도하는 동 복지혁신

위의 인용 사례는 서울시가 소개한 '찾아가는 동주민센터' (찾동) 무수한 활동 가운데 하나다. 앞에서도 살폈지만 '찾동' 사업이란 기존 동주민센터에 있던 복지팀의 업무를 증설하여 통상적인 공공복지업무 외에, 0세와 65세 도래 가구원이 있는 가구를 일일이 방문하고 사례관리와 복지상담을 하도록 한다. 여기서 특히 복지플래너의 역할이 중요하다.

또한 동주민센터의 공간을 재구성해서 주민자치와 마을공동체 논의를 다양하게 할 수 있는 공유 공간으로 활용될 수 있도록 만들었다. 이렇게 하여 마을과 행정이 서로 협력하여 동 복지의 실현을 하도록 했다. 서울시는 매년 이 사업을 확대하여 전 지역 동을 포괄할 수 있는 복지체계를 구축해나가고 있는 중이다.

중앙정부도 서울시 선례를 따라 비슷한 정책을 해왔다. '수요자 관점의 복지전달체계 구축으로 복지체감도 향상' 을 하겠다는 취지아래 이른바 '동주민센터 복지 허브화 사업' 을 행자부 중심으로 추진한 것이다. 그에 따라 "동의 일반 행정업무를 시군구 본청으로 이관하고 사회복지 담당 공무원의 최소배치 기준을 이행하며, 복지직과 행정직의 협업과 복지동장, 복지 코디네이터 등을 도입했다."(이태수 외, 2017, 『찾아가는 동주민센터』, 서울연구원.)

한편 문재인 정부 들어서면서 이 사업은 또 한 번 진화를 거듭하여 '혁신 읍면동'으로 제시되었다. 혁신 읍면동은 행정자치부의 '주민자치회' 시범사업과 '복지허브'를 기반으로, 서울시의 '찾아가는 동주민센터' 실험을 전국적으로 확장해 나간 모델이라고 하겠다.

마포는 '찾동' 사업에서 그 어떤 자치구보다 모범적인 지역이었다. 예를 들어 마포구는 마포구중앙도서관에서 열린 찾동 성과공유대회에서 주요 성과로서 1)복지플래너 가정방문 165퍼센트 증가(3,068건) 증가 2)방문간호사 9,516건 건강방문 실시 3)나눔가게 93개소 신규 발굴(총182개소 운영) 4)복지대상자 모니터링 172퍼센트 증가(1만 5,928건)을 발표했다.(국민일보, 2017년 12월 14일자) 그 결과 마포구는 2015년부터 2017년까지 3년 연속 '찾아가는 복지서울' 우수구에 선정되는 영예를 안기도 했다.

주민이 주도하고 지방정부가 함께 하는 복지혁신

우리나라는 지금 실업과 전통적 산업재해, 질병처럼 근대적 복지국가 형성이 지연되면서 생긴 구사회의 위험과 함께, 1인 가구화

찾아가는 동 주민센터 개념도

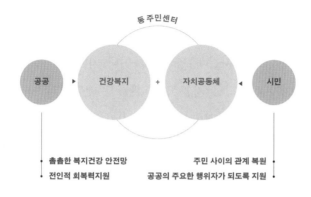

동 주민센터

공공 ▶ 건강복지 + 자치공동체 ◀ 시민

촘촘한 복지건강 안전망
전인적 회복력지원

주민 사이의 관계 복원
공공의 주요한 행위자가 되도록 지원

혁신 읍면동 개념도

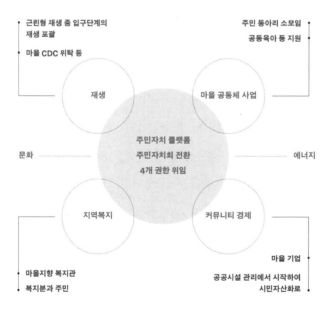

근린형 재생 중 입구단계의
재생 포괄

마을 CDC 위탁 등

주민 동아리 소모임
공동육아 등 지원

재생

마을 공동체 사업

주민자치 플랫폼
주민자치회 전환
4개 권한 위임

문화

에너지

지역복지

커뮤니티 경제

마을지향 복지관
복지분과 주민

마을 기업
공공시설 관리에서 시작하여
시민자산화로

고령화, 일과 가정의 양립, 환경 재해 등 이른바 신사회의 위험에 동시에 대응해야 하는 상황에 직면해 있다.

예를 들어 질병만 하더라도 단순한 외상이나 바이러스 감염 등을 넘어서 고령화에 따른 만성적 질환이나 치매 등 일회적인 치료나 약물투여가 아니라 환자와 신뢰 관례를 맺으면서 지속적인 돌봄 서비스를 해야 하는 질병에 대한 복지가 필요한 시기인 것이다. 이와 같은 과제 해결을 위해서는 과거의 선별복지냐 보편복지냐 하는 논쟁을 넘어 더욱 정책적 숙의를 해야만 하는데, 그 일환으로 2015년부터 서울시를 중심으로 제안된 해법의 하나가 바로 '찾아가는 동주민센터'였다.

향후 마을혁신 핵심 지향의 하나는 주민들 스스로 마을의 문제를 고민하고 계획을 수립하고 문제 해결을 위해 직접 참여하도록 유도하는 것일 테다. 바로 이런 취지에서 만들진 것이 '마을계획단'이었고 '마을총회'이기도 했다. 이런 점에서 보자면 마을 주민들의 참여와 주도성은 단지 복지영역에 그치지 않는다. 경제활동이나 교육 문화 활동, 심지어 안전 등에서도 얼마든지 지방정부의 자치정책이 주민들과 동행하여 문제를 해결하는 방식을 만들 수 있을 것이다. 그런 점에서 '찾아가는 동주민센터'에서 시작하여 '마을총회'에 이르기까지의 주민 밀착형 자치행정은 진정한 민주주의의 학교가 될 것이다.

6. 더 안전한 마포

주민의 안전한 삶을 책임지는 것은 공공과 행정이 해야 할 임무 가운데 '제1순위'다. 주민들은 가족과 이웃들이 안심하고 생활할 수 있는 동네, 위험 없이 자유롭게 다니고 살아갈 수 있는 지역을 원한다. 그 때문에 도시에 대한 시민들의 필요에 대한 여론조사를 하면 늘 '안전'이 첫 번째로 꼽히는 것이다. 살아가면서 주민들의 안전을 위협하는 것들은 셀 수 없이 많다. 어쩌면 도시의 생활은 요소요소에 안전을 해칠 만한 위험요소들로 가득 차 있다고 말할 수도 있다. 인공적으로 지어진 도시의 인프라를 이루는 전기, 가스, 하수관 등부터가 안전에 유의해야 할 대상이다. 길거리의 혼잡한 교통은 언제나 주민들의 안전을 위협하는 요인이기도 하다. 그 가운데에서도 도시에서의 각종 범죄 발생은 당연히 주민의 안전을 위협하는 대표적인 도시문제이다.

여전히 범죄예방이 안전의 우선문제다.

그동안 도시 시민의 안전에서 환경오염이나 경제적 위험, 신종 질병 등이 점점 더 커다란 위험요인이라고 인식되었지만, 여전히 서울시민들이 가장 불안하게 여기고 있는 요인은 범죄이다. 10년 전 통계에서도 범죄 발생은 가장 위험한 문제였으며, 지금은 오히려 상대적으로 더 심각한 안전 위험요소가 되어서 여타 불안요인들을 압도할 정도이다. '주민안전' 하면 여전히 범죄 예방이 첫째 우선순위가 되어야 하는 이유다.

마포구 역시 범죄예방의 예외지대가 아니다. 불행하게도 어떤 면에서는 주요범죄가 다른 지역보다도 높은 편에 속한다. 서울시에서 한 해 동안 발생한 살인, 강도, 강간 및 강제추행, 절도, 폭력 등 5대 범죄가 약 12만 건에 이르는데, 이 가운데에서 마포가 약 6천 건으로서 평균보다 훨씬 높은 비율을 보인다. 특히 강간과 강제추행이 증가하고 있는데 2016년 기준 한 해에 399건이 발생했다고 한다. 하루에 한 건 이상 마포 어느 지역에서 관련 범죄가 발생하고 있다는 얘기다.

마포주민의 안전에서 특별히 주의 깊게 봐야 할 대목이 있다. 마

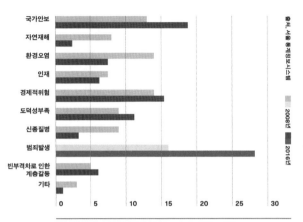

서울시민이 느끼는 사회에서 가장 주된 불안 요인은?

출처, 서울 통계정보시스템

■ 2008년
■ 2016년

- 국가안보
- 자연재해
- 환경오염
- 인재
- 경제적위험
- 도덕성부족
- 신종질병
- 범죄발생
- 빈부격차로 인한 계층갈등
- 기타

0 5 10 15 20 25 30

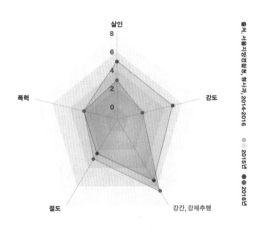

서울시 주요 5대 범죄발생 중 마포가 차지하는 비중

출처, 서울지방경찰청, 형사과, 2014-2016

● 2015년 ●● 2016년

살인
강도
강간, 강제추행
절도
폭력

_서울시민들은 '우리 사회의 안전을 위협하는 가장 큰 불안요인은 무엇이라고 생각하십니까?' 라는 설문 문항에 대해 예전보다 훨씬 더 범죄 발생을 시민들의 삶을 불안하게 만드는 가장 큰 요인으로 꼽고 있다. 2016년에는 서울시민의 28.2%가 범죄 발생을 꼽았을 정도다. 마포구는 주요 5대 강력범죄 가운데 강간, 강제추행 범죄 발생비율이 특히 높아서 전체 25개 구 가운데에서 네 번째가 될 만큼 심각한 안전위협요인이 되고 있다.

포구가 1인 가구 비율이 다른 지역에 비교해 높다는 사실이다. 마포구의 1인 가구 비율은 약 34퍼센트로 서울시 30퍼센트보다 높고 서울시 25개 구 가운데 일곱 번째이다. 1인 가구는 젊은 층과 노인 층에서 높게 나타나는데, 마포구 1인 가구 가운데 20대 중반에서 30대 중반 청년이 약 35퍼센트에 달한다. 이들 중 여성 비율이 높다. 마포구에서 강간과 강제추행이 특별히 심각한 범죄라는 대목과 마포구가 여성 1인 가구 비율이 높다는 사실을 그냥 지나치면 안 되는 이유다.

안심하고 일상을 살아갈 수 있는 마포를 만들기 위해서 공공과 행정은 여전히 마포구의 범죄율을 적어도 서울시 평균 이하로 떨어뜨려야 한다. 그중에서도 상대적으로 위험요소가 큰 강간과 강제추행 범죄 발생을 큰 폭으로 낮추기 위한 노력에 더 힘을 기울여야 한다. 여성 1인 가구가 다른 지역들보다 더 많다는 사실을 유념하여 범죄예방의 초점을 특별히 여성들이 안심하고 생활하고 다닐 수 있는 공간으로 만드는 데 행정력을 모아야 한다.

마포의 치안시설, 여전히 부족하다.

마포구는 어떻게 주민의 안전을 책임질 수 있을까? 우선 생각해 볼 수 있는 것으로서, 더 많은 경찰력을 각 동과 동네에 배치하여 치안 대비를 하는 방안이 행정과 자치구가 마땅히 해야 할 기본임무일 것이다. 무조건 이 대목부터 들여다봐야 한다. 가구나 주민 숫자 대비 치안력이 부족하거나 범죄예방을 감당하기 어렵다면 증원이나 증설을 망설이지 말아야 한다.

현재 마포구 관내 경찰서는 1개, 지구대는 5개, 파출소는 3개, 치안센터는 9개소인데, 사실 인구 규모 대비 많은 것은 아니다. 지구대 한 곳당 주민 숫자는 전체 25개 구 가운데 일곱 번째로 많아서 소규모 치안센터들이 보완을 해주고 있다고 하더라도 치안력이 충분하다고 말하기는 어렵다.

최근에는 지구대나 치안센터뿐 아니라 주요 우범지대 곳곳에 CCTV를 설치하는 쪽으로 치안대책의 무게중심이 옮겨가는 추세에 있다. 서울시 곳곳에는 현재 약 3만 8천 개의 CCTV가 설치되어 시민들의 안전을 모니터링하고 있다니, 과연 현대 도시는 CCTV로 지켜지는 도시가 아닐까 싶기도 하다. 그런데 전체 CCTV의 거의 1/10에 가까운 3천2백 개는 강남구에 설치되어 있어 자치구별 편차가 큰 편이다.

마포구는 CCTV가 얼마나 설치되어 범죄를 예방하고 있을까? 불행하게도 마포구는 관내에 CCTV가 1천 개가 안 되는 6개 지역 가운데 하나로, 2016년 현재 약 980개가 설치되어 있다고 한다. 1천 가구당 설치된 CCTV가 6대에 미치지 못하는 7개 지역 가운데 하나이기도 하다. 치안인력 부족과 함께 시설 측면에서도 평균에 미치지 못 한다는 점은 반드시 되돌아보고 대책이 필요한 부분이다.

CCTV는 설치된 숫자도 중요하지만, 사실은 적절한 곳에 설치되었는지, 설치된 카메라의 성능이 괜찮은지가 더 중요하다. 후미진 곳이거나 주변 조명이 어두운 곳 등 꼭 필요한 지점에 설치되었는지 점검이 필요하다. 설치한 지 오래되어서 카메라의 성능이 낮아 녹화된 영상을 식별할 수 없는 경우도 많다고 한다. 또한 CCTV가 녹화하는 영상을 실시간으로 체크하고 모니터링해서 긴급한 상황을 놓치지 않고 대응을 하는 관제기능의 중요성이 간과되기 쉬운데, 사실 범죄예방은 CCTV 자체가 아니라 관제능력에 달려 있다. 그런데 대부분 관제실의 인원이 적고 비정규직인 경우가 많아 안정적이고 전문적인 관제시스템을 마련하고 있는 구가 드물다고 한다. 작년 이웃 동네 은평구는 최우수 관제실 상을 수상을 한 바 있는데, 마포구도 은평구 사례를 벤치마킹하여 인력과 노하우를 업그레이드해 나가야 할 것이다.

주민공동체가 안전한 삶의 기초다

치안을 강화하기 위해 지구대와 파출소를 늘리고 동네마다 CCTV를 증설하면 범죄가 확실히 예방될까? 늘어난 치안시설들이 주민들의 안전한 삶을 보장해줄까? 확실히 도움은 될 것이다. 특히 범죄율이 평균보다 높다는 점을 고려할 때 서울시와 구청 예산을 잘 배분하여 적절한 수준으로 치안인력과 시설을 보강해야 한다. 그러나 주민이 안심하고 살 수 있는 안전한 마포구의 구상이 여기서 멈추어선 안 된다.

사회적 자본이라는 말이 있다. 사회적 자본은 때로 '당신은 낯선 사람을 얼마나 믿을 수 있습니까?'라는 질문을 던지고 여기에 긍정적인 답을 하는 정도에 따라 측정하기도 한다. 사람들이 살면서 주위 이웃들과 얼마나 신뢰의 네트워크를 쌓아나가고 있는지를 기준으로 그 사회의 잠재력을 평가하는 것이다. 사회적 자본이 많으면 그 사회, 그 도시의 시민들은 꽤 높은 신뢰 관계를 이루면서 생활한다는 뜻일 테고, 당연히 그 사회는 각종 치안유지에 들어가는 비용이나 갈등 조정비용 등이 현저히 낮으므로 더 좋은 삶을 누릴 수 있는 사회라고 평가된다.

안전은 치안력이나 CCTV로 완성되지 않는다. 사회적 자본이 커지는 정책이 덧붙여져야 한다. 지역에서 신뢰의 관계가 늘어나고 다양한 공동체들이 만들어져서 이들이 동네의 안전에 도움이 되도록 해야 한다는 뜻이다. '범죄 예방 디자인'이라는 혁신정책이 바로 대표적인 그 하나의 사례다. 범죄자와 피해자를 포함해 범죄와 관련된 모든 이해관계자의 행동과 심리 등을 파악하고, 그에 맞는 디자인을 개발해 환경을 바꾸는 것이 CCTV를 몇 대 더 설치하는 것보다 범죄 예방에 훨씬 더 효과적이라는 사실을 확인한 후, 이를 도시재생에 접목한 대표적인 사례가 2012년 마포 염리동 소금길이다.

마포가 사실상 혁신적인 안전정책의 출발점이었던 셈이다. 서울시는 2012년 염리동 소금길과 강서구 공진 중학교 인근 디자인을 시작으로 2013년에는 중랑구 면목동, 관악구 행운동, 용산구 용산2가동으로 시범시행을 확대했고, 2014년에는 금천구 가산동과 독산동 일대, 그리고 2015년에는 9개 장소로 다시 확대해가는 등 꾸준히 시범적용 대상을 늘려왔다. 그리고 그 과정에서 범죄예방디자인위원회를 구성하고 범죄예방디자인 국제세미나 개최하는 등 다양한 지원 활동까지 추진해왔다.

그런데 여기서 핵심은 '디자인 아이디어'가 아니라 주민들의 참여와 상호 신뢰관계다. 특히 주민들의 충분한 참여와 협의 없이 행정 주도로 강행될 때는 안전은커녕 오히려 부작용을 초래한다. 예를 들어 성북구의 경우 2015년 범죄예방디자인 사업에서 고려대 인근 종암동을 사업대상지로 신청하여 선정되었지만, 사업대상 지역의 원룸 이미지 훼손 및 집값 하락을 우려한 다수의 주민이 사업 추진을 반대해서 문제가 되기도 했다. 주민들의 관심과 참여가 부족할 경우 디자인된 설치물이나 이미지가 훼손되어 오히려 흉물이 된 사례도 있다.

요약하면 디자인을 매개로 마을공동체 형성으로까지 나가야 한다는 것이다. 즉 물리적 환경 디자인보다 주민들 간의 상호교류와 소통을 증진시키고 커뮤니티 활성화를 통해 지역사회 쇠퇴의 문제를 해결해나가는 과정이 반드시 병행되어야 원래 취지대로 안전에 이바지하게 된다는 것이다. 염리동의 경우 소금길 걷기 행사나 '다 같이 돌자 동네한바퀴'와 같은 참여 프로그램을 지역 주민공동체들이 만들어왔던 사례가 있다.

1인 여성가구의 안전을 위해서 혁신적으로 개발된 여성안심귀가나 여성안심 택배 방안을 더욱 업그레이드하는 것도 생각해볼 만하다. 이미 서울시는 나 홀로 여성세대의 증가로 급증하는 여성 범죄 예방을 위하여 2013년부터 '여성안심특별시' 종합계획을 수립하고 도시의 여성 안전망 구축 사업의 하나로서 여성안심귀가

스카우트와 여성안심 택배 서비스를 시도해왔다. 혁신적이고 좋은 아이디어다. 하지만 이 경우에도 모두 동네 안에 공동체들의 신뢰 관계가 있지 않으면 여성들이 안심하고 믿을 수 있는 스카우트를 채용하기 어려울 것이고, 여성들이 안심하고 접근할 수 있는 택배소를 지정하기도 어렵다.

결국, 다시 마을공동체다. 안전과 범죄예방은 경찰과 CCTV로 완성되지 않는다. 더욱 안심하고 살아갈 수 있는 동네를 만들기 위해 주민들의 공동체 힘을 빌리는 범죄예방 디자인이나 여성안심귀가 서비스와 같은 혁신적인 아이디어가 필요하다. 하지만 여기서 핵심은 아이디어가 아니라 주민들 사이에 신뢰할 수 있는 관계망의 형성이라 하겠다.

7. 인문과 문화예술, 관광의 혁신마포

마포의 다양함과 특별함은 문화와 관광에서 보다 두드러진다. 서울지역 출판사의 거의 1/4은 마포에 있다. 당연하게도 출판 종사 인의 1/4에 가까운 사람들이 마포에서 직장생활을 한다. 홍대를 반 경으로 해서 마포에는 크고 작은 공연장, 전시장, 클럽들이 정말 다 양하게 있다. 예를 들어 마포의 공연장은 31개로 이 숫자는 종로와 중구를 제외하면 가장 많다. 상암 DMC를 중심으로 한 마포는 어느 새 미디어 자치구로 변모해가고 있는 중이다. 2017년 빅데이터 방 식으로 조사한 전국 지자체 브랜드 평가에서 마포가 강남구에 이 어 2위를 차지했는데, 커뮤니티 지수가 제일 높은 것은 물론 미디 어지수와 소통지수도 높게 나왔기 때문이었다.

마포의 문화코드에 특별함을 더하는 것은 재생의 공간이 어울려져 있기 때문이다. 15년 동안 쓰레기 매립지로 기능해왔던 난지도는 이제 옛 세대들의 추억에서만 존재할 뿐 지금 세대들은 그곳을 월드컵공원, 하늘공원, 노을공원으로 부르며 찾고 있다. 비밀스럽게 가려져 있었던 석유비축기지가 '문화비축기지'로 혁신되면서 시민들을 위한 새로운 공간으로 되돌아왔다. 서울과 마포 근대화의 랜드마크 같았던 당인리 화력발전소 또한 원래의 역할을 마치고 새로운 재생문화 공간으로 거듭날 채비를 하고 있다. 마포를 가로지르는 경의선 숲길 역시 주민을 위한 공유공간이자 문화공간으로의 진화를 한 발씩 내딛고 있는 중이다.

마포에서 외국인 관광객을 보는 것은 일상이다. 조사에 따르면 서울 수도권을 찾는 외국인 관광인들 가운데 거의 60퍼센트 가까이가 마포를 찾는다고 한다. 대단한 숫자다. 그만큼 마포의 위치나 특성, 보유한 자원이 관광객들에게 매력을 가지고 있는 것이다. 현재의 추세라면 2018년에는 마포방문 관광객이 약 850만에 이르고 2020년에는 1천만에 육박할 것으로 예상된다. 주민수가 40만에도 채 미치지 못하는 마포에서 한 해에 1천만의 관광객이 찾는다는 것이 어떤 대목에서는 상상이 안 될 정도다.

사실 마포구는 종로구처럼 잘 알려진 조선시대의 고궁이나 국보

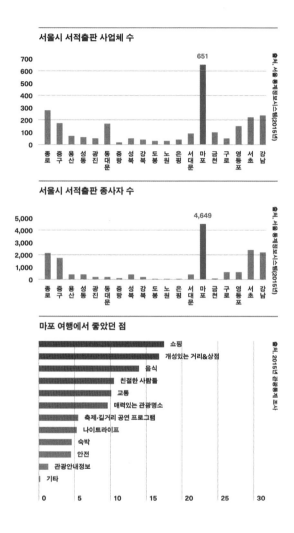

서울시 서적출판 사업체 수

651

출처, 서울 통계정보시스템(2015년)

종로 중구 용산 성동 광진 동대문 중랑 성북 강북 도봉 노원 은평 서대문 마포 금천 구로 영등포 서초 강남

서울시 서적출판 종사자 수

4,649

출처, 서울 통계정보시스템(2015년)

종로 중구 용산 성동 광진 동대문 중랑 성북 강북 도봉 노원 은평 서대문 마포 금천 구로 영등포 서초 강남

마포 여행에서 좋았던 점

쇼핑
개성있는 거리&상점
음식
친절한 사람들
교통
매력있는 관광명소
축제·길거리 공연 프로그램
나이트라이프
숙박
안전
관광안내정보
기타

0 5 10 15 20 25 30

출처, 2015년 관광통계 조사

_마포구는 서울에서 출판문화에서 다른 자치구와 확연히 차별화 된다. 651개 출판업체가 마포에 몰려있고 여기에 종사하는 사람들도 5천명에 가깝다. 서울 전체에서 이들의 차지하는 비율은 약 24퍼센트, 즉 1/4에 가깝다는 뜻이다. 한편 마포는 대표적인 관광객들의 방문지다. 쇼핑뿐 아니라 개성 있는 거리나 상점 때문에 마포를 찾는다는 이들도 매우 높은 비율을 차지하고 있다.

급 유적이 있는 것도 아니다. 도봉구나 은평구처럼 이름난 자연지형이 있다고도 말하기 어렵다. 강남에 늘어선 거대한 랜드마크나 비즈니스 센터들이 빽빽이 들어서 있지도 않다. 그럼에도 마포는 앞서 예시했던 것처럼, 다른 자치구가 가지지 못한 개성과 다양성을 요소요소에 보유하고 있기에 관광인들의 관심을 끌어왔다. 점점 더 마포 주민들이 외국 관광객들과 일상에서 마주치며 생활하는 기회가 늘어날 것이다. 이 대목에서 마포주민의 삶과 방문하는 여행자들의 경험이 모두 행복할 수 있도록 여건과 환경을 만들어야 할 지방정부와 주민들의 고민이 깊어질 수밖에 없을 것 같다.

주민의 삶속에 용해된 인문과 문화예술

요즘의 대세는 수요자와 공급자, 소비자와 생산자가 구분되지 않는 것이라고 한다. 마포가 딱 그렇다. 앞서 서울시 출판사의 1/4이 마포에서 운영된다고 했다. 통상은 이들이 단지 책과 잡지를 찍어내는 회사들이고 우리가 일상에서 도서를 구매하고 책을 읽는 것과 별개로 생각하기 쉽다. 그러나 세상은 바뀌고 있다. 출판사들도 독자와 직접 접촉하려고 하고, 책이 아니라 인문과 문화를 판매하려고 한다. 그 결과 마포 곳곳에 출판사들이 운영하는 북 카페가 여럿 생겼다. 여기에 독립적으로 북 카페를 운영하는 곳을 합치면 마포는 책과 만남, 문화가 어울려진 공간들이 주민들의 일상 곁에 있는 특별한 자치구다. 이런 추세와 환경들이 마포구민의 삶을 더욱 풍성하게 하도록 지방정부가 도와줄 수 있을 것이다. 마포만이 가지고 있는 인문 출판, 공간 자원들을 잘 매개해서 주민들이 독서하고 토론하고 소통하는 마포를 만들 수 있다는 것이다.

전시나 공연, 예술 자원과 공간도 마찬가지다. 지방정부가 예산을 들여서 천편일률적인 전시용 행사나 이벤트성 축제를 반복하는 것보다, 주민들이 직접 참여하고 기획하고 공유하는 기회를 더 많이 만드는 것이 앞으로의 방향이어야 한다. 전시나 공연예술 전문가들과 주민이 일상에서 만나고 함께 기획하고 함께 즐기는 마포가 될 수 있고, 이 과정에서 지방정부의 역할이 있을 것이다. 언제든 함께 만날 수 있는 공간을 제공할 수 있고, 전문가들과 주민의 공동 활동에 정책지원을 할 수도 있으며, 마포구의 자원만으로 어렵다면 서울시나 중앙정부의 정책지원을 이끌어낼 수도 있을 것이다.

주민의 삶과 여행자의 삶이 서로 행복해지는 마포

'중국인 관광객을 실은 관광버스가 불법 주차했으니 단속해 달라!' 아침마다 구청에서 이런 민원을 받는 곳이 바로 마포다. 줄지어 주차해놓은 관광버스 행렬을 마포거리 곳곳에서 목격하는 것은 이제 더 이상 특별할 것도 없다. 물론 한쪽에서는 상인들에게 매출과 수익을 안겨주는 반가운 현상이지만, 동시에 주민들에게는 불편과 짜증을 초래하는 원인이 된다. 대개의 자치 행정은 이런 경우에 지역 경제발전이라는 명목으로 주민의 불편함을 감수하는 쪽으로 정책을 펴는 일이 잦다.

하지만 문제를 다르게 접근해 볼 수도 있다. 그저 매출을 올리기 위해 우후죽순으로 들어선 기념품점이나 관광버스 행렬이 늘어나면 지역경제가 활성화되고 그러니 다른 모든 불편을 감당해야 한다고 강변하는 것이 유일하는 해법은 아니라는 말이다. 마포를 방문하는 외국 여행자들이 단지 쇼핑이나 하고 맛집이나 들리고 바로 떠나게 하는 것이 관광산업은 아닐 것이기 때문이다. 반대로 마포를 찾은 외국인들에게 마포지역과 거리, 마포의 주민 생활과 일상 안에 어울릴 수 있도록 자연스런 기회와 통로를 만든다면 이야기는 달라질 수 있다.

좁은 골목길을 틀어막아 주민뿐 아니라 거리의 모든 시민들의 불편을 초래하는 대형버스 대열을 지역 외곽에 주차시키고, 대신 마포구 내에 다양한 투어버스 라인을 만들거나 기존버스노선을 연계하고 도보여행 코스를 안내하는 거다. 상암동과 문화비축기지를 엮어 도시재생과 미디어 투어 라인을 만들거나, 서교동과 홍대 앞, 경의선 숲길을 중심으로 문화예술인문학 투어 라인을 만들 수도 있겠다. 또 과거 서대문형무소 자리나 여성과인권박물관을 연계해서 우리의 가슴 아픈 역사를 공유해볼 수 있도록 안내할 수도 있겠다.

그리고 이런 코스마다 마포주민들이 길눈이로 참여해 정보를 제공하고 안내를 할 수 있다면, 관광객들이 외곽에서 내려 연계된 버스를 타거나 도보로 움직이는 불편함을 감수할 충분한 유인을 제공할 수 있을 것이다. 관광버스 타고 밥 먹고 쇼핑한 후 바로 떠나는 마포가 아니라, 마포의 거리를 함께 걷고 머물면서 즐기는 마포로 만들 수도 있다는 뜻이다. 바로 이 대목에서 지방정부의 발상의 전환과 제대로 된 기획, 특히 주민과 함께 지혜를 짜 내려는 노력이 필요하다.

더 나아가 마포주민들과 더 깊은 스킨십의 접점을 만드는 관광도 가능하다. 예를 들어 마포에 오는 관광객의 약 40퍼센트는 하루 이상 숙박을 한단다. 특히 게스트 하우스 숙박이 크게 늘고 있는데, 2012년 30개였던 게스트 하우스가 2015년에는 220개가 넘을 정도로 매년 두 배에 가까운 증가 추세를 보이고 있다. 그 결과 전체 숙박이용자의 66퍼센트 정도가 게스트 하우스를 이용하게 되었다. 이런 추세를 긍정적으로 살려서 주민의 삶과 관광이 서로 불편과 갈등이 아니라 친화적으로 공생할 수 있는 정책 디자인이 필요하다. 마포는 이렇게 할 수 있는 다양한 자원을 가지고 있다. 그리고 무엇보다 다양하게 연결된 커뮤니티들이 있다.

8. '청정에너지 특구'로 거듭나는 마포

"이제는 바꿀 때가 됐습니다. 국가의 경제 수준이 달라졌고, 환경의 중요성에 대한 인식도 높아졌습니다. 국민의 생명과 안전이 무엇보다 중요하다는 것이 확고한 사회적 합의로 자리 잡았습니다. 국가의 에너지 정책도 이러한 변화에 발맞춰야 합니다. 방향은 분명합니다. 국민의 생명과 안전, 건강을 위협하는 요인들을 제거해야 합니다. 지속가능한 환경, 지속가능한 성장을 추구해야 합니다. 국민 안전을 최우선으로 하는 청정에너지 시대, 저는 이것이 우리의 에너지 정책이 추구할 목표라고 확신합니다."

윗글은 2017년 6월 19일, 고리 1호기 영구정지 기념행사에서 문재인 대통령이 연설한 내용의 일부다. 그렇다. 우리 자신과 우리

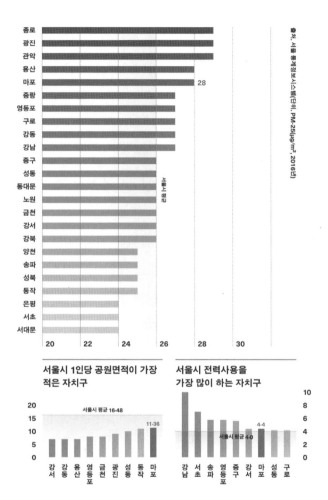

서울시 자치구별 초미세먼지 상태

종로
광진
관악
용산
마포 28
중랑
영등포
구로
강동
강남
중구
성동
동대문
노원
금천
강서
강북
양천
송파
성북
동작
은평
서초
서대문

출처. 서울 통계정보시스템(단위, PM-2.5(μg/m², 2016년)

서울시 평균

20   22   24   26   28   30

서울시 1인당 공원면적이 가장 적은 자치구

20
15
10
5
0

서울시 평균 16-48

11-36

강서 강동 용산 영등포 금천 광진 성동 동작 마포

서울시 전력사용을 가장 많이 하는 자치구

10
8
6
4
2
0

서울시 평균 4-0

4-4

강남 서초 송파 영등포 중구 강서 마포 성동 구로

_최근 들어서 미세먼지, 초미세먼지는 봄철의 문제가 아니라 거의 4계절의 문제로 번져 나가고 있다. 마포는 공기오염 중에서도 초미세먼지 농도가 상대적으로 높은 지역으로 나와 있다. 반면 주민 1인당 공원 면적은 평균보다 다소 낮은 편이다. 한편 전력소모는 강남구가 전체 서울시 전력의 10%를 사용하여 압도적이기는 하지만, 마포구도 다른 구에 비해 평균적으로 전력 소모가 높은 자치구이다.

미래 세대들이 살아갈 서울시와 마포를 위해서는 더는 환경에 유해하고 안전을 담보할 수 없는 화석에너지, 핵에너지에 의존해서 주민들의 생활과 삶을 영위해나갈 수 없다. 더욱이 이제 우리의 경제 수준과 사회적 합의 수준이 청정에너지를 근간으로 지속 가능한 성장을 추구할 단계에 와 있다는 점을 중앙정부와 지방정부 담당자들이 인식할 필요가 있다.

공원은 적고, 초미세먼지는 많고 에너지 소모는 크고

서울시는 박원순 시장이 시정을 펼치던 지난 2011년부터 '원전 하나 줄이기'를 핵심 정책으로 내걸고 매우 적극적으로 에너지 전환, 녹색전환을 향한 다양한 정책을 펴왔다. 최근에는 '태양의 도시'라는 목표를 내걸고 서울시 100만 가구에 미니태양광 등 태양광 보급을 하겠다는 야심 찬 목표까지 내걸었다. 향후 수년 동안 중앙정부가 추진하고 있는 '3020 재생에너지 정책(2030년까지 재생에너지 20퍼센트 달성정책)'과 맞물리면서 대대적으로 중앙정부와 서울시의 예산지출과 사업지원이 예상되는 대목이다.

틀림없이 서울시와 중앙정부의 파상적인 에너지 전환정책, 녹색혁신 정책이 펼쳐지면 각 자치구에도 엄청난 변화가 올 것이다. 당장 서울시의 100만 가구 태양광 보급사업만 해도 적어도 3~4가구에 한 가구가 태양광을 설치할 것으로 예상한다면, 한 마디로 도시의 풍경이 달라질 것이다. 부대적인 운영과 유지보수 사업체의 창업과 일자리 창출까지 고려하면 지역에 미치는 영향이 그 어떤 사업보다 클 수 있다. 하지만 자동적으로 모든 자치구에 긍정적 영향을 주지는 않을 것이다. 기회를 활용하려는 자치구가 더 많은 주민 삶의 변화를 이끌 수 있다.

사실 클린 자치구를 향한 마포구의 현재 상황이 그리 좋은 것은 아니다. 당장 서울시민과 마포주민들이 봄철만 되면 가장 크게 느끼는 미세먼지 문제에서, 초미세먼지가 마포구는 서울 평균보다 높다. 서울시에서 다섯 번째고 높은 자치구이다. 마포구는 주민 1인당 공원면적도 서울시 25개 자치구 가운데 비교적 적은 공원을 가지고 있는 지역에 속한다. 그런데 마포구는 에너지 사용 측면에서 보면, 서울시 자치구들 가운데에서 에너지를 많이 쓰는 자치구이기도 하다. 전력사용기준으로 보면 서울시에서 일곱 번째로 많은 전기 소비를 하는 지역이다. 이처럼 지역의 환경여건은 상대적으로 좋지 않았지만 에너지 소비는 많은 지역이 아직은 우리가 사는 마포구의 현실이다.

'난지도' 로 상징되던 마포, '클린 자치구' 로 거듭나야

서울의 마포구 이미지를 만들어왔던 중요한 상징의 하나는 '난지도'였다. 1978부터 1993년까지 15년 동안 서울시의 쓰레기를 매립하는 매립지 역할을 했던 난지도가 있었기 때문이다. 그래서 과거에는 마포구민의 민원 대상이 되었던 난지도다. 물론 지금은 과거 모습은 자취를 감추고 월드컵 공원, 하늘공원, 노을공원, 난지한강공원이라는 이름으로 거듭났고 지금도 계속 진화하는 중이다.

하지만 단지 과거 이미지를 덮고 평범한 생태공원 수준에서 이제 더 나가야 할 때가 되었다. 지금은 포스트 탄소 시대, 탄소 없는 경제를 향한 시대라고 한다. 그리고 이에 발맞추어 많은 도시가 탄소중립 도시, 100퍼센트 재생가능 에너지로 움직이는 새로운 도시를 꿈꾸며 대전환을 시작하고 있는 시대다. 박원순 시장이 '태양의 도시'를 내걸고 다시 큰 걸음을 뗀 것도 같은 맥락으로 이해된다. 한국에서 서울시가 포스트 탄소시대를 앞서간다면, 서울시에서는 난지도가 있었던 마포구가 클린 자치구로서 지속가능한 도시지역을 만드는 일의 맨 앞에 서는 것은 어쩌면 당연하고도 필요한 일이 될 것이다.

모든 길은 녹색 혁신으로 통한다.

재생에너지 전환에 기반을 둔 녹색혁신은 단순한 환경이슈가 아니다. 그것은 사실 도시의 모습을 완전히 바꾸는 '21세기 도시 재

설계 프로젝트'이기도 하며, 자치 분권의 시대에 부응하여 '지역 산업, 지역경제, 지역 일자리'를 새롭게 부흥시키려는 '도시 부흥 프로젝트'이기도 하다. 한마디로 마을 단위에서의 주민참여와 주민실행을 할 수 있는 매우 다양한 공간이 열려 있다는 것이다.

예를 들어보자. 태양과 풍력 중심의 재생에너지는 기본적으로 지역주민이 생산자이자 소비자로서의 역할을 동시에 할 것을 요구한다. 그 때문에 한편에서는 주민들이 에너지 절약과 효율화의 담당자로서 참여하는 주체가 되면서 동시에, 미니태양광 등 에너지 생산에 투자자가 되기도 하고 생산자가 되기도 한다. 서울시 곳곳에서 추진하고 있는 에너지 자립마을이 대표적인 사례다. 또한, 재생에너지 선진국들인 유럽의 각 국가들에서 수많은 소형 재생에너지 시스템의 소유자들은 지역 주민들인 것을 보아도 알 수 있다.

이처럼 에너지 전환을 포함한 녹색 혁신은 그 자체로 소비자 운동적 성격을 가지면서도, 동시에 생산자적 특성도 갖는다는 점을 충분히 활용하면 마포에서 경제 활성화와 시민 자산화에 중요한 기여를 할 수 있고 일자리 창출을 촉진할 수도 있다.

또한, 재생에너지 전환은 기존에 서울시 곳곳에서 추진하고 있는 도시재생사업, 동 복지사업, 청년지원 사업들과 다양하게 연결되면서 상호 시너지를 일으켜줄 수 있는 아주 훌륭한 매개 사업이 된다. 예를 들어보자. 도시재생사업으로 추진하는 '서울 가꿈주택 사업'은 에너지 효율화나 미니태양광 설치 사업과 연동해서 다양하게 추진하면 효과를 극대화할 수 있다. 이제는 서울시의 대표적인 복지정책으로 자리매김한 '찾아가는 동주민센터' 사업안에 취약계층을 위한 에너지 복지를 연계하여 더욱 풍부하고 종합적인 공공복지 서비스 체계를 구축할 수도 있다.

특히 최근처럼 겨울과 여름의 극한 날씨가 잦은 환경에서 특별히 중요성이 높아지고 있다. 녹색 혁신이 만들어낼 효과 중에서 지역마다 청년일자리 창출 가능성은 특별히 눈여겨봐야 한다. 녹색운동가인 이유진씨는 이와 관련하여 다음과 같이 진단하고 있는데 설득력 있는 주장이다. "청년 건축가들과 일자리를 구하는 청년들에 대한 단열개선 기술훈련을 통해 착한집 청년 사업단을 운영함으로써 청년일자리와 연계할 수 있다. 서울시의 에너지 설계사, 에너지 협동조합이 적극적으로 참여하면 사회적 경제와도 연결된다. 노후된 주택을 가진 고령자의 집을 수리해 청년들에게 임대하면 방식으로 청년 주거문제를 접근"할 수 있다고 제안하고 있다(이유진, 2016).

마포는 '청정에너지 특구'의 최적지

문제는 도시재생사업, 동 복지사업, 청년지원 사업들과 다양하게 연결되면서 상호 시너지를 풍부하게 이뤄내기 위해서는 자치구 단위의 사업통합과 조정, 그리고 무엇보다 비전과 의지가 확고해야 한다는 점이다. 에너지 전환은 아직도 매우 초보적인 단계다. 실험되어야 할 사안이 많다는 뜻이기도 하고 향후 가장 거대한 공공투자가 이뤄질 가능성이 크다는 뜻이기도 하다. 특히 기존 에너지 시스템이 한국전력공사 중심의 중앙집권적 체계이기 때문에 재생에너지에 적합한 분권형 체계를 위해서는 다양한 분권적 실험들이 필요하다. 이 대목에서 마포구가 앞서서 청정에너지 특구를 제안하고 지역순환형 청정에너지, 그린산업, 그린 일자리의 모범을 만들어 나갈 수 있을 것이다.

마포 에너지 특구 구상에 독일의 뮌헨시 사례가 도움이 될 수 있다. 자동차와 맥주, 축구로 명성이 높은 뮌헨시는 인구 130만의 독일 남부 중심 도시 가운데 하나다. 지난 2009년부터 가정전기는 2015년까지 100퍼센트 재생에너지로, 나머지 산업계를 포함하여 모든 전기를 2025년까지 100퍼센트 재생에너지로 쓰겠다는 야심 찬 계획을 세우고 지금까지 착착 성과를 올리고 있는 중이다.

특히 독립시스템처럼 가동되는 소규모 발전소들의 네트워크를 가상발전소라고 하는데, 뮌헨시는 이들 소규모 발전소들을 에너지 그리드 네트워크로 묶어서 신뢰성 있고 비용 효율적 운영을 하는 방식을 실험해오고 있는 중이다. 유사모델을 마포에서도 실험하지 못할 이유가 없다. 또한 뮌헨은 '녹색전기'를 넘어서 지열에너지나 바이오가스 등을 활용하여 100퍼센트 재생에너지에 의한 지역난방을 2040년까지 해결하는 '녹색난방'의 실현하겠다는 계획도 가지고 있다.

뮌헨과 함께 미국 서부의 샌디에이고시의 사례도 눈여겨볼 필요가 있다. 샌디에이고는 처음부터 지속가능성, 경제성장, 형평성 제고라는 세 가지 목표를 전면에 내걸고 균형을 맞추면서 정책을 펴고 있다는 점에서 돋보인다. 즉, 단순히 재생에너지 전환만을 목표로 하기보다는 '지속가능 도시', '스마트 도시'라는 개념 아래 에너지 전환, 걷는 도시, 쓰레기 재활용, 에너지 효율, 회복력 제고 등 매우 다양한 프로그램들을 실제로 추진하고 실행하고 있다. 또한 지속가능성과 IT기술의 접목을 가장 실험적으로 추진한다는 점에서도 벤치마크의 대상이 될 수 있다.

이처럼 도시에서의 에너지 전환과 녹색혁신은 더 이상 미래의 희망이 아니라 지금 당장 우리 마을에서 해야 하고 할 수 있는 당면의 과제다. 마포가 앞장서서 할 수 있다.

9. 다양성이 존중받는 마포

　"괴기스런 독재자의 대명사 히틀러는 집권 후 3년 만에 600만 개의 일자리를 만들어 1936년에 완전 고용을 이뤘는데, 특히 독일 남부 '검은 숲'의 식목사업은 훌륭한 사례로 꼽히곤 했다. 그들의 작전은 '쓸모없는' 나무들을 죄다 뽑아내고, 가장 생산성이 높은 수종을 선정해 가장 알맞은 간격을 계산해서 일렬로 심는 것이었다. 실업자를 동원해 성장률 최고, 수익성 최고인 나무들로 엄선한 최상의 숲 조성, 결과적으로 이들은 똑같이 훌륭해졌다. 더 이상 훌륭할 수는 없을 것 같았다. 하지만 쓸모없는 나무들이 있었다면 크게 영향을 받지도 않았을 '돌림병'이 한 번 돌자 그토록 훌륭한 나무들은 모조리 일렬로 허무하게 고꾸라졌다. 빛이 들어올 수 없을 정도로 나무가 빽빽해서 검은 숲이라 불리던 오래된 숲에, 조급한 인간의 안목으로 가치를 셈하고 감행한 승자독식의 결과치고는 몹시 허무하고 참담했다(이병남, 2014, 『경영은 사람이다』, 김영사 중 일부 발췌)."

사회의 발전은 승자독식도 다수지배도 아닌 다양성의 증가

독일 검은 숲의 교훈이 말해주는 것은 무엇일까? 바로 다양성이 부족한 자연, 획일화된 사회는 절대 지속가능하지 않다는 것이다. 이를 두고 저명한 현대 진화생물학자인 스티븐 제이굴드는 적자생존이라든가 다수의 지배라기보다는 '다양성이 증가하는 것이 진화'라고 짚었던 것이 아닐까 한다.

서울의 풍경, 주민의 삶, 살아가는 방식들도 점점 더 다양해지고 있다. 마포는 서울에서도 가장 다양한 사람들과 이웃들이 살아가며, 가장 다양한 삶이 숨 쉬는 곳이기도 하다. 1만 3천여 명의 장애인과 1만 6천여 명의 외국인이 마포에서 우리가 함께 이웃으로 살아가고 있다. 2천이 넘는 가구에서 5천여 다문화 가정의 이웃들이 또한 함께 마포에서 생활한다. 5천여 명의 국가 유공자와 유족들도 마포의 이웃이다. 마포 주민의 23퍼센트 정도는 반려동물과 함께 살고 있기도 하다.

소수라고 하지만 소외된 이웃들도 있다. 다른 지역과 마찬가지로 고령화에 따라 마포에서도 1만여 명의 어르신이 혼자 거주하며 생활하고 있다. 고령 1인 거주자 중에는 여성이 압도적으로 많다.

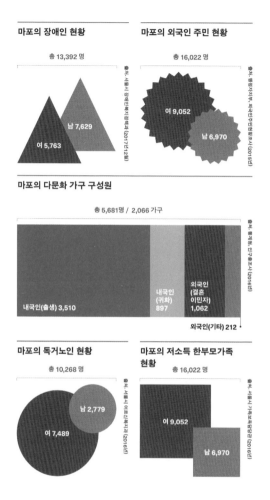

마포의 장애인 현황

총 13,392 명

출처. 서울시 장애인복지과복지과(2017년12월)

남 7,629

여 5,763

마포의 외국인 주민 현황

총 16,022 명

출처. 행정자치부, 외국인주민현황조사(2015년)

여 9,052

남 6,970

마포의 다문화 가구 구성원

총 5,681명 / 2,066 가구

출처. 통계청, 인구총조사(2016년)

내국인(출생) 3,510

내국인
(귀화)
897

외국인
(결혼
이민자)
1,062

외국인(기타) 212

마포의 독거노인 현황

총 10,268 명

출처. 서울시 어르신복지과(2016년)

남 2,779

여 7,489

마포의 저소득 한부모가족 현황

총 16,022 명

출처. 서울시 가족모육담당관(2016년)

여 9,052

남 6,970

_1만 3천 명이 넘는 장애인이 마포에서 우리와 함께 살고 있다.(서울시 장애인자립지원과, 2016) 마포에 거주하고 있는 외국인 주민은 약 1만 6천명이고 여성이 9천명이다.(행정자치부, 외국인주민현황조사, 2015) 또한 마포에는 2066가구의 다문화 가정이 이웃에서 생활하고 있다.(통계청, 인구 총조사, 2016) 한편, 마포에는 약 1만 명의 독거노인이 계시며 여성이 압도적으로 많고(서울시 어르신복지과, 2016), 약 1천가구의 저소득 한부모가족이 있다.

또한 마포에는 1천 가구가 넘는 저소득 한 부모 가구가 있다. 기초 생활보장을 받고 있는 이웃들도 8천 명에 가깝다.

사회적 우정으로 연결되는 마포

21세기는 개인화 시대이고 1인 가구 시대라고 한다. 혹자는 냉정한 각자도생의 시대로 진단하기도 한다. 그러나 틀림없는 것은 다양성의 시대가 아닐까 생각한다. 박원순 시장은 2018년 신년사에서 "각자도생의 시대를 끝내고 공동체를 복원하는 사회적 우정의 시대를 열겠습니다"라고 '사회적 우정'이라는 새로운 개념을 제시하여 많은 이들의 관심을 불러일으켰다.

사실 주위를 둘러보면 최근 우리가 속해 있었던 가정이나 직장 등 탄탄하다고 믿었던 공동체들과 관계들이 빠르게 또는 천천히 해체되거나 변화되고 있다. 어떤 측면에서는 '자아의 독립성과 자율성'을 위해서 자발적으로, 그러나 사실 더 강력하게는 경제적 사회적 생활의 책임을 모두 개인에게 떠넘기는 사회경제 시스템으로 인해서 비자발적으로 떠밀려서 개인으로 쪼개지고 고립되고 분절되어 가고 있다. 어쩌면 다수와 소수라는 개념도 무의미해질 정도로 모두가 개인으로 험한 사회에서 생존해야 하는 처지가 되었을 수도 있다.

그러나 인간은 사회적 동물이다. 주민들은 기존 관계들이 해체되는 상황 속에서, 사적인 관계처럼 배려와 이해의 관계가 작동하면서도, 어느 정도는 공적인 공간에서 작동하는 그런 관계가 필요하다. 바로 마을의 친밀권이다. 일본 학자 사이토 준이치는 이를 이렇게 표현한다. "기회 있을 때마다 서로 방문하는 친구들 사이의 관계나 의논, 잡담을 즐기기 위한 살롱적 관계도 친밀권에 포함된다. 타자의 구체적인 삶, 생명에 일정한 배려나 관심을 갖는 것이 친밀권의 최소조건이다."

함께 살아가는 우리의 관계를 관계재(relational goods)라는 개념으로 접근해 볼 수도 있다. 고려대 김균 교수는 관계재를 이렇게 표현한다. 예컨대 "우정이나 사랑은 두 사람이 공동으로 생산하고 향유한다."또는 "휴일 저녁 혼자만의 식사가 아니라 가족과 함께하는 저녁식사가 주는 즐거움이 관계재다." 이처럼 '관계재는 공동체적 관계 내지는 친구나 연인, 가족과 친지 등과의 좋은 교류'와 같은 기초적인 단계에서부터 정치참여까지를 아우르고, 심지어 시장거래에서의 단골관계도 관계재의 하나로 보는 것이다.

특히 우리의 행복은 소득에 의해서 영향을 받을 뿐만 아니라, 사람들과 만나는 관계의 시간에 의해서도 크게 영향을 받는다고 한다. 즉 관계재의 생산과 소비가 행복에 좋은 영향을 준다는 것이다. "관계시간은 개인 학습시간, 여가시간, 기타 시간과 비교하여 생활 만족도에서 통계적으로 유의한 가장 큰 양(+)의 영향을 미친다."고 한다. 특히 "참여봉사기간, 가족 관계시간 순으로 생활시간 만족도에 영향을 미친"단다.

독일 검은 숲으로 되돌아가 보자. 우리는 개인으로서는 모두 서로 조금씩 다르다. 각자 다른 삶을 살아가고 있는 것이다. 어떤 특정한 삶의 방식이 더 타당하다고 강요하거나 다른 삶을 배척함으로써 획일화시키려는 어떤 움직임도 독일의 '검은 숲' 함정에 빠질 수 있다는 점을 생각해야 한다. 그렇다면 남는 것은 다름을 인정하면서 함께 살아가는 공동체로서 관계를 만들고 사회적으로 협력해나가면서 풍부하고 다양한 삶을 이뤄나가는 것이 되지 않을까. 마포가 그런 지역, 그런 삶의 공간이 되기를 바란다.

누구도 소수라는 이유로, 또는 가진 것이 부족하다는 이유로 불편해야 하고 배척되어야 하는 어려움을 겪지 않는 공동체가 되기를 기대한다. 공적 정부와 다양한 주민관계망이 함께 우리 자신과 이웃의 관계를 좀 더 열린 시선에서 바라볼 수 있다면, 우린 지금보다 훨씬 서로에게 친절하고 살갑게 살아갈 수 있을 것이다. 이건 일방적 시혜나 돌봄의 시선으로 주변을 바라보자는 것과는 다른 문제다.

내가 좋아하는 친구 김동희는 휠체어를 타고 동네를 활보하고 다닌다. 휠체어에 탄 그는 자유자재로 움직이며 못 하는 게 없는 재주꾼이다. 언젠가 그는 이런 말을 한 적이 있다. 아는 사람이 근사한 저녁식사에 초대한 적이 있는데 방석에 앉아 밥을 먹는 한정식 집이었다. 처음엔 자기가 휠체어에서 내려 방바닥에 앉아야 하는 불편함을 느끼지 못했구나 생각을 했고, 다음엔 그러지 않겠지 하고 생각했단다. 그러나 그는 두 번째 만남에서도 그런 실수를 했고 많이 서운했다고 했다. 그가 서운했던 이유는 특별한 도움이 필요했는데 도움을 제공하지 않아서가 아니다. 친구가 짧은 치마를 입고 나온 날에는 바닥에 앉는 식당에 가지 않는 것처럼, 무릎이 불편한 부모님과 식당에 갈 때 계단을 오르내리는 곳을 선택하지 않는 것처럼, 일상의 작은 관심만 있으면 되는 일이었는데 그것이 없었기 때문이다. 이건 그가 몸이 조금 불편한가 아닌가와는 사실 크게 상관이 없는 문제다.

또 언젠가 TV에서 한국에 살고 있는 외국인이 했던 말이 생각난다. 자기를 처음 만난 한국인들은 그가 김치를 먹으면 김치도 먹냐고 놀라고 불고기를 먹으면 불고기를 좋아하냐고 물었는데, 그게 참 이상하다고 했다. 스시도 먹고 파스타도 먹는 한국인들이 왜 자신이 김치 먹고 불고기 먹는 게 그렇게 신기한지 모르겠다는 거다. 방송이라 그 말을 했던 이가 내어놓고 말하지는 않았지만, 어디서든 따라다니는 특별한 시선이 매우 불편했으리라. 그가 조금 다른 외양을 가졌다는 걸 빼면, 밥을 먹을 때도 거리를 걸을 때도 항시 누군가의 시선이 따라다니는 상황은 누구에게든 매우 불편한 상황일 것이다.

장애인이나 외국인이 아닌 사람들도 일상적으로 이런 불편함을 겪는다. 혼자 사는 어르신이 자식은 어디에 있는지 궁금해 하는 사람을 만나거나 혼자 사는 청년이 결혼은 언제 하느냐는 질문을 받을 때, 결혼한 부부가 아이는 언제 낳을 거냐는 질문을 받거나 조부모와 함께 사는 아이가 부모는 어디 계시냐는 질문을 받을 때 얼마나 불편함을 느낄지, 우린 조금만 생각해보면 금방 이해를 할 수 있지만 나도 모르는 사이에 실수를 하곤 한다.

다양성이 존중되는 사회는 특별한 관심과 배려가 필요할 때도 있겠지만, 그 이전에 보편적 인권 감수성이 더 중요한 가치로 자리잡는 사회일 거라고 생각한다. 장애가 있든 없든 나이가 많든 적든 혼자 살든 여럿이 살든 복지급여를 받든 그렇지 않든 상관없이 그저 존중받는 개인들로 함께 살아갈 수 있는 사회는, 대면관계를 맺는 주민공동체가 활성화될수록 더 쉽게 만들어질 수 있다. 장애인이 아닌 김동희씨를, 외국인이 아닌 토마스씨를, 독거노인이 아닌 홍길동씨를 더 자주 만나고 더 잘 알게 된다면, 우린 어느 사이엔가 그가 장애인인지, 외국인인지, 혼자 사는 어르신인지를 인식하지도 못한 채 그저 김동희씨와 토마스씨와 홍길동씨와 친해져 배려하고 있는 자신을 발견하게 될 것이기 때문이다.

10. 마을정부의
협치 모델 마포

　　이제 나의 마을정부와 마을민주주의 관점에서 톺아본 마포 이야기를 마무리하려 한다. 나는 앞서 마을공동체가 가능할 수 있기 위해서는 주민 당사자들이 생활권을 지키기 위한 자조적 노력을 진행하는 과정에서 신뢰에 기초한 실명 관계망이 두텁게 만들어져야 한다고 말했다. 그리고 그 과정은 하루하루 바쁘게 살아가고 원자화되어 있는 주민 개인들이 감당할 수 없고 공적 정부의 섬세하고 지속적인 관심과 비용부담이 필수적이며, 주민과 함께 마을공동체를 만들어가는 정부에 대한 기대를 '마을정부'라는 단어에 담았다. 또 다양한 주민 당사자들과 공적 정부 사이에 일어나는 민주적 과정을 마을민주주의로 표현했다. 이제 마포구정이 마을정부의 모델이 되기 위해 필요한 구체적 과제를 정리해 보겠다.

마을정부가 가장 우선해야 하는 원칙은 정책을 둘러싼 주민 관계망을 열어 새로운 관계망을 언제든지 초대할 수 있는 개방성이다.

중앙정부든 자치구 정부든 정책은 연속성이 존재하고 각 정책을 둘러싼 주민 관계망 역시 역사성을 가진다. 이런 현실 자체를 무시하게 되면 주민 관계는 일거에 혼란에 휩싸이고 오래된 관계망과 새로운 관계망 사이에 전면적 갈등상태를 피할 수 없다. 하늘아래 새로운 것은 없듯이 지방정부와 주민 관계망 역시 마찬가지다. 내가 마을정부의 새로운 관점을 이야기하는 것도 이러한 역사성 자체를 무시하자는 것이 아니다. 기존 역사성을 인정한 속에서 새로운 관계망에 문을 여는 개방성이 필요하다는 것이다. 그렇지 않으면 기존의 정책 네트워크는 다양한 사회변화를 반영하지 못한 채 폐쇄성을 띠게 되고, 그 네트워크 밖에 놓인 주민들과 더 큰 갈등에 놓일 수밖에 없다.

어느 단위 정부든 정부의 정책을 둘러싼 기존의 정책 네트워크는 이미 조직된 오래된 이익관계를 반영할 수밖에 없다. 보육정책을 예로 보자. 보육정책을 둘러싼 오래된 이해관계는 민간 보육사업 운영자와 보육교사들일 것이다. 우리나라의 보육정책은 공보육이 나중에 발전했고 민간보육이 그 부재의 자리를 대신하고 있었기 때문이다. 이들이 먼저 결사해서 자신의 이익을 지키고자 하는 노력은 당연하고 존중되어야 한다.

그런데 다른 한편에서 보육정책의 가장 큰 이해당사자이지만 스스로 조직되지 못해서 정책 관계망 밖에 놓여 있던 주체들이 있다. 바로 양육자들이다. 오랫동안 우리나라에서 아이를 돌보는 주체들은 정부 정책형성이나 집행에 직접 영향력을 행사할 수 있을 만큼 조직되어 있지 못했기에 공적 정부가 민간보육기관과 협의해 만들어내는 정책을 수동적으로 받아들였지만, 최근에는 양상이 달라졌다. 보육정책의 입안과 심의, 결정에 주체가 되기를 요구하고 나섰다. 그들은 표준적인 민간보육의 질을 확보할 수 있도록 정부의 노력을 요구하고 있고 공보육의 정책적 확대를 요구한다.

지방정부 차원에서 이 압력은 중앙정부에 대한 것보다 훨씬 클 수밖에 없다. 5천만과 함께해야 하는 중앙정부의 입장에서 양육주체들은 작게 조직되어 있거나 온라인 커뮤니티 등 눈에 보이지 않는 주체들로 존재할 수 있지만, 지방정부에서는 다르다. 생활공간에서 얼굴을 맞대고 민원을 제기하는 구체적 개인이고 조직이며 집단이다. 어떻게 해야 할까? 당연히 정책 네트워크에 초대하고 함께 논의할 수 있는 장을 열어야 한다. 또 공보육기관과 민간보육기관의 보육교사들의 이해관계가 같을 수는 없다. 각기 다른 이해관계를 가지고 정책적 요구를 표명한다면 그 채널도 열려야 한다. 한마디로 보육정책에 할 말이 있는 주민들이나 주민집단은 소외됨 없이 정책 관계망에 초대되어야 한다는 말이다.

마을정부의 첫 번째 원칙과 관련된 두 번째 원칙은 주민참여의 포괄성이다.

정책을 둘러싼 주민 관계망을 개방하는 것은 그저 문만 열어두고 "관심이 있거나 할 말이 있는 사람은 들어 오세요"라는 것만으로는 부족하다. 일상이 바쁜 주민들이 언제나 지방정부의 일정과 정보를 찾아다닐 수는 없다. 이해관계가 있더라도 구정 정보를 모를 수 있는 주민들을 위해 찾아가서 정보를 제공하려는 노력이 필요하다. 어떤 정책에 대해서는 16개 동을 기본단위로 정보를 제공해야 하며, 어떤 정책에 대해서는 세대를 포괄해서 정보를 제공해야 한다. 또 다른 정책은 집집마다 정보가 전달되도록 조치를 취해야 할 수도 있다. 정부 정책을 둘러싼 많은 갈등들은 모든 정책이 결정된 이후에 이해관계자이지만 '나는 몰랐다'는 사회집단에서 발생한다. 이런 경우 그 집단만의 문제일까? 당연히 그렇게 볼 수 없다. 먼저 정보를 제공해야 할 책임은 정부에 있다는 걸 잊지 말아야 한다.

정책을 둘러싼 주민관계망을 개방하고 포괄범위를 최대한 넓힌 다음에 필요한 세 번째 원칙은, 그렇게 모인 주민 당사자들과 정부 기관의 논의 테이블에 적절한 권한을 부여하는 것이다.

만약 주민 당사자들과 정부 주체와 전문가들이 모여 정책을 논의했는데 논의결과는 무시되고 지방정부 주체들이 결정권을 독점해 버렸다면 당사자들과 전문가들은 정부를 불신하게 될 것이고 다음 번 논의에는 아마도 참여하지 않게 될 가능성이 높다. 더 나아가 이들은 지방정부와의 논의를 거부한 채 시정부나 중앙정부에 정책요구를 하기 위한 다른 노력을 진행할 수 있다. 구 정부를 배제한 채 시나 중앙정부와 자치구 내 주민들이 어떤 정책을 결정해 버렸다면 구 정부는 결과적으로 정책 자율성을 제약 당하게 될지도 모른다. 또 이런 결과는 구 정부의 권한 제약 여부와는 다른 차원에서 자치구 정부와 주민 관계망 사이에 불신을 증폭시키고 다른 정책의 심의나 결정에도 부정적 영향을 미칠 수 있다.

나는 앞에서 지방정부의 작은 관심과 노력으로 주민 관계망이 확장되고 더 많은 주민들이 정책의 성과를 공유하며 자발적으로 지방정부의 정책 파트너가 되었던 사례들에 대해 이야기한 바 있었다. 우리의 궁극적 목적이 지방정부와 주민이 서로 협력하여 주민의 삶의 질을 높이는 것이라면, 이에 부정적 영향을 미치는 여러 관행들은 혁신하고 긍정적 영향을 미치는 다양한 노력은 약간의 불확실성을 감수하더라도 진행될 필요가 있다. 각각의 논의 단위에서 어느 정도의 권한부여가 적절한지는 그 자체가 주민과 지방정부 주체의 협의대상이다. 당연히 모든 정책에 대해 동일한 기준이 적용될 수 없다. 그렇다면 각각의 정책 관계망에 참여한 주체들과 이번 논의에 부여될 적절한 권한의 범위를 조례로 제정하거나, 조례 제정 이전 단계에서 한시적 협약을 적용해 볼 수 있다.

이제 기존 정책 관계망의 폐쇄성을 극복하고 개방하며 적극적 정보제공의 노력을 통해 가능한 최대 범위의 포괄성을 확보하고 적절한 권한범위에 대한 합의에 이르렀다면, 다음 단계는 합의된 범위의 결정권이 어떻게 행사될 것인가에 관한 문제를 논해야 한다.

가령 이런 것이다. 이렇게 모두가 초대된 정책논의 테이블에서 발생하는 다차원적인 갈등은 어떻게 처리해야 하는 것일까? 이 단계에서 필요한 것이, 가능한 한 넓게 공론장을 열고 서로 간에 일정한 협의가 가능해질 때까지 민간주체들과 지방정부가 서로에게 정보를 제공하고 설득하는 노력을 인내하는 것이다.

물론 무한히 결정을 미루고 논의만 할 수는 없다. 다음 년도 정책을 결정해야만 사업계획이 가능하고 예산편성도 가능해진다. 이럴 경우 시한을 정하고 논의를 해야 한다. 만약 최대한의 노력을 했음에도 시한까지 어떤 결정도 불가능한 구조라면 기존 정책을 유지하고 결정은 미뤄야 한다. 하지만 정부는 끝까지 이해관계의 조정을 통한 타협안을 다양하게 제시하면서 변화의 가능성을 모색해야 한다. 그것이 내가 말하는 정책과정에서 지방정부가 감당해야 할 인내이며 갈등의 비용이다.

때때로 지방정부들은 갈등의제를 심의하고 결정하는 과정에서 스스로의 노력을 포기한 채 방치하는 경우가 있는데, 이런 건 주민 주체들을 존중하는 것이 아니며 갈등을 방치하거나 증폭시킴으로써 결과적으로 기존 이익을 옹호하는 것이 되어버린다. 문제는 그 다음 단계에서 갈등은 더욱 범위가 커지고 심각해진다는 데 있다. 생활의 공간에서 늘 봐야만 하는 정책주체들이 서로를 납득시키지 못한 채 정책결정이 이루어진다면, 다음 해에는 처음부터 다시 시작하는 게 아니라 훨씬 더 적대적인 관계에서 정책협의를 시작해야 하므로 더 어려운 상태에서 시작할 수밖에 없게 된다.

결정에 이르든 그렇지 못하든 간에 주민 주체들 간에, 주민들과 지방정부 간에 서로를 설득하기 위해 최선을 다했다는 인정이 가능하도록 만드는 몫은 지방정부의 것이다. 가능한 한 많은 논의 공간을 열고 다양한 주체들을 초대하며 그들의 목소리가 대변되도록 만들어야 한다. 물론 이 과정은 매우 소모적이고 비효율적으로 느껴질 수 있다. 하지만 민주주의는 원래 비효율적이라는 점은 인정할 수밖에 없다. 사실 가장 효율적인 정치체제는 독재다. 한 사람의 고민과 결정으로 모든 것이 가능해지니까. 그러나 민주주의는 가능한 한 다수가 참여해야 하고 발언할 수 있어야 하며 서로가 지칠 때까지 충분한 심의과정을 거친 후에야 다수결로 결정에 이를 수 있는 체제다. 갈등과 인내가 민주주의의 기본요소라는 것을 머리로 긍정하기는 쉽지만 현실에서 적용하기는 참 어려운 게 사실이다. 그러나 앞서 말했듯이 지방정부와 주민공동체가 한국 민주주의의 미래이자 학교라는 점을 인정한다면, 우린 여기에서부터 모델을 만들어 나가야 할 것이다.

정책에 대한 이해당사자를 최대한 초대하고 그 테이블에 적절한 권한을 합의한 다음 정보를 제공하고 설득하려는 노력을 진행했다면, 다음 남는 문제는 무엇일까? 내가 경험한 바로는 자치구 지방의회와 행정부, 행정부 각 부처 간 칸막이를 극복하고 창조적 협업구조를 만드는 일이다.

서울시에서 정책을 협의하고 심의하고 집행하면서 느낀 건 중앙정부와 시 정부는 다르고 시 정부와 구 정부는 다르다는 것이었다. 그 차이는 다른 곳에서 오는 게 아니라 정부가 파트너십을 구축해야 할 국민과 시민과 주민의 생활적 요구의 차이다.

5천만 국민들은 지역별로도 수백만에서 천만까지 큰 규모로 나뉘고 세대별로도 비교적 큰 덩어리로 나뉜다. 작게 들어가면 정책 당사자들이 수십만 혹은 수만 단위로 쪼개질 수도 있지만 기본규모가 거대한 건 사실이다. 서울시도 천만 인구가 함께 사는 곳이라 자치구, 세대, 소득집단 등에 따른 규모가 결코 적지 않다. 하지만 25개 자치구 단위로 들어가면 문제가 달라진다. 개인으로 주민은 청년이기도 하고 1인 주거자이기도 하며 월세 거주자이고 저소득층일 수 있다. 개개인의 주민들은 모두 복합적인 이해당사자이며 정책요구도 다층적이다. 주민의 생활조건이 이러한데 지방정부의 구조는 이를 반영할 만큼 유연하지 못한 문제가 있다.

물론 지방행정부와 의회의 구조가 이렇게 구성된 데에는 다 그만한 이유가 있다. 중앙정부-광역정부-기초정부가 유사한 정책영역을 공유해야만 하고 각 정책을 단위별로 협의하고 집행하려면 정책의 담당부서 위계가 분명한 것이 효율적이기 때문이다. 그러나 이런 지방정부의 구조는 상급단위 정부와의 정책 효율성을 위해서는 필요할지 몰라도 미래지향적일 수는 없다.

앞으로 한국 민주주의는 구 정부, 시 정부, 중앙정부로 이어지는 상향식의 새로운 논의와 결정과 집행의 구조 위에 만들어지지 않으면 안 된다. 구 정부에서부터 다변화된 주민의 정책수요에 반응할 수 있도록 창조적 실험이 시도되어야 한다는 것이다. 복지정책과 일자리정책 담당부서 및 의회 위원회가 결합되기도 하고, 일자리 정책과 조세정책 담당기관이 결합되기도 하며, 아주 가끔은 총무나 인사 담당 부서를 제외한 모든 정책담당부서와 위원회가 함께 하기도 하면서 새로운 행정 융합 모델, 행정-의회 융합모델을 만들어 가는데 마포구 정부가 모델이 되었으면 좋겠다.

당장은 시 정부나 중앙정부를 대하는 데 공무원사회의 어려움이 있을 수 있다는 점을 모르지 않는다. 정책협의 테이블에 누가 나가야 하는지, 예산이나 정책질의에 누가 우선으로 답해야 하는지, 더 구체적으로는 주민들의 민원성 전화가 오면 누가 책임지고 통화해야 하는지 등 모든 문제가 새롭고 어려울 것이라 짐작한다. 물론 정해야 한다. 서로 정하지 않으면 책임을 미루게 되고 모두가 무책임의 터널을 비켜 가기 어렵게 될 것이다.

현안마다 행정부-의회, 행정부처 간 협의테이블을 꾸리되 한시적 주무담당자를 정하고 해당 정책에 대한 총괄업무를 수행하는 방식을 생각해 볼 수 있다. 서울시정의 경험으로 볼 때 이것이 직업 공무원들에게 얼마나 어려운 요구인지 모르지 않는다. 그러나 나는 우리나라 지방정부 공무원들의 능력에 대해서는 매우 신뢰하는 편이다. 지금까지 그들은 지방자치가 사실상 제대로 이행되지 않는 조건에서도 너무나 훌륭하게 구정을, 시정을 운영해왔을 뿐 아니라 주민들의 복합적 정책요구를 받아들이고 결과를 피드백하는 걸 목격했기 때문이다. 선출직 지방정부의 장이, 담당 공무원이 져야 하는 책임을 온전히 혹은 상당부분 지면서 지방정부 운영의 탄력성을 보장해줄 수만 있다면, 나는 우리나라 지방정부 공무원들의 네트워크 능력과 창의성에 기대어 마포가 모델 사례가 될 수 있다고 믿는다.

마포에서 마을정부가 시작되었으면 좋겠고 이미 그런 자원은 충분하며 선행해야 할 실험과 성과도 축적되어 있다는 판단과 바람으로 마을정부에 대한 내 생각을 갈음하고자 한다. 나는 마을과 주민공동체에 애정을 가진 선출직 공직자가 얼마나 많은 변화를 이루어낼 수 있는지를 박홍섭 마포구청장님, 노웅래 마포갑 국회의원님, 박원순 서울시장님을 통해 확인한 바 있다. 2기 한국 민주주의와 마을정부는 무에서 출발하는 것이 아니라 지난 30년 한국 민주주의와 공동체와 마을을 고민하고 실천했던 선배세대가 있음으로 해서 가능한 것임을 잘 안다. 또 지난 20년이 넘게 함께 해온 마포 주민들의 인내와 역동성, 변화에 대한 갈망이 지금의 나와 내 고민을 이끌었다는 것에 대해 무엇보다 감사히 생각한다.

4부

내가 바라는 마을정부

'교육문화도시 공동체' 마포를 위하여

노웅래, 국회의원(더불어민주당 마포 갑)

더불어 사는 교육문화도시 공동체로서의 마포는 오랫동안 내 삶과 정치의 키워드이자 핵심가치였다. 유창복 전 서울시 협치자문관의 이 책은 내 삶의 키워드를 함께 공유하고 있어 반가웠다.

마포는 오늘의 '정치인 노웅래'를 있게 한 뿌리이자 줄기이며, 잎이자 열매다. 100년이 넘는 시간 동안 대를 이어 마포에서 살고 있는 나는 마포의 이웃과 친구들 속에서 배우며 자랐고, 마포의 역사를 함께했으며, 마포주민들의 희망과 어려움을 반영하는 거울이고자 했고, 지금도 그 마음으로 마포 공동체의 일꾼으로 섬기고 있다. 마포의 보육과 교육, 예술과 문화, 주민안전과 일자리, 복지 생태계와 주민자치의 문제를 꼼꼼히 탐구하고 기록한 이 책은 그래서 더욱 반갑다.

인구 천만 대도시 서울 그리고 마포에서 공동체를 꿈꾸고 노력하는 것은 그와 나의 공통점이다. 마포는 남과 북의 길목이자, 서울의 관문으로 대한민국의 압축 성장을 상징하는 곳이다. 성장의 열매와 그늘이 함께 하며, 풍요와 사회경제적 양극화의 양면이 공존한다. 청년들이 많고 소상공인도 많으며 문화예술인도 많은 마포는 서울의 다양성을 상징하는 지역으로, 공동체의 기반이 다른 어떤 자치구보다 풍부하며 무한한 성장잠재력을 지닌 곳이기도 하다. 교육과 문화자원을 촘촘히 엮어 공동체를 가꾸어가는 것은 비단 마포에 한정된 문제가 아니라 서울이라는 초거대도시, 나아가 오늘날 대한민국 사회의 미래비전을 일구려는 노력이기도 하다.

이 책이 서울뿐만 아니라, 전국 각지에서 마을과 공동체를 고민하고 실천하고 있는 많은 이들에게 도움이 되기를 바란다. 그리고 저자 유창복 전 협치자문관이 앞으로도 마포 공동체에 대한 애정을 유지하며 끊임없이 발전시켜나가길 기원한다.

사회적 우정을
실현하는 마을정부

박원순, 서울특별시장

1. 각자도생의 시대를 넘어 사회적 우정의 시대로

저는 평생 동안 많은 사람을 만났습니다. 어제도, 오늘도 많은
사람들을 만납니다. 저녁에 돌아오면 만난 사람들의 이야기와 표
정을 하나씩 떠올립니다. 쪽방촌에 사는 어르신과 고시촌에 사는
청년의 삶, 불안한 하루하루를 살아가고 있는 사회적 약자들의 삶,
내일을 걱정해야 하고 미래를 생각할 수 없는 영세상인들과 직장
인들의 삶, 좀 더 행복한 삶을 꿈꾸지만 현실에 좌절하는 여성의
삶.

저는 이 많은 삶을 떠올리면서 "사회적 우정의 시대를 열자"는 말을 신년사에 담았습니다. 돈이 없어서 친구를 만나러 나가지 못하는 청년의 삶, 평생을 열심히 일했지만 빈곤을 벗어나지 못해 고독한 말년을 보내는 어르신의 삶, 이런 삶들 속에서 우리 사회가 안고 있는 각자도생과 승자독식의 문제를 고민하자는 취지였습니다.

우리 시대가 직면하고 있는 각자도생의 문제를 해결하는 것은 아주 꾸준하고 많은 시간이 걸리는 어려운 과제입니다. 모든 것을 다 헐어내고 큰 건물을 짓는 일은 생각보다 아주 쉬운 일일 수 있지만, 고립과 적대의 사회를 '연결과 우정'의 사회로 바꾸어내는 일은 혼자 할 수 있는 일도 아니며, 단기간에 할 수 있는 일도 아닙니다. 하지만 우리가 좀 더 나은 삶을 살아가기 위해서는 반드시 해결해야 하는 과제입니다.

우리는 극단적으로 개인화된 사회에 살고 있습니다. 하지만 한 사람, 한 사람이 개인으로서만 살아가는 사회는 결코 행복할 수 없습니다. 모든 인간은 어떠한 상황에 처해 있든 결핍이 있습니다. 우리가 가족이라는 관계 속에서, 사회적 관계 속에서 나 아닌 타인을 생각하고 배려하는 것도 서로 연결되어 살아가야 하는 인간 본성과 연결되어 있기 때문입니다.

우리 사회는 무한경쟁 속에서 '개인'으로 살아갈 것을 강요하고 있습니다. 우리 사회가 관계 맺는 방식은 주어진 의무의 관계와 복종의 관계 뿐입니다. 더 나아가면 갑을관계와 불공정한 관계 속에서 괴로워하면서 살아갑니다. 우리는 이런 조건을 바꾸지 못해 좌절감과 열패감에서 벗어나지 못하고 있습니다.

저는 서울을 '마을공동체'로 만들고 있습니다. '공유도시'라는 이름으로 서울에서 자전거를 함께 타고, 공간을 공유하는 경험과 관계를 만들어가고 있습니다. 또, 다수의 이름으로 소수를 핍박하지 않도록 시민의 권리를 지켜나가는 일을 최우선적으로 하고 있습니다. 분열과 배제의 시대, 각자도생의 시대를 넘어 서로 연결되어 사는 '사회'로 가야 서울이 지속가능하기 때문입니다. 사회적 우정의 공동체가 고독사와 자살을 줄이고, 지속가능한 도시로 가는 길입니다.

2. 함께 가면 길이 되고, 함께 꾸는 꿈은 현실이 됩니다.

이 책은 저와 같은 꿈을 꾸는 분들의 이야기입니다. 함께 살아가는 공동체를 꿈꾸는 분, 소통협치혁신의 힘을 믿는 분, 자유로운 창의적 실험이 곳곳에서 일어나고 서로의 시도를 응원하고 지지하는 시민들께 일독을 권합니다. 성미산마을을 만들어낸 마을활동가의 경험과, 서울시 협치자문관과 마을공동체센터장으로서 마을공동체의 확장이라는 성과를 이끌어낸 경험은 여러분이 꿈꾸는 공동체를 현실로 만들어줄 것입니다.

세계적인 사회혁신가인 제프 멀건은 "민주주의는 근육과 같다"고 말했습니다. 근육은 쓰지 않으면 금세 없어지고, 매일매일 꾸준히 사용해야 강해집니다. 우리가 만나고 교류하는 일상에 민주주의가 있어야 합니다. 그런 점에서 마을공동체가 민주주의이고, 지역의 공간이 민주주의입니다. 소통과 참여를 통해 일상의 삶 속에 민주주의가 자리잡을 때에만 우리 사회의 문제해결력은 강해질 수 있습니다 저자는 이런 일상의 민주주의를 현장에서 실천해냈습니다.

앞으로 몇 년은 지난 촛불시위에서 시민들이 만들어낸 소중한 기회의 시간입니다. 이 시간 동안 우리는 각자도생의 사회, 열패감으로 휩싸인 사회를 바꾸어내기 위해 싸워야 합니다. 그래서 우리들의 삶, 우리 사회의 미래, 우리 다음 세대의 미래를 바꾸어내는 도전과제를 해결해내야 합니다.

이 새로운 도전의 길은 마을공동체의 길이고, 시민주권의 길일 것입니다. 그리고 그것은 '사회적 우정의 공동체'를 만들어내는 도전일 것입니다. 함께 가면 길이 되고 함께 꾸는 꿈은 현실이 됩니다. 다시 한 번 일독을 권합니다.

다시 마을에서
꿈의 지도를 그리고 있는
'짱가'에게

류경기, 前 서울특별시 행정1부시장

유창복 선생과 처음 만난 게 2015년일 겁니다. 신기하게도 그 날의 풍경을 아직도 기억합니다. 덥수룩한 머리, 사람 좋은 미소, 어딘가 흙냄새가 날 것 같은 풍모까지. 유창복 선생이 자신을 '협치 자문관'이라 소개하기 전에 '아 이 사람이구나' 싶었거든요. 유창복 선생과 대면하기 전부터 마을 전문가, 공동체 전문가, 협치 전문가로 뼈가 굵은 이가 있다며 '짱가 유창복'의 이름은 익히 듣기도 했고요.

유창복 선생은 협치의 길잡이입니다. 서울시가 지금은 세계가 주목하는 협치의 모델 도시가 됐지만, 당시만 해도 '협치'는 정의 조차 내리지 못하던 뿌연 안개 같은 존재였으니까요. 잡힐 듯 잡히지 않는 '협치'라는 가치 때문에 헤매고 충돌할 때마다 유창복 선생은 현실과 이상의 중심을 잡아줬습니다. 유창복 선생과 함께하면서 협치 조례, 협치 조직, 협치 예산이 하나, 둘 시스템으로 자리잡기 시작했습니다.

마을을 넘어 혁신 교육, 주택, 여성가족, 청소년, 문화, 교통, 안전 등 서울시 전 영역에 숨어 있는 협치의 걸림돌은 치우고 협치의 디딤돌을 찾아 고이는 것도 바로 유창복 선생의 몫이었습니다. 짧다면 짧고 길다면 긴 2년여의 시간 유창복 선생과 함께 고군분투한 덕에 서울시의 협치는 '참여를 넘어 행정의 권한을 시민과 나누는 것'으로 확장되고 있습니다. 협치는 서울시정의 알파이자 오메가로 작동하고 있습니다.

이제 저도, 유창복 선생도 공직을 벗고 자연인으로 돌아왔습니다. 그 사이 유창복 선생이 써 내려간 이 책을 보면서 유창복 선생의 온화하고 따뜻한 리더십이 그리워졌습니다. 마을과 현장의 경험, 나아가 행정에서의 실물 경험까지 고스란히 녹아 있는 이 책에서 유창복 선생이 늘 꿈꿔온 더불어 사는 세상의 실체를 확인할 수 있었습니다. 이 책이 더 나은 협치 사회, 시민 참여 사회로 가는 큰

디딤돌이 됐으면 합니다. 이 책을 읽는 많은 분에게도 진지한 삶에
대한 영감을 주는 무언가가 되기를 기대합니다.

짱가의 무모한 도전이
시대정신

차성수, 금천구청장

사람마다 고유한 향기를 지니고 있다. 향기를 맡을 수 있을 정도
로 후각이 뛰어나지 않더라도, 그 사람이 풍기는 느낌을 갖게 된
다. 첫인상도 마찬가지다. 처음에 맡은 향기 혹은 느낌이 계속 이
어지지 않기도 한다. 계속 만나다보면, 첫 인상을 배반당하는 경우
도 종종 겪는다. 실망하며 헤어질 날만 기다리는 안 좋은 경험도
있지만, 때로는 감히 미처 헤아리지 못했던 그 사람의 역량과 깊이
를 알면서 오랜 시간 같이 있고 싶어지는 기분 좋은 배신을 당하기
도 한다. 나이 들어 만난 짱가, 유창복은 후자에 가까운, 그래서 먼
길을 동행하고 싶은 사람이다.

50살이 넘어서 처음 만난 그는 서울시 마을공동체종합지원센터의 센터장이었다. 20년 동안 유창복이 성미산마을에 바쳐온 삶의 궤적을 알지 못했지만, 감히 1000만 대도시에서 마을이라는 촌스러운 이름을 사용하는 무모한 도전을 감행하고, 성공했다는 이야기는 익히 알고 있었다. 부스스한 얼굴에 촌스러운 모습으로 만난 그는 조용히 나의 이야기를 먼저 들어주었다.

두 번째 만났을 때도 또 그는 나의 이야기에 귀를 기울여주었다. 만남이 거듭되어도 여전히 그는 경청하는 사람이었다. 주민들과 자신이 일궈낸 '성미산마을'의 빛나는 성과를 과시하지 않았고, 성미산의 고유한 마을만들기 방식을 고집하지도 않았다. 대화 중에 그는 가끔 질문을 던지곤 했다.

"삭막한 도시 서울에서 마을공동체가 만들어질 수 있을까요? 공동체를 만들어갈 주민들이 있나요? 매년 실적을 내야 하는 행정체계로 십년을 내다보는 사업을 할 수 있는 방법은 무엇인가요?"

그는 부드럽게 말하지만 우리가 직면한 문제의 근원을 피하지 않고 정면으로 돌파하려 했다. 20년 마을살이의 내공으로 서울시 마을지향의 협치 행정, 주민주도의 마을만들기를 뚝심 있게 만들어왔다. 배움과 경청의 자세로 문제를 그 근본에서부터 풀어가려는 '소통의 달인'이자 '유연한 원칙주의자'였던 것이다.

조금 더 그를 만나보니 그는 진정 '짱가'였다. 만화영화의 주제 가처럼 "어디선가~ 누군가에~ 무슨일이 생기면 짜짜짜~짜짜짱가 엄청난~ 기운이 틀림없이 틀림없이~ 생겨난다." 그는 어떻게든 무슨 일이 생기면, 문제가 발생하면 오지랖 넓게 나타나서 참견하고 개입하고 결국 휘말려든다.

그런데 그를 처음 만나면 엄청난 기운이 있는 것처럼 '절대' 보이지 않는다. 반대로 유약해 보인다. 그러면 도대체 짱가의 엄청난 ~ 기운은 어디서 오는 것인가? 함께하기 때문이다. 그는 무슨 일을 하든지 혼자 하지 않는다. 좋은 일이든 궂은일이든 함께 풀어나가려고 하며, 함께할 수 있도록 만드는 힘이 바로 엄청난 기운이다. 책상 위에서 혼자 판단하지 않고 사람들 속에서 함께 판단하며, 조금 알고 있어도 모두가 함께 알게 되기까지 기다리며 한 사람 한 사람의 기운을 모아낼 줄 아는 능력을 갖고 있다. 모든 문제를 풀어주는 초능력자가 아니라, 모두의 해답이 될 때까지 함께 생각을 모아가는 '집단 지성'의 신봉자이다. 함께 모아진 기운으로 함께 문제를 풀어갈 때 모두가 주인이 되는 공동체가 만들어진다는 신념과 열정의 진정한 '공동체주의자'였다.

한 걸음 더 들어가 보면, 그는 가능성을 굳게 믿는 사람이다. 더 나은 세상을 향한 가능성을 믿을 뿐 아니라 유창복은 그것을 직접 실천하기 위해 새로운 경로를 만들려고 애써왔다. 서울이라는 대도시에서 마을공동체를 시도했고, 그 실험과 시도는 감히 아직까지 성공하는 중이라고 말할 수 있다. 성미산마을에서 첫 발을 뗀 이듬해 우리는 IMF 국가부도 위기에 처했고, 이후 살벌한 밀림에서의 신자유주의적 경쟁이 시작되었다. 한치 앞을 내다볼 수 없는 예측불가능성이 우리의 삶을 불안하고 황폐하게 만들면서 점점 더 '내 삶, 내 가족' 이란 작은 성에 안주하고자 할 때, 그는 시장과 가족을 넘어선 우리 마을의 가능성에 도전한 것이다. 발등의 불을 끄기 위해 근시안적 해법을 모색할 때, 10년을 지향하는 생활공동체를 시작한 것이다.

멀리보고 꾸준히 가능성에 투자하는 그의 조용한 열정이 성미산을 넘어 서울의 모든 마을로, 골목으로 전파되고 확산되기 시작했다. 서울시 협치추진단장이라는 행정가로의 무모한 변신은 서울을 마을공화국으로 만드는 마중물이 되었다. 서울시 행정을 마을지향 행정으로, 협치 행정으로 바꿔나갔다. 이 힘든 실험을 통해 마을과 골목에서 시민이 움직이기 시작했고, 시민의 힘이 커졌고, 마침내 시민이 주도하는 공동체가 생겨났다. 유창복과 함께 우리는 새로운 서울을 만들어가고 있는 것이다.

이 책을 읽으니 이제 그가 꿈꾸는 내일을 볼 수 있어 더욱 설렌다. 마을에서 놀아본 그가, 도시에서 마을공동체를 구현하기 위해 백방으로 뛰어다닌 그가 이제 마을정부를 향하여 새롭게 시작한다. 더불어 살아가는 삶에 대한 열정, 새로운 길을 열어가는 신념, 겸손하고 부드러운 소통의 힘으로 그가 세 번째 가능성에 도전할 수 있길 바란다.

새로운 시대를 열어가는 마중물로서, 모두가 함께 일어설 수 있는 디딤돌로서, 그리고 힘겨운 일이 있을 때면 함께 견뎌주는 버팀목으로 짱가, 유창복의 삶이 계속 이어지길 희망하며 이 책을 권한다.

새로운 시대를 여는
마을정부

공병각, 마포마을공동체네트워크 대표

바야흐로 자치와 분권이 화두다. 촛불항쟁으로 다시 세운 민주정부가 성공하려면 중앙으로 집중된 권력을 지역으로 분산하고, 권한이 강화된 지방정부가 제대로 된 민관협치를 통해 주민자치를 실현할 때 비로소 가능하다. 자치와 분권이 자칫 지역의 기득권 세력의 특권만을 강화하는 수단으로 악용되지 않게 하려면 무엇보다 주체적인 시민의식이 밑받침되어야 한다. 그래서 새롭게 조명받고 있는 것이 마을공동체다.

서울시가 지난 6년간 역점을 두고 지원해온 마을공동체 사업을 통해 많은 주민이 지역의 주체로 우뚝 섰다. 각 자치구는 민간을 대표하는 마을네트워크와의 협치를 통해 행정과 주민이 동등한 권한을 가진 자치와 분권의 노하우를 축적해나갔다.

그 중심에 유창복 전 서울시 협치자문관이 있다. 유창복 전 서울시 협치자문관은 20여 년 전 관계가 단절되고 개인으로 파편화된 도시에 '마을'이라는 오래된 가치의 복원을 제안했다. 도시라는 공간에 어울리지 않는 '마을'이라는 개념은 성미산마을공동체를 통해 현실화되었다. 유창복은 그 중심에서 특유의 저돌성과 설득력으로 공동육아, 대안학교, 마을극장, 마을기업 등 가상의 꿈들을 현실로 바꾸어놓았다.

서울시는 이러한 성미산마을공동체의 성공에 주목했고 대표적인 혁신사업으로 마을공동체 지원사업을 추진하면서 유창복을 그 책임자로 임명하였다. 유창복은 마을에서 동네 배우로 활동할 만큼 유쾌한 성격을 바탕으로 '마을에서 논다'라는 그 특유의 신명남으로 서울시 전역에 마을공동체의 즐거운 상상을 전파했다. 또한 서울시 협치자문관으로 자리를 옮긴 후에는 민관협치의 과정에서 나타나는 행정 칸막이 등 여러 문제점을 해결해나가는 과정을 통해 이 시대 보기 드문 소통형 행정가로 성장했다.

다가올 6월 지방선거는 새로운 시대를 여는 이정표가 되어야 한다. 새로운 시대는 자치와 분권을 제대로 이해하고 주민들과 책임과 권한을 나눌 준비가 되어있는 새로운 리더를 필요로 한다. 다행히도 이러한 혁신을 이끌 대표주자로 유창복을 발견한 건 큰 복이다. 그리고 이 책은 그런 유창복의 지난 여정과 앞으로의 비전, 그리고 우리가 그토록 기대하는 새로운 마포에 대한 청사진이 가득 담겨있다. 큰물에서 놀던 물고기가 다시 강물을 거슬러 고향으로 돌아오는 것처럼 마포로 돌아온 유창복의 새로운 도전을 응원한다.

행복한 마을정부
마포를 위하여

김남균, 맘편히장사하고픈상인모임 회원

그 부서진 동네의 주민센터에는 얼마 전 'OO동 추억의 옛 사진을 찾습니다' 라는 현수막이 붙어있었다. 이런 상황을 두고 뭐라 그러더라…. 병 주고 약 준다는 정도로 끝나지 않을 뻔뻔함에 한참을 바라 보았다.

미래세대에게 부의 불균형 속에서 삶의 터전과 기회를 잃게 하여 허우적거리도록 만들고 싶은 사람은 없을 것이다. 하지만 아이러니 하게도 그동안 '잘 살게 하겠다' 던 사람들은 기존 주민을 내몰고 더 잘 사는 주민으로 교체해 버렸다. 이렇게 쉬운 행정에 적어도 나는 아무런 기대도 할 수 없다.

욕심일지 모르나 기적을 만드는 사람이 리더가 되었으면 한다. 더 잘사는 사람이 들어와 더 잘사는 동네를 만드는 것은 너무 쉬운 일 아닌가. 그것이 아니라 오랫동안 함께 살던 사람이 서로 필요한 것을 만들어 갈 수 있도록 했으면 한다. 그들이 필요한 것에 행정을 사용하고, 재개발과 같은 관성경제정책의 유혹에 쉽게 빠지지 않는 지방정부가 있었으면 한다.

유창복은 한동안 우리 카페의 단골이었다. 노트북을 펴고 고심에 차 있던 모습이 떠 오른다. 궁금하여 그가 쓴 책 몇 권을 사서 읽었다. 그의 책에서는 적어도 다 때려 부수고 잘사는 사람을 들여보내 잘사는 도시를 만드는 모습은 없었다. 대체로 작은 동네 안에서 인사하고 오랫동안 머물며 안전하고 평범하게 지낼 수 있는 방법은 무엇일까 고민한 내용이다. 평소 누구나 생각하던 모습, 하지만 도시의 빠른 변화의 속도로 인해 버려야 했던 소박한 꿈을 이제는 더이상 방치할 수 없다. 왜냐하면 내가 아빠이기 때문이다.

다양한 사람들이 존중받는 마포

김동희, 마포장애인자립생활센터 대표

마포장애인자립생활센터가 2006년 개소하고 난 후 지역공동체 성미산마을을 알게 되면서 유창복을 만났다.

그 당시 이름은 짱가!

"어디선가 누군가에 무슨 일이 생기면~" 어릴 적 즐겨봤던 만화 영화의 주인공 이름이 주는 이미지는 마을 일을 위해 "짠"하고 나타나 해결해 줄 것만 같은 것이었다.

장애인의 자립 생활을 잘 모르던 그때, 그는 나에게 자립 생활이 무엇이냐고 묻는 물음에 "장애인이 부모나 가족의 돌봄을 받다가 돌볼 수 없게 되면 시설로 보내어져 가족과 친척과 떨어져 외진 산골에서 살아가는 것이 아니라 지역사회 안에서 사회의 지원을 통해 비장애인과 함께 보통 주민으로 살아가는 것"이라고 말해주었다.

그는 "그렇게 함께 살려면 어떤 지원이 있어야 하느냐"고 재차 물었고, 나는 "지역 안에서 다니고, 접근할 수 있도록 마을이 바뀌면 된다"고 말했다.

그 후 그는 '성미산마을극장'을 만들면서 장애인 편의시설을 고민하며 만들었고, 지금은 소극장으로써 장애인이 접근할 수 있는, 내가 이제껏 가 본 소극장 중에 유일한 곳이 되었다.

마을 축제에서도 축제를 장애인이 참여하려면 어떻게 해야 하는지 끝없이 물어 2008년 마을 축제는 장애인과 비장애인이 함께 어울리는 축제를 만들어내기도 하였다.

작은 소리에 귀 기울이는 사람! 그것이 내가 본 유창복이다. 그런 유창복이 세 번째 책을 써냈다. 『우린 마을에서 논다』(2010), 『도시에서 행복한 마을은 가능한가』(2014)에 이어 『마을정부를 말하다』까지 주민이 자립하는 것을 넘어 지역사회에서 자치할 수 있는 가능성을 차곡차곡 쌓아올린 책들이다. 이 책을 토대로 주민들이 함께 협력해간다면 이제 가능성이 현실이 되어서 우리에게 변화를 선사할 것이라 기대한다. 다양한 사람들 모두 존중받고 살아갈 수 있는 마을정부 마포를 기대해본다.

시민이 시민을 돕는
마을정부를 기대하며

김제선, 희망제작소 소장

새로운 길을 만들어가는 시민의 든든한 벗인 유창복님의 인생 역정과 지혜가 담긴 책을 접하게 되어 기쁩니다.

제가 겪은 유창복님은 좋은 사람입니다. 선한 미소를 띠고 상대의 이야기를 잘 들어주는 사람입니다. 도움을 청하면 흔쾌히 응해 줍니다. 만나보신 분들은 다 느끼시겠지만 더불어 사는 마을살이의 내공을 느끼게 됩니다. 서로 신세 지고 신세를 갚아가는 생활이 가능한 동네, 마을을 만들어온 힘이 좋은 사람의 향기를 품게 해주었습니다. 시민이 시민을 돕는 협동과 연대의 마을살이는 위험사회, 피로사회로 대표되는 우리 사회의 문제를 해결하는 새로운 길을 열어왔습니다. 비용은 줄이면서 행복을 키울 수 있는 비결을 유창복 님은 늘 전파하고 다닙니다.

유창복님은 절문근사(切問近思)하는 혁신가입니다. 절실하게 질문하지만 가까운 일부터 실천하는 길이 바로 혁신의 길이기도 합니다. 한국 최대의 도시인 서울에서 마을공동체를 꿈꾸고 박원순 서울시정의 중심에 서도록 만들어 왔습니다. 서울시의 마을공동체 정책의 골간을 제안하고 만들었으며, 초대 서울시 마을종합지원센터장으로 서울 마을공동체 운동의 기반을 다졌습니다. 전국에 있는 마을공동체들의 교류와 협력을 위해 한국마을지원센터협의회를 창립한 주역이기도 합니다. 서울시 협치자문관으로 일하면서 시민이 주인이 되는 시정, 구민이 중심이 되는 구정을 만들어가는 거버넌스의 새로운 차원도 만들어 왔습니다. 이런 성취는 절실하게 묻는 자세를 견지했기 때문에 가능했습니다. 통념을 뛰어넘은 새로운 시각을 갖고 일하는 유창복님은 시민의 형편과 요구를 중심으로 다시 묻고 근본부터 생각하는 사람입니다. 근본을 찾지만 가까운 곳에서부터 실천하는 점에서 혁신가의 전형이기도 합니다.

돌이켜 보면 유창복님은 '시민이 시민을 돕는다' 라는 새로운 시대적 패러다임을 선도하는 삶을 살았고 앞장서서 실천해온 사람입니다. 유창복님의 헌신이 없었다면 지금의 마을공동체, 시민주도형 거버넌스는 없을지도 모릅니다. 이 책을 통해 유창복님이 좋은 사람이지만 절실하게 묻고 가까이에서 실천(切問近思)하는 사람의 진면목을 찾을 수 있기를 기대합니다.

시민의 필요와 시대의 요구에 대해 절실하게 묻고 그 해답을 바로 자신과 이웃, 마을로부터 시작했다는 점에서 유창복 님은 새로운 시대의 공공영역을 감당할 역량이 있음을 증명해왔습니다. 촛불 시민혁명을 거치면서 우리는 권력을 가진 자와 서비스를 받는 수혜자로 나뉘어온 시대가 끝나고 있습니다. 국민 한 사람, 한 사람이 자신의 주권을 행사하고 대표하는 시대에는 모든 시민이 주권자로서 문제를 선택하고 정의하고 스스로 해결해나가는 공공행정을 만들어야 합니다. 시민권력, 시민주도의 행정은 비용을 줄이고 실제적 문제해결을 해나갈 대안이 되었습니다. 유창복님은 이런 길을 열어왔고 만들어온 사람입니다.

유창복님과 함께해보면 "세상에 남이 없다(天下無人)"라는 믿음을 갖고 살아왔다는 것을 알 수 있습니다. 다른 입장과 형편에서 있는 사람과의 소통, 협력을 잘하는 이유도 여기에 있습니다. 시민 위에 군림하는 길이 아니라 시민 속에서 시민의 힘으로 문제를 해결해나가는 길을 열어온 유창복님의 책이 아직 행복하지 못

한 사람을 행복하게 만들어가는 소중한 나침반이 될 것으로 믿습
니다.

함께 아이를 키우는
마포구를 꿈꾸며

라현윤, 성미어린이집 운영위원장

나는 소위 '워킹맘'이다. 엄마들에게 유독 수퍼우먼을 요구하는 이 사회의 고정된 시선이 담긴 듯해 사실 이 단어가 썩 마음에 들지는 않지만, 사회적으로 현재 나의 위치를 가장 잘 표현하는 단어가 아닐까 싶다. 결혼과 동시에 마포구로 이사를 왔기에 이곳에 터를 잡은 지도 올해로 10년 차다. 아이를 키우는 많은 부모가 그러하듯, 우리 부부도 부모님의 도움을 받으며 근근이 맞벌이 생활을 이어왔다.

하지만 우리의 서울살이는 늘 빠듯했다. 천정부지로 오르는 집값과 물가도 그러했지만, 맞벌이로 두 아이를 키우는 일은 결코 쉽지 않았다. 특히 기울어진 운동장인 한국 사회에서 '엄마'라는 이름으로 짊어져야 할 무게감은 실로 컸다. 하루하루 일과 가사·육아노동 속에서 허덕이며 숨이 턱까지 차오를 무렵, 지척에 '성미산 마을'이 있다는 사실을 알게 되었다.

마을이 함께 아이를 키우는, 육아가 온전히 부모만의 몫으로만 맡겨지지 않는 마을이 있다고? 그것도 각박하기로 유명한 서울 하늘 아래에? 아이와 교사들이 CCTV의 감시를 받지 않고, 자연에서 마음껏 뛰어노는 어린이집이 있다는 이야기를 듣고 우리 부부는 이사를 결심했다. 사실 아이는 핑계고 이 험난한 사회에서 두 아이를 키우는 엄마이자, 일하는 여성으로서 고단한 육아의 세계를 누군가와 함께 나누고 싶다는 절박함이 더 컸다는 게 솔직한 심정이었다. 그렇게 우리는 성미산 마을로 이사를 왔고, 어느새 아이들은 9살, 6살이 되었다. 오늘도 아이들은, 도시 아이들이라는 생각이 들지 않을 정도로 새까맣게 그은 얼굴로 산으로 동네로 쫓아다니기 바쁘다. 그 사이 부모인 나에게도 변화가 생겼다. 육아의 고단함을 나누는 좋은 이웃이 생겼고, 나처럼 힘들어하던 다른 엄마들을 보듬을 정도의 여유도 생겼다. 도시에서 공동체가 가당키나 할까 생각했던 내게 성미산마을은 여러 사람이 함께 꿈꾸면 불가능도 가능해진다는 희망을 보여주었다.

나와 같은 부모들의 고단함을 덜어주고 희망을 다시 꿈꾸게 해준 성미산마을의 선배 부모 중 한 명이 바로 유창복씨다. 그는 나보다 앞서 이 마을에서 아이를 키우며 육아를 개인의 문제가 아니라 마을이, 사회가 함께 책임지도록 고민하며 실천하는 데 늘 앞장섰다. 공동육아, 대안학교, 마을극장, 마을기업까지. 선배 부모들의 치열한 고민과 노고가 있었기에 우리는 지금, 서울에서 가당치도 않다는 마을공동체 속에서 이웃을 만나고, 아이들을 키우고 있다. 그리고 우리 또한 선배 부모들이 그러했듯이 다음 세대를 위해 어떻게 건강한 공동체를 유지하고 발전시켜 나갈지 고민하고 있다.

나는 요즘 그 고민을 생활 정치에 관심을 가지는 것에서부터 시작해보려고 한다. 누군가가 만들어주는 정치에 고개만 끄덕이는 게 아니라, 나와 같이 아이를 키우는 사람들에게 꼭 필요한 정책을 우리 스스로가 제안해 보는 것 말이다. 나 또한 아이를 키우기 전까지는 대통령, 국회의원 선거에나 관심이 있었지 정작 내가 사는 지역구 선거에는 크게 관심이 없었다. 우리 지역의 구청장도 이름 석 자 아는 게 전부였다.

하지만 아이를 키우면서 요즘 생활 정치의 중요성을 뼈저리게 느끼게 된다. 당장 우리 아이가 다니는 구립 어린이집은 비가 새고, 공간이 턱없이 부족함에도 300명 이상의 아동이 대기 중이다. 주변에 그만큼 부모들이 저렴하게 믿고 맡길 수 있는 보육 환경이 마련되어 있지 않아서다. 초등학생인 큰 아이가 다니는 학교 주변에는 아이들이 마음껏 뛰어놀고 활동할 공간이 마땅치 않다.

결국, 우리 아이들이 안전하게 생활하고 성장하려면 지역의 정치가 바뀌어야 한다. 그래서 나는 최근 새로운 발걸음을 내딛는 유창복씨의 도전이 실로 반갑다. 자본보다 사람이 우선이라는 생각으로, 마을에서 함께 아이를 키우며 공동체 마을을 일궈 온 그의 값진 경험이 마포구에 녹아내린다면 분명 새로운 희망의 바람이 불거라 기대한다. 기대의 근거는 바로 이 책이다. 유창복씨의 인생 면면을 본 건 이번이 처음이다. 그는 사람에 대한 변치 않는 신뢰를 하고 있다. 이 소중한 삶의 태도는 우리가 아이를 키우면서 가질 수밖에 없는 불안을 덜어주는 방향키가 될 수 있으리라 생각한다. 이와 더불어 유창복씨의 시선으로 쓰인 마포의 오늘과 내일은 이제 막 생활 정치에 관심을 가진 내게 더없이 고마운 책이기도 하다.

나는 오늘도 꿈꾼다. 우리 마을뿐 아니라 마포구에서 아이를 키우고 일하며 고군분투하는 수많은 엄마, 아빠들이 함께 행복해지는 날을….

내가 본 창복씨와
원순씨의
세 가지 공통점

설현정, 마포희망나눔 운영위원

1. 온 마음을 다 해 일한다. 시키기보다 직접 뛴다. 추진력 짱!
2. 아이디어가 많다.
3. 누구에게나 격이 없이 대한다.

유창복 선배를 떠올리면 기억나는 건 한 통의 전화다. 밤 11시
가 넘어서 전화를 걸었던 것 같다. 너무나 힘들었던 어떤 밤, 누구
에게라도 하소연하고 싶던 밤, 나는 유창복 선배를 떠올렸다.

"선배." 이렇게 불러놓고는 아무 말 못하고 멈칫멈칫 하는 나에

게, "무슨 일 있니?"라고 묻는 중저음의 목소리에는 걱정이 묻어
있었다. "사는 게 힘들어요." 뭐 그렇게 말했던 것 같다. 그리고 주
저리주저리 말했다. 이러저러해서 힘들다고. 한참 내 이야기를 들
어준 선배는 나에게 말했다.

"나도 잠을 이루지도 밥을 먹지도 못할 만큼 힘들 때가 있었어.
동네 일하는 게 만만치 않지. 일이야 힘들어도 그냥 하면 되지만
사람관계가 힘들면 몸과 마음이 다 아프지. 그래도 어떤 것들은 시
간이 해결해 주니까. 너무 마음 끓이지 말고. 밥 한번 먹자."

늘 '허허' 웃어서, 에너지가 넘쳐서 선배에게 그렇게 힘든 때가
있었을 거라고는 생각하지 못 했었다. 동네에서 마을공동체를 만
드는 일을 했다고 하면, '그거, 그냥 사부작사부작 마실 다니고 이
것저것 해보는 거 아니야?'라고 생각할지도 모르겠다. 하지만 성
미산을 지키기 위해 산 위에 텐트를 치고 지키고, 부모들이 돈을 추
렴해서 어린이집을 만들고, 학교를 만들고, 동네 안에 극장을 만들
고 운영하는 일 등. 그런 일들은, 사실은 이 퍽퍽한 세상 속에서 그
래도 우리 아이들은 흙을 밟고 숨쉴 수 있는 공공의 공간을 지키는
일이었고, 주어지는 교육을 넘어 다른 교육도 가능하다는, 다른 삶
도 가능하다는 좁은 가능성을 여는 길이었다. 당시에는 유난떤다
는 시선을 받기도 했지만, 공동육아, 대안학교의 실험과 성공이 공

교육의 변화의 중요한 모멘텀(momentum)이 되었다는 건 누구도 부인하지 못한다.

이 일들을 모두 평범한 동네사람들이 힘을 모아 해왔고, 유창복 선배는 그 한 가운데에서 자신의 온 마음을 다해 일했다. 누가 월급을 주는 것도, 권력을 주는 것도 아니었다. 모든 일들을 퇴근 후, 잠을 쪼개가며 했다.

온 힘을 다해 일하는 사람으로 치자면 박원순 시장을 빼놓을 수 없다. 나는 2016년 서울시에서 협치지원관으로 일하면서 한 통의 메일을 전달받아서 보게 되었다. 박원순 시장이 부시장에게 밤 12시가 거의 다 되어 보낸 메일이었다. '주민참여예산제도가 시행과정에서 애초의 취지를 벗어나는 일들이 생기고 있으니 문제를 해결할 방법을 찾아야한다' 는 내용이었다. 메일 안에는 애초의 취지를 살리기 위해 고려해야 할 사항들을 자세히 열거해 놓았다. 그 밤에 문제를 해결하기 위해 고민하고 정리하는 시장의 모습이 그려졌다. 평소 그가 온힘을 다해 일한다는 것, 하루하루를 어떻게 보내는지를 보여주는 단면 같았다.

박원순 시장이 온 힘을 다해 일한다는 것을 보여주는 사례는 셀 수 없이 많다. 2012년 11월에는 은평뉴타운 아파트 미분양 문제로

도시 공동화에 대한 우려가 등장하자, '현장 시장실'을 그 동네에 차리고 8박9일간 죽치고 앉아 문제를 해결했다(3개월 만에 615가구 분양). 그 후에도 이슈가 되는 현장을 찾아가 그 동네에서 먹고 자면서 실상을 보고, 시민, 전문가들을 목소리를 직접 듣고 현장에서 문제해결 방법을 찾았다.

2011년 시민운동가 박원순이 시장에 출마했을 때, 시민운동만 해 온 사람이 천만 서울시 행정의 수장이 될 수 있겠냐는 공격이 많았다. 하지만 6년이 지난 지금 이명박, 오세훈 시장 시절 남긴 20조의 빚 중 절반을 갚았으며, 서울시가 선도한 원전 하나 줄이기, 찾아가는 동주민센터, 도시재생 등의 정책은 문재인 정부의 주요 정책으로 받아들여져 전국적 시행을 준비하고 있다. 공짜 밥(무상급식)은 사회주의적 정책이고, 예산낭비라며 주민투표를 밀어붙였던 시장이 있던 시절이 고작 6년 전의 일이라는 것이 오히려 낯설다.

창복씨도 원순씨도 정치인이 되기 전부터 우리 시민의 권한을 침해하는 권력에 맞서 싸웠고, 우리 시민에게 필요한 것을 우리 시민들과 함께 만들어왔다. '자리'에만 몰두하는 기성 정치인들과는 그 출발부터가 다르다. 그래서 온 마음을 다해 일하고, 또 그래서 아이디어가 많다. 처음부터 시민 속에서 시민의 한 사람으로 행동했기에, 먼저 권위를 내세우는 것이 아니라 소탈하게 시민과 소통

하는 것이다. 그 소통의 과정을 엮은 이 책은 우리에게 단 하나의 해법을 알려주기보다는 그 해법을 찾기 위해 우리가 무엇을 준비해야 하는지를 알려주고 있다. 아이디어에 머물러 있던 것을 행정과 민관이 함께 협력하여 방법을 찾고, 주민들과 함께 실현시킬 수 있도록 내게 용기를 주는 것 같기도 하다. 책을 읽을수록 가슴이 뛴다. 무언가 내가 할 수 있는 것이 보이기 때문이다.

앞으로 우리에게 이런 정치인이 더 많아졌으면 좋겠다. 2018년 두 분의 건승을 빌며, 이 책을 많은 사람들과 함께 읽고 싶다.

시민의 시대를 여는 마을정부

정문식, 홍우주사회적협동조합 대표

마포는 민간 활동, 사회혁신 등의 메카로 알려져 있다. 마포에서 벌어지는 다양한 활동, 일들은 대한민국에서 여러 부분에서 새로이 시도되는 맹아 역할을 해오고 있다.

하지만, 마포의 지역 정치는 낙후했고, 행정은 경직됐다. 시민의 촛불로 권력을 사유화했던 정권을 무너뜨렸고, 행정과 정치에서 민관협치를 선언하고 제도적으로 보장하는 시대가 되었건만 마포는 여전히 낡은 정치와 행정이 그들만의 성곽 안에 갇혀 있을 뿐이었다.

요즘 마포는 관광과 문화의 도시로 주목받고 있다. 마포에 터전을 잡은 많은 주민의 흔적이 있기에 가능한 일이다. 그러나 한편으로는 안타까운 여러 선례처럼 마포 역시 획일적으로 변할 위험 또한 내포하고 있다. 그동안 지켜온 고유한 마포의 문화를 잃을 수도 있다는 것이다.

더 이상 이대로는 안 된다. 마포의 시민이 갖는 혁신의 에너지를 활기차고 더 멋진 마포로 만드는 데 쓰일 수 있는 새로운 인물이 필요하다. 중앙의 정치만으로 우리의 삶과 가까운 민주주의를 완성할 수는 없다. 그래서 그동안 다양한 경계를 넘나들며 활동한 유창복의 이 책은 우리에게 새로운 가능성을 제시한다. 유창복은 마을 활동가로 유명하다. 유창복의 마을은 보통 사람들이 생각하는 것보다 너르고 길다. 마을 생태계는 행정의 칸막이처럼 나뉘지 않는다. 이를 잘 아는 유창복은 교통, 주거, 지역경제, 문화예술 등 특정 분야에 국한하지 않고 현장에 있는 사람들과 진득하게 소통하면서 사람들이 가장 필요로 하는 것, 원하는 것을 재창조해내서 협력해 그동안 변화를 일궈왔다.

이 책은 그런 변화의 경험을 녹여낸 책이다. 더불어 그 경험이 주춧돌이 되어 마포의 미래를 담고 있다. 이 책이 주춧돌이 되어서 우리 삶의 문제들에 귀 기울일 수 있는 새로운 마포, 시민의 시대를 여는 마을정부를 만날 수 있기를 희망한다.

참고문헌

참고문헌

- 김영선 · 이경란 엮음, 2014, 『마을로 간 인문학』, 당대.
- 서울시, 2017, 『2017년 찾아가는 동주민센터 실천사례집』.
- 오연호, 2014, 『우리도 행복할 수 있을까』, 오마이북.
- 이병남, 2014, 『경영은 사람이다』, 김영사.
- 이태수 외, 2017, 『찾아가는 동주민센터』, 서울연구원.
- 제인 제이콥스 지음, 유강은 옮김, 2010, 『미국 대도시의 죽음과 삶』, 그린비.

유창복의 SNS

facebook.com/discovery
zzanga/

https://blog.naver.com/
zzanga_1

You Tube

더하는 마포(유튜브 채널)
http://bit.ly/더하는마포